外国文艺理论丛书

诗的艺术

（增补本）

〔法〕布瓦洛 著

范希衡 译

人民文学出版社
PEOPLE'S LITERATURE PUBLISHING HOUSE

Nicolas Boileau-Despréaux
L'ART POÉTIQUE
根据 Librairie Larousse, Paris, 1925 年版本译出。

图书在版编目(CIP)数据

诗的艺术:增补本/(法)布瓦洛著;范希衡译.—北京:人民文学出版社,2022
(外国文艺理论丛书)
ISBN 978-7-02-015853-9

Ⅰ.①诗… Ⅱ.①布…②范… Ⅲ.①诗歌—文学理论 Ⅳ.①I052

中国版本图书馆 CIP 数据核字(2019)第 254419 号

责任编辑　黄凌霞
装帧设计　黄云香
责任印制　王重艺

出版发行　人民文学出版社
社　　址　北京市朝内大街 166 号
邮政编码　100705

印　　刷　三河市鑫金马印装有限公司
经　　销　全国新华书店等

字　　数　116 千字
开　　本　880 毫米×1230 毫米　1/32
印　　张　7.875　插页 1
印　　数　1—3000
版　　次　1959 年 10 月北京第 1 版
　　　　　2010 年 8 月北京第 3 版
印　　次　2022 年 1 月第 1 次印刷

书　　号　978-7-02-015853-9
定　　价　48.00 元

如有印装质量问题,请与本社图书销售中心调换。电话:010-65233595

出 版 说 明

"外国文艺理论丛书"的选题为上世纪五十年代末由当时的中国科学院文学研究所组织全国外国文学专家数十人共同研究和制定,所选收的作品,上自古希腊、古罗马和古印度,下至二十世纪初,系各历史时期及流派最具代表性的文艺理论著作,是二十世纪以前文艺理论作品的精华,曾对世界文学的发展产生过重大影响。该丛书曾列入国家"七五""八五"出版计划,受到我国文化界的普遍关注和欢迎。

进入新世纪以来,随着各学科学术研究的深入发展,为满足文艺理论界的迫切需求,人民文学出版社决定对这套丛书的选题进行调整和充实,并将选收作品的下限移至二十世纪末,予以继续出版。

人民文学出版社编辑部
二〇二二年一月

目　次

再版前言 ·· *1*
译本序 ·· *1*
布瓦洛评传 ····························· 圣勃夫 *1*

诗的艺术

第一章 ··· *3*
第二章 ·· *17*
第三章 ·· *30*
第四章 ·· *56*

诗　选

韵与理之配合
　　——赠莫里哀 ································· *73*
自讼
　　——对自己才调说话 ·························· *78*
从批评中求进益
　　——赠拉辛 ····································· *95*
没有比真更美了
　　——赠塞尼莱侯 ······························· *101*

读朗吉努斯感言

总注 ·· 114
读朗吉努斯感言第一(摘译) ·································· 127
读朗吉努斯感言第二 ··· 130
读朗吉努斯感言第三(摘译) ·································· 133
读朗吉努斯感言第四(摘译) ·································· 137
读朗吉努斯感言第五(摘译) ·································· 139
读朗吉努斯感言第六 ··· 142
读朗吉努斯感言第七 ··· 152
读朗吉努斯感言第八(摘译) ·································· 157
读朗吉努斯感言第九(摘译) ·································· 159
结论(摘译) ·· 162
读朗吉努斯感言第十(摘译) ·································· 164
读朗吉努斯感言第十一(摘译) ································ 181
读朗吉努斯感言第十二 ······································· 183

附录

(一)朗吉努斯《论崇高》法译本序 ························· 189
(二)致法兰西学院院士贝洛先生函 ······················ 198

再版前言

《诗的艺术》出版后,我在译文里发现了许多毛病:或者是原文没有懂透,或者忽略了原文的某些辞藻,或者过于中文化。感谢人民文学出版社的编辑部,它综合了读者意见,给我提出了几条修改原则,深中肯綮。我就是根据这些宝贵原则把译文彻头彻尾地修改了一番。布瓦洛劝人:"还要十遍、二十遍修改着你的作品",我这才修改第一遍哩。最遗憾的是:人民文学出版社要我根据"法兰西大作家丛书"版修订,我千方百计地寻找都没有找到这个版本,只得仍以"多努"版为依据;希望再度修改时能有参考"大作家丛书"版的机会。

布瓦洛是讽刺诗大师,他的讽刺诗和赠诗有很大一部分都富有文学批评意义。若乘《诗的艺术》再版之便,增译他的讽刺诗二首("自讼","韵与理之配合"),赠诗二首("从批评中求进益","没有比真更美了");不但它们都能与《诗的艺术》互相补充,并且也是脍炙人口的诗篇,值得让中国读者尝鼎一脔。各诗形式与《诗的艺术》完全相同,所以译法也一仍旧贯。因是初稿,特别需要读者批评。

范希衡
一九六二年九月

译 本 序

十七世纪是法国专制政权登峰造极的时期。在国内,王权凭借市民阶级的力量,削平了贵族的叛乱,使他们俯首贴耳地寄食宫廷,制服了僧侣的跋扈,使他们绝对仰王权的鼻息,因而形成了路易十四所谓"朕即国家"的专制政治;在国外,连年与奥地利、西班牙、荷兰作战,获得许多重要城市和经济利益,建立了法国在欧洲的霸权。路易十四以太阳为王徽,获得"大君"的称号。当时的朝廷——先以之首相黎世留为首,后来是路易十四自己——有这样一个野心:欧洲最强大、文化最昌隆的国家,希腊之后要数罗马,罗马之后该数到法国了;希腊、罗马最不可磨灭的辉煌遗产是语言文学,而十七世纪初期在欧洲影响最大的语言却是西班牙文。为了继承希腊、拉丁文的传统,为了在文化方面夺取霸权,都应该使法国语言文学成为现代最完美的语言文学,所以黎世留建立了法兰西学院,路易十四和他的大臣富盖、柯尔贝尔等都竭力鼓励文学,保护文人。其结果,也真使法国语言文学发出灿烂光华,成为近代世界文化中最丰富的宝藏之一。

法国古典主义的文学是当时两大思潮发展出来的综合结果。一个是十六世纪的人文主义,它给法国诗人打开了古希腊、罗马的文艺宝库,扩大了他们的眼界,给他们提供了无数恢奇瑰丽的楷模;另一个是十七世纪上半期以笛卡儿为代表的唯理主义,它表现时代的精神,给法国诗人提供选材的标准,控制情感的力量。二者一经结合,古代的文学就给了当代人极大的启发:古代文学的理想和当代的实际结合起来,于吸收中有去取,于摹仿中见创造,自极个别的事物中求得最一般的性格,自极具体的现实中求得最普遍的真理,真的内容透过美的形式表现出来,于是形成了法国古典主义文学的特质。

我们在三百年后看法国古典主义文学,但见其纯一性。实际上在它发生和发展的过程中精神环境是十分复杂的。自十六世纪末期起就产生了对古代文学的奴性的摹拟,特别是在悲剧方面,仿佛当代文学只能是古人作品的翻译;另一方面自十七世纪上半期起就有人高唱崇今非古的议论,把荷马、维吉尔批评得一文不值,要创造基督教的新文艺,今人不但可以胜过古人,并且已经胜过古人。这是一套彼此相反的两极。在十七世纪的法国,宗教思想的气氛还很浓厚,特别是让森派盛极一时,他们提倡禁欲、苦修,反对在文学作品里写爱情,甚至反对文学作品中一切不合教义的情感;而另一方面却有许多作家迎合当时的风尚,写了许多绮丽风流的诗和小说,有时迎合低级趣味,猥亵不堪。这又是一套彼此相反的两极。在语言方面,十六世纪法国各省的语言随着各作家大量地应用到文学作品里,可以说"国语"还没有完全形成,再加上随着文艺复兴而来的希腊、拉丁辞语经作家生吞活剥地援用,更使法国文字光怪陆离,这个风气直到十七世纪初期还在继续;而在另一方面,十七世纪初期也就开始了文字中的典雅派和雕琢派。典雅派规律过严,使法文的词汇日渐贫乏,日渐枯槁;雕琢派则讲求纤巧镂刻,伤害文字的明白畅达性。这又是一套更复杂的对立的两极。古典主义文学就是在这些重重矛盾中成长起来、壮大起来的。它采取"中庸"之道,所谓"中道而行"。然而"中道"并不是折衷,更不是调和,相反的是斗争,是激烈的、两面作战的斗争。在这场复杂的斗争中,布瓦洛在澄清文字,奠定古典主义文学基础方面是起了巨大作用的。他的《诗的艺术》可以说是古典主义的法典。

前人写"诗艺"一类的作品本来已经很多了。最早而又最著名的是亚里士多德的《诗学》,用哲学观点谈艺术问题。拉丁诗人贺拉斯祖述着亚里士多德,并加以阐发,写成长诗《赠庇梭》,也就是拉丁文学黄金时代的《诗艺》;他在这里面一面攻击当时的庸劣作家,推崇他的朋友维吉尔,一面以他认为正确的艺术理论与技巧教导学习文艺的青年;但是这首诗虽然包含许多真理,风格也非常妍美,却没有一个完整的体系,并且有不少的错误、漏洞和重复。在法国,从十六世纪末期到十七世纪初期也有不少人试作《诗艺》,但由于法国文学还没有发展成熟,作者的才力又不够,不是挂一漏万、偏颇模糊,就是泥于古义,墨守贺拉斯的成规。当布瓦洛立意要写《诗的艺术》的时候,有人曾劝阻他,认为这种工作会劳而无功,因为贺拉斯的《诗艺》已经写得太好了。但是布瓦洛对于贺拉斯的《诗艺》并不满足,同时需要把希腊、拉丁的"诗艺"和法国当时的现实结合起来,所以他决心再来一个创造。我们说他创造,因为他不仅把亚里士多德、贺拉斯以及拉丁文学理论家如昆体良(Quintilien)、朗吉努斯(Longin)等冶于一炉,并且还在里面掺入了他个人以及他的朋友莫里哀、拉辛、拉封丹等的写作经验。他在一六六九年就着手写,到一六七四年才完成,一千一百句诗写了五年,在写作过程中不断地把所写的片段读给朋友们听,随时吸取批评,随时修改,由此可见他的精心结构了。

　　布瓦洛的美学理论的基本要点是很简单的。他首先肯定诗人要有天才,无天才根本就不要谈写诗。但是有了天才还要有训练,有修养,有工夫,否则也不能达到艺术的完美。达到完美的途径是什么呢?首先是理性,也就是表现在文章里的义理。作者有理性才能对所追求的目的和达到目的的方法具有明确的认识:

　　　　因此,首须爱理性:愿你的一切文章

　　　　永远只凭着理性获得价值和光芒。

　　　　　　　　——《诗的艺术》,第一章,第37—38行

3

在他看来,理性就能构成美;理性是绝对的,永恒的,普遍的,所以美也应该是绝对的,永恒的,普遍的,事物具有这三个特质才能满足理性,这样一来,美与真就合一了:

> 没有比真更美了,只有真才是可爱;
>
> ——"没有比真更美了",43

但是真也就是自然:

> 只有自然才是真,一接触就能感到:
>
> ——同上,86

因此自然给诗提供着一个普遍而直接被认为真的对象,诗表出这个对象就能产生一个合理的快感,也就是说一切有理性的人,即一切人都能普遍地、恒久地感受到的快感。因此,理性、真、自然是三位一体的东西。为了求美,就要求真,就要摹仿自然。

> 我们永远也不能和自然寸步相离。
>
> ——《诗的艺术》,第三章,第414行

摹仿什么自然呢?人的自然!

> 你们唯一钻研的就该是自然人性,
>
> ——同上,第360行

作者要能——

> ……善于观察人,并且能鉴识精审,
> 对种种人情衷曲能一眼洞彻幽深,
> ……知道什么是风流浪子、守财奴,
> 什么是笃实、荒唐,什么是糊涂、吃醋,
>
> ——同上,第361—364行

摹仿到什么程度呢?首先要逼真:

> 这不仅是一幅图,一个近似的小影,
> 却是真正的情郎,是活的父子真形。
>
> ——同上,第419—420行

但是逼真还不算,还要使人心里——

………充满甜美的恐怖,

………激起怜悯的快感,

——同上,第18—19行

要产生滋味和快感,就要凭——

一支精细的画笔引人入胜的妙技

——同上,第3行

同时,逼真不是拘泥于个别的真,而要追求普遍的真,

切莫演出一件事使观众难以置信:
有时候真实的事很可能不像真情。

——同上,第47—48行

因此艺术要注意逼真性,逼真性是大自然的艺术表现,是以艺术形式使所有人都能感觉到的真。

像这样摹仿自然,像这样表现真,应该从哪里入手呢?怎么能辨别真与伪、短暂的与永恒的、个别的与普遍的呢?布瓦洛主张多读古人的杰作。因为古希腊、罗马大诗人已经经过时间的考验,如果几十个世纪、几十国人民都一致赞美他们,那是因为他们的作品具有高度的真实性,在自然的画图中达到了真正的普遍性,永恒的人性。因此,我们摹仿古人也就是摹仿自然,我们可以透过古人去摹仿自然,更可以学古人的方法去摹仿眼前的自然。古代的自然和现代的自然是一样的,因此在古人的作品中也可以发现现代的自然,古人的作品更不妨加以现代化,只要我们不离开自然,则研究古人的典范,摹仿他们,并不妨碍创造,相反地,可以启发创造。

以上是布瓦洛在《诗的艺术》里所阐明的文艺理论。此外就是谈写作技术。他列举了、确定了每一个文体,说明它的特质、写作的技巧和易犯的错误:

诗体各以其所美,来显出它的漂亮。

　　　　　　　　　——同上,第二章,第139行

关于重要的文体,他还告诉你怎样布局,怎样入题,怎样发挥,怎样结束。但是不管哪一个文体,风格都

　　……………………要从工巧求朴质,
　　要崇高而不骄矜,要隽雅而无虚饰。

　　　　　　　　　——同上,第一章,第101—102行

文字都要达到简洁、明畅、准确三个条件:

　　你尤其要注意的是那语言的法程,

　　　　　　　　　——同上,第155行

这些品质不是生而知之的,为了达到完美,就要下工夫,推敲、锤炼:

　　……你写作之前先要学构思清楚。
　　………………………………………
　　你心里想得透彻,你的话自然明白,
　　表达意思的词语自然会信手拈来。

　　　　　　　　　——同上,第150—154行

但是初稿多半是松懈散漫的,要好好修改,不要性急:

　　劝你从容地忙着;总不要失掉耐心,
　　还要十遍、二十遍修改着你的作品:
　　要不断地润色它,润色、再润色才对;
　　有时候可以增添,却常要割爱删弃。

　　　　　　　　　——同上,第171—174行

你自己尽了力,还要请人家指教,接受人家的批评:

　　你应该勤访周咨,倾听大家的评语,
　　有时候狂夫之言也能有一得之愚。

　　　　　　　　　——同上,第四章,第49—50行

尤其要找一个内行来品题：

> 望你选个品题者，既质实又会帮忙，
> 凭理智判别是非，论学问见多识广，
>
> ——同上，第71—72行

一切规律都不过是帮助你达到完美，等到你训练纯熟了，你也可以放手做去：

> 艺术的束缚过严，便打破清规戒律，
> 从艺术本身学到放开手无束无拘。
>
> ——同上，第79—80行

但是技术、工夫都还在其次，最重要的还是作者的内心修养，你写出的东西要忠实地反映着你的心灵，正如中国所谓"言者心之声"，"修词立其诚"。你绝不能无病呻吟。你写爱情，

> 单是诗人还不够，要自己真在恋爱。
>
> ——同上，第二章，第44行

写悲哀，

> 你要想使我流泪自己就必须先哭。
>
> ——同上，第三章，第142行

尤其是在道德方面，

> 你的作品反映着你的品格和心灵，
> 因此你只能示人以你的高尚小影。
>
> ——同上，第四章，第91—92行
>
> 因此你要爱道德，使灵魂得到修养。
>
> ——同上，第108行
>
> 绝不容无耻之徒也跑来侈谈风化。
>
> ——同上，第二章，第180行

由于上面的分析，我们可以看出《诗的艺术》是一部有完整系

统的作品,由理论谈到实际,由原则谈到方法,里面包含着古人的心传、个人的体验和当代的要求。话都说得斩钉截铁,我们可以想象他当年在文坛上的气概:他的文艺专制主义和路易十四在政治上的专制主义一样:"朕即国家"。由于这篇《诗的艺术》,布瓦洛在当时就获得了"巴那斯山的立法者"的称号。后人说他是"古典主义的代言人","古典主义的菁华",这是更为允当的。

  《诗的艺术》一发表,欧洲各国便立刻有了译文。英国的蒲伯、艾狄生,德国的歌彻德都奉之为金科玉律。在法国国内,因为在布瓦洛讽刺的矛头下牺牲者太多,他们群起而攻,形成了崇今派的大阵营,以查理·贝洛为首,与布瓦洛所代表的崇古派大战了若干回合。但是《诗的艺术》是当时整个古典主义的号角,古典主义的天才作家都站在布瓦洛一边,所以最后胜利属于布瓦洛,《诗的艺术》统治法国文坛达一百余年之久。十八世纪大文豪伏尔泰曾说:"不要碰布瓦洛,谁碰了就该谁倒楣。"

  到一七六八年德国批评家莱辛的《汉堡剧评》出版,才开始攻击布瓦洛的《诗的艺术》;十八、十九世纪之交,施莱格尔兄弟继起对《诗的艺术》作了严酷的批评。接着,法国国内浪漫派掀起了文学革命的高潮,因为布瓦洛是古典主义的代言人,尤其因为当时伪古典派把《诗的艺术》捧得和《圣经》一样,所以《诗的艺术》就成了浪漫派的主要攻击对象了。但是布瓦洛的威望只是动摇了一阵,并没有被打倒。就是在浪漫派和古典派激烈作战的时期,浪漫派的领袖雨果还肯定了布瓦洛对法国语言的贡献。浪漫派的理论家圣勃夫也对布瓦洛的作品有公正的评价。

  文学革命的高潮过去之后,从十九世纪五十年代起,布瓦洛的地位又渐渐稳定了。现实主义大师福楼拜说:"拉封丹将和但丁同样地不朽,布瓦洛将和博须埃乃至和雨果同样地不朽。"[①]他又

---

 ① 见福楼拜《书简集》。

说:"(布瓦洛)是个有气魄的人,并且伟大得很,特别是个大手笔……"又说,"我现在又在读些布瓦洛的著作,或者更正确地说,我在读他的全部著作,并且手里拿着铅笔在书旁边划着。我觉得他真正了不起;好文章百读不厌。风格就是生命! 就是思想的血液!"①

后来,文学史家尼萨尔说:"《诗的艺术》不只是一个卓越的人的作品,还是一个伟大世纪的文学信条的宣言。只把它局限在诗作品上去应用就未免误解了布瓦洛的精神和《诗的艺术》的价值了。布瓦洛的教训不限于能以诗句表达出来的思想,也不限于诗的语言;它们扩及于一切思想与一切思想的表达方式,推而广之,扩及于一切以求真为理想的艺术。这就使我们了解了为什么在我国一切艺术的卓越人物都一致推崇布瓦洛,怎样每一门艺术都可以说在他的著作中认出了它的规律与精神。《诗的艺术》表现着法国人在艺术方面的良知良能;它把一切都压缩成一般性的原则,每个读者按照他精神的广阔与细致的程度,都可以从这些原则中演绎出若干推论,构成现代所谓之美学。"②

文学史家朗松说:"即以其为十七世纪理论家而论,他在我国文学中的地位也就够大了。但是,他那种自然主义里面一种实证的唯理主义与一种美学形式的追求结合起来,以快感、美和真为同一或不可分离的三要素,这种自然主义,归根结底,很可能就是最适合于法国精神之恒久特质与经常需要的文学理论。"③

以上是法国近代文学批评家对布瓦洛和他的《诗的艺术》的评价,从他们的评价中可以看出这部著作在法国文艺界占着十分重要的位置。对我们来说,也是研究法国古典主义文学的一部重要文献。其中关于文体的演变,技巧上的规律,文艺工作者的态度

---

① 均见福楼拜一八五三年致路易丝·高莱(Louise Colet)书。
② 见尼萨尔:《法国文学史》Ⅱ,6。
③ 见朗松:《法国文学史》第四编。

和作风方面的一切论述,直到今天也是有一定的借鉴意义的。但必须指出布瓦洛是个唯理主义者,他这部《诗的艺术》则是一部唯心主义的美学论著。他所指的"真"以及求"真"的方法,亦即认识论,和我们所理解的有根本的区别。马克思主义教导我们,理性认识是第二阶段,感性认识是第一阶段,单凭理性得来的知识是片面主观的。但布瓦洛所了解的"真"则是单单依靠理性而获得的,他根本看不起经验和实践,他认为只有通过理性才能认识真理,好像理性是认识的唯一泉源。他主张美是绝对的、永恒的、普遍的,也就是因为他所谓的美仅仅是理性确定过并且纯化过的美,而不是客观存在的美。他所称道的"自然"和"人性",其含义也与我们所了解的有很大的区别。当然布瓦洛的唯理主义在反抗封建王权和教会权威方面是有其积极意义,而且推动了当时文艺的繁荣的,但作为认识论来说,则是一种唯心主义的不完全的认识论。在介绍这本杰作的同时,予以指出以供参考,也许是必要的。

　　最后应该声明,《诗的艺术》的形式是和内容密切配合着的,作者以优美的诗句表达着他那斩钉截铁的思想。我打算迻译的时候,很踟蹰了一下:如果译成散文,则原文的精神要失去一半;如果译成诗,则中国新诗还没有定式,怎么能达到原文诗句那样整齐、斩截与和谐呢?最后只好利用中国传统的七言诗句,双迭着,以十四字译十二音,每句在当中也布置一个停歇,韵脚努力以罗马拼音为准,两句一换。这样在表面上似乎也整齐、斩截了,但因为中文都是单音字,不免失之于呆板,而且究竟是翻译,要以"信"与"达"为主,因此节奏的雍容、音律的和谐都谈不上了。

　　《诗的艺术》的版本,我手边有四种:其一是多努(Daunou)编的《布瓦洛全集》本,一八二五年巴黎杜蓬书局(Dupont)出版,里面集名家评注甚多,圣勃夫曾誉为善本。其二是哲鲁采(Géruzez)评注的单行本,一八五八年巴黎阿舍特书局(Hachette)出版,注释中多骂浪漫派的毛头小伙子,因此这个版本还是文学革命时代伪古典派的遗物,颇有史乘意义。其三是法国现在通行的教科书《布瓦洛选集》本,文学史家代格兰日(Desgrânges)编注,一九一八年巴黎哈铁书局(Hatier)出版,注释虽详,不免学究气。其四是现在通行的《大众古典文学丛书》里的与《经枒吟》合刊本,代尔密(D'Hermies)注,巴黎拉鲁斯书局(Larousse)出版,无出版年月;评注虽较肤浅,但甚详细,且无宗派成见。关于原文的字句行款,我们以第一种版本为依据;注则以第四种版本为主,参照其他三种,但是我们增删融合的地方很多,且除作者原注外都不是迻译,故不一一注明出处。

为帮助读者对布瓦洛的了解,我们附译一篇《布瓦洛评传》。后人为布瓦洛作传的很多,圣勃夫一人就写了两篇。我们特选他的第二篇,是因为这篇是一八五二年他在浪漫派斗争结束后头脑冷静时写的,比较公正,虽然没有年谱性的行述那么详细,见解却富于启发性。

《诗的艺术》本身就是一部不易懂透的经典著作,何况以诗译诗。译者深知这是一个冒险的尝试,自己先就不满意于这尝试的结果,不用说,他是热烈期待着读者的批评和指教的。

范希衡

布瓦洛评传[*]

圣勃夫

二十五年来,人们对于布瓦洛的看法有了很大的改变。在复辟时期①,在那充满着种种勇敢尝试和种种希望的辉煌时日里,青年人一代接着一代地来到了,他们试图革新文体与形式,扩大文学思想与文学比较的圈子,这时候,他们在他们的前辈中遇到了阻力:有一些值得钦佩但又思想顽固的作家,还有一些能力很差,并且布瓦洛在世时也许要首先予以大张挞伐的作家,都把这位"巴那斯山的立法者"的名字捧出来做挡箭牌,并且也不去深究时代的同与不同,一开口就援引他的诗句,就和援引法律条文一样。于是乎我们就做了我们所当然要做的事;我们把布瓦洛的全集拿出来,就作品来论作品:他的作品虽然分量不多,却显得才力高下不一;有些部分使人感到作者太年轻或太衰老了。我们对他的作品的美好的、健康的部分固然是说了公道话,但是公道话却说得不够充分,也没有诚心诚意地结合到其人的精神:布瓦洛本身就是个重要人物,是个权威,其人之重要远甚于其文,我们远在今日,要想完全了解其人是需要付出相当的努力的。总之,我们当时对于布瓦洛不完全是从历史的角度去看他,我们是把一只脚踏在笔战的战场上说话的。

---

* 本文原载一八五二年九月二十七日的《宪政报》(le Constitutionnel),后收入《月曜日丛谈》第六册。

① 指法国自一八一四年至一八三〇年的波旁王朝恢复统治的反动时期,即浪漫派掀起文学革命高潮的时代。

今天，那个经验的圈子兜完了，争论也收场了，我们很愉快地再回到他身上来。如果允许我就个人立场来谈的话，我可以说，布瓦洛是我做批评工作以来所最注意的一个人，是在思想上和我接触得最多的一个人。每当我回忆到我们当年得其时而不得其人的时候，我就常常想象着他从前是什么样的一个人物，我敢说，我今天是可以带着极真切，极现实的情感来谈他的。

尼古拉·布瓦洛-戴普雷奥（Nicolas Boileau-Despréaux）于一六三六年十一月一日生于巴黎。据最近证实，他出世的房子在耶路撒冷路（Rue de Jérusalem），与伏尔泰出世的房子相对着。他的父亲是巴黎高等法院的主庭书记官，他是这书记官的第十五个孩子。他早年丧母，缺乏那种美化儿童生活的慈爱照拂。他的初期学习，他的课业，从四年级起就因为患膀胱结石病要开刀，而中途耽搁了，他的家庭准备叫他修道，因而他曾被剃度。他在索邦①学神学，但是学厌了，改学法律，毕业后考取律师。二十一岁时丧父，父亲留给他一点遗产，足够使他不依靠主顾或书商而维持生活。自此，由于天才的驱使，他便埋头搞文学，致力于诗，而在各种诗体中又特别致力于讽刺诗。

本来，在他出生的这个书记官与律师的家庭里是有一种讽刺的天赋随着血缘而流传着的。我们知道布瓦洛的两个哥哥，吉尔·布瓦洛（Gilles Boileau）和雅各·布瓦洛（Jacques Boileau），他们都表现着和他一样的性格，却又有若干的差异，而这些差异提出来是很有趣的，并且可以帮助我们更好地说明这位鼎鼎大名的弟弟。

吉尔·布瓦洛是律师，也能吟几句诗，比尼古拉早二十五年就做了法兰西学院的院士；他是那种市民出身、会调皮捣蛋的才子之一，跟在布瓦罗伯尔②后面把矛头对准上流社会。这种才子是投

---

① 索邦（La Sorbonne），即巴黎大学神学院。
② 布瓦罗伯尔（Boisrobert，1592—1662），法国诗人，著名的才子，法兰西学院初成立时的院士。

石党时代①发展起来的狂蜂般的一批人物，在马扎兰当政时期自由自在地寻着开心。吉尔曾写过一首相当妙的箴铭诗，讽刺斯卡龙②，里面连斯卡龙夫人③都牵涉上了，斯卡龙在写给财政大臣富盖④的一封信里给他下了这样一个定义："布瓦洛专爱出口伤人，对梅拿日先生⑤又那么背信弃义，在学院里又那么挑拨是非，引起内哄，今天可以说是无人不知的人物了，这个青年人早年就自己惯坏了自己，后来又带坏了几个和他同调的人……"吉尔·布瓦洛在旅行的时候，行箧里总是带着一部雷尼埃⑥的《讽刺诗集》；他通常是在高等法院正堂第三厢主持律务，所有自矜才调的小书记没一个不甘拜下风。人们都称他为"语法家布瓦洛""批评家布瓦洛"。这种称呼就足够说明他不过欠点实学，欠点审美力，否则他老弟所负的文学使命他早就可以先尝试一下了；但是好讽刺的脾气和意向，他都是不缺乏的。

雅各·布瓦洛亦称布瓦洛长老，是索邦的神学博士，长期为桑思⑦总教堂的堂长，后又为小圣堂⑧的沙奴安⑨，他还是这个同样的脾气，但是出语更爽直些，更敏捷些。他生来就会说机伶话，和

---

① 投石党时代(la Fronde)，指一六四八年至一六五三年因贵族反抗冲龄的路易十四而引起的内战时期。当时巴黎顽童欢喜在沟渠旁边用弹弓投石为戏，警察干涉，便群起而向警察投石。那些反抗王权的贵族与当时的首相马扎兰(Mazarin)为敌，故称之为投石党。
② 斯卡龙(Scarron，1610—1660)，工于滑稽体的诗人，患拘挛症，终生潦倒。
③ 斯卡龙夫人，即曼特侬夫人(Madame de Maintenon)，原为诗人斯卡龙之妻，诗人死后即入宫为王子保姆，后与国王路易十四秘密结婚。
④ 富盖(Fouquet，1615—1680)，路易十四朝的财政大臣，以贪污致富，爱文艺，保护文人。
⑤ 梅拿日(Ménage，1613—1692)，文学家兼语言学家。
⑥ 雷尼埃(Mathurin Régnier，1573—1613)，讽刺诗人，作品多秽亵语。
⑦ 桑思(Sens)，法国城名，距巴黎不远。
⑧ 小圣堂(Sainte-Chapelle)，建于圣路易(Saint Louis)时代，巴黎的名建筑之一。
⑨ 沙奴安(chanoine)，天主教的一种官衔，次于主教，有采地。

人家针锋相对。有一天他听一个耶稣会教士说,巴斯加尔①在御港修院②退隐了,和别的居士一样,亲手做鞋,忏悔罪恶,他接上去说:"我不晓得他是不是在做鞋,不过,神甫啊,你必须承认,他当年给你那一靴③可真了不起呀!"这位雅各·布瓦洛老爱说双关语,打趣取乐,我觉得他很像高起兴来开着玩笑的戴普雷奥。据说他在小圣堂的《圣经》合唱中跟着两边对唱,老是不合调子又不合拍子。他的作品总是欢喜用古里古怪的题材和名称,如《鞭挞会教士史》④《论教士的短衫》等;他的拉丁文——因为他通常是用拉丁文写作的——生硬、奇特、怪里怪气的。在面貌方面和在各方面一样,他也有些像他的老弟,不过处处都夸大了,就像是粗笔重描过的老弟的画像。虽然在理智方面他不及老弟,但在慧黠方面两人却不相上下。桑思是属于孔代亲王⑤治下布尔高尼省(Bourgogne)管辖的,有一天那伟大的孔代从桑思经过,桑思的机关团体开会欢迎他,因为他性好讥嘲,便想拿所有致欢迎词的人来寻开心:"他的最大的快乐,"一个同时代的人说,"就是在这种场合下和致欢迎词的人开玩笑。"布瓦洛长老当时是桑思总教堂的堂长,不得不率领着教士群,站在最前面代表发言。王爷不认识他是谁,想使这位发言人受窘,故意把头伸得近近的,把大鼻子对着堂长,

---

① 巴斯加尔(Pascal,1623—1662),法国著名的数学家、物理学家、哲学家兼文学家,有《思想录》(Pensées)、《外省人信札》(Les Provinciales)等行世。
② 御港修院(Port-Royal),巴黎近郊的一个修道院,是天主教任色尼派的大本营,当时许多学问家和文学家都退隐在那里。
③ "给某人一靴"是法国成语,意即给某人以严重打击。当时任色尼派教士和耶稣会教士在教义上争论甚烈,巴斯加尔站在任色尼派的一边,猛力攻击耶稣会派,曾写《外省人信札》予耶稣会以沉重的打击。这里因"鞋"字引起"靴"字,系双关语。
④ 鞭挞会(Les Flagellants),法国十三、十四世纪的一个教会,该会教士常公开鞭挞自己,以示苦修。
⑤ 孔代亲王(Prince de Condé,1621—1686),法国名将,在路易十四冲龄时代就立了许多战功,奠立了路易十四的霸权基础。

仿佛是要更好地听他发言,实际上是想尽可能使那发言者窘得说不出话来。然而布瓦洛长老猜透了他这个坏心眼儿,也就装着很受窘、很吃惊的样子,带着做作出来的羞怯神情,开始致词说:"大人,我率领一群教士出现在殿下面前,战战兢兢的,请殿下看了不要见怪,因为,如果我是率领着十万大军,我会战抖得更加厉害了。"王爷一听到这几句开场白就欣赏极了,立刻拥抱着发言人不让他再说下去并请教他的姓名;一听旁人说他就是戴普雷奥先生的老兄,便更加亲热,留他一同进餐。伟大的孔代亲王总算是一听他开口就认出他的家学渊源了。我觉得这位布瓦洛长老有他老弟的急才、口吻与讽刺的峭刻,然而却欠缺细致,欠缺那种十分精审而严肃的切合。而尼古拉·布瓦洛的特色就是一面出生于这个兴高采烈的,好讥嘲、好讽刺的家庭,一面却能在这种遗传的尖刻锋芒上打上一个合情合理的钢印,因而使凡是和他谈话后走出大门的人都和马莱律师一样说道:"听这样一个人谈话真是可喜,他就是情理的化身。"

　　我可以这样说吗?我看着这三个兄弟相同而不相等,就觉得那伟大的钟灵毓秀的大自然在创造吉尔时就想创造尼古拉了,它第一次试笔,不及理想的标准,便后悔了;它再拿起笔来,着一下力,就造成了雅各;但是这次笔头太重了。它第三次又动手,而这一次恰到好处,无过与不及。吉尔是草稿,雅各是重描过的画稿,尼古拉才是正式的肖像。

　　在他一六六○年所写的并且开始流行的那最初的几首讽刺诗(《达蒙,这伟大的作家》《巴黎的纷扰》)里,在他紧接着就发表的那另外的几首讽刺诗(《缪斯啊,改变作风吧》)和赠给莫里哀的那首讽刺诗里,布瓦洛已经显得是当时的侪辈中很工巧、很规矩、善于推敲的诗作者了,他特别致力于雅致地表现出城里人和诗人的若干特殊细节,他不和拉辛、拉封丹一样,由感觉方面去写人和人生,也不像拉封丹和莫里哀一样,从含着道德性讥嘲与哲学意味的观察方面去写人和人生,他的接触面没有那么广,那么丰富,但是也能够引人入胜、逸趣横生。他是个职业作家,是那老巴黎的多芬广场①的诗人,面对着那些在王宫市场②巴班③一类书店里陈列着的著名作者总是采取着裁判员的态度。在他赠给莫里哀的那首讽刺诗里,他问莫里哀怎么那样容易找到了他所要押的韵脚④。你可不要轻易地就信了他的话,千万不要太照着字面去看待这种专业性的问题。这主要的是一种借口,一个巧法子,把毕尔长老⑤或季诺⑥在这句诗的后面勾引出来。布瓦洛装出那种窘态,只是为着一面踩人家的脚一面狡猾地向人家道歉。不过,他诉说这种找韵的困难,次数太多了,不能不说他多少也确实有过一些这种困难的感觉。布瓦洛在他的《讽刺诗》和《赠诗》里使我们不断地看到他的钻研和推敲的工夫。从年轻时起他就这样:在布瓦洛的最年轻的缪斯⑦里就有些牢骚满腹的、叽叽咕咕的、忧愁恼闷的成分。他的缪斯从来就不曾有过青年的蓬勃朝气;她很早就有了斑白头发,灰眉毛;她渐渐成熟,这种面目就对她渐渐适宜些,到了中年,她似乎反比以前年轻些,因为她的一切都互相配合起来了。在布瓦洛的生命里,这个成熟时期也就是他最令人可喜的时期。如果说布瓦洛有若干严格意义的风韵,也只是在这个时期才有,在他写《经柜吟》⑧前四章和《赠拉辛》那首诗⑨的时期才有。

---

① 多芬广场(Place Dauphine),老巴黎的世家聚集之区。
② 王宫市场(Galerie du Palais),巴黎故宫四周的廊房,书商集中区。
③ 巴班(Barbin),当时著名的书店。
④ 见"韵与理之配合",第5句以下。
⑤ 毕尔长老(Abbé de Pure,1634—1680),是小说《女雅人》(La Précieuse)的作者,曾作诗讽刺布瓦洛。
⑥ 季诺(Philippe Quinault,1635—1688),悲剧作家,剧中多无味的浮艳之词。
⑦ 缪斯是司诗女神,说某人的缪斯就是说某人的诗才、风格等。参阅"诗的艺术"第一章第1句注及第四章第163句注。
⑧ 《经柜吟》(Lutrin),布瓦洛的讽刺诗杰作之一,共六章。写教堂司库人和颂诗歌唱人为经柜位置而争执的故事。
⑨ 指"从批评中求进益"。

我们仔细地看一看,就觉得布瓦洛的缪斯只有在勇气和胆量上曾经有过青年气。

要着手干他那一项事业是要有很多的勇气和胆量的。他那一项事业是不折不扣地要对那些最风行的作家、最受人敬仰的院士们说:"你们都是些拙劣的作者,或者至少都是些泥沙俱下的作者。你们都随随便便地写作;在十句、二十句、一百句诗中间,你们有时只能有一两句好诗,并且这一两句好诗又在俗恶的趣味中、在弛懈的风格中、在无味的语言中,淹没掉了。"布瓦洛的使命,不是使法国诗再回到马莱伯①,因为马莱伯已经是远不可追了,他的使命是使法国诗接受一种改革,和巴斯加尔在散文中所进行的改革一样。我觉得布瓦洛特别是,并且首先是祖述巴斯加尔的;我们可以说他是不折不扣地从《外省人信札》一书中脱胎出来的。布瓦洛在诗和批评方面的用意很可以界说如下:当时的法国诗坛除二三作家外,都沉沦于方向模糊、江河日下的状态中。布瓦洛要把法国诗导入正轨,并且要提高它,他要把它提高到《外省人信札》给散文提高到的那个水平,然而却又维持着诗与散文之间的正确界限与区别。巴斯加尔曾经讥笑过诗,讥笑过那种种陈词滥调,什么"黄金时代"呀,"当代的神奇"呀,"不幸的桂枝"呀,"美丽的明星"呀,"而这些滥调就叫作诗的美!"巴斯加尔曾那样说过。② 现在布瓦洛就是要叫诗从此以后变得连巴斯加尔一流的人物都不能不对它表示尊敬,不容许诗里再有一点瑕疵让精审的鉴赏家有所指摘。

我们试回想一下法国诗坛在布瓦洛出现时候的那种真实情况吧,我们看看那时最好、最伟大的诗人是怎样写诗的吧。莫里哀天才横溢,用韵如天马行空;拉封丹生性就是满不在乎的,用韵如纵辔闲游,其初期作风尤其是如此;伟大的高乃依乘兴为诗,能怎样

---

① 马莱伯(Malherbe,1555—1628),法国抒情诗人,风格遒劲雅洁,布瓦洛尊之为法国古典派的第一大师。

② 见《思想录》I 卷第 33 页。

写就怎样写,很少修改。这时布瓦洛出来了,他第一个把巴斯加尔的方法应用到诗的风格上:

　　如果我写四个字我将会涂掉三个。①

他又把马莱伯的规律拿出来,推行到整个的诗坛上;他扩充着这个规律,使之适合于他的时代;他把这规律教给他的年轻朋友拉辛,实际上拉辛有时倒还可不需要这种教训;那时拉封丹已经成熟了②,他还用这个规律经常提醒他,并且再三叮咛;就是莫里哀,布瓦洛也曾使他在他的最完美的诗剧里三思而后动笔。布瓦洛懂得,并且也使他的朋友们懂得:"好的诗句不是孤立的,绝不容许因为某几句诗好就把陪衬的诗句都马虎过去。"他的文学事业的真正意义就在此。

　　但是,单是这一个想法就够叫当时风行的那一大群才子和诗匠们要命了,这班人之能写出几句好诗,完全是靠运气,并且靠频繁的下笔,他们只有在诗律废弛和读者容忍的条件下才有立足的余地。还有一班装模作样堂哉皇哉的权威人物,靠一种不精鉴别、不谙风雅的博闻强记在宫廷里获得了炙手可热的信用,布瓦洛的那种想法也同样直接地打击了他们。这班人都是旧派,当时还高高在上,以沙伯兰③为首,统治着一切。布瓦洛要做的第一件事就是擒贼先擒王,把沙伯兰从柯尔贝尔(Colbert)的礼敬中排除出去——因为他在柯尔贝尔手下仿佛是文艺界的首席经纪人——并

---

① 见"韵与理之配合",第52句。
② 你们知道吗? 拉封丹的最佳作品是布瓦洛替他找到一个书商承印的。《寓言集》的第一版(包括前六卷)是1668年问世的,由铁利(Denys Thierry)的书店发行。这个铁利先不愿印行拉封丹的作品:"我逼着他去做,——布瓦洛说,——也是看我的面子他给了拉封丹几个钱,而他自己靠这本书赚的钱则不计其数。"(见马莱记载的1703年12月12日布瓦洛的谈话)——圣勃夫原注。
③ 沙伯兰(Chapelain,1598—1674),受宫廷和权贵宠信的诗人,曾徇首相黎世留(Richelieu)的私意,代法兰西学院撰写对高乃依名剧《熙德》的批评意见。著有《处女吟》(La Pucelle)、咏贞德(Jeanne d'Arc)救国事。参阅"自讼",第204句以下。

且使大家都能看出,作为作家的沙伯兰是可笑的。

天晓得年轻的布瓦洛这样的胆大包天在社会上激起了多么大的公愤啊!孟多协①、许艾②、白理逊③、斯居德里④之流都气得发抖;但是只要柯尔贝尔能了解,只要他能在众作家中识得出这个别有见地的鲁莽青年,只要他看着他的作品,听着他说话,能笑逐颜开,只要他在百忙中见到布瓦洛就能自始至终感到愉快,那就够了,一切都不成问题了。布瓦洛的清谈是柯尔贝尔的难得的正当娱乐之一。我们年轻的时候,人们在我们心目中总是把布瓦洛描写成那种严厉而皱着眉头的样子,以至于我们很难想象其真实的为人,而实际上他是最活泼的正经人物,最可爱的批评者。

我为着更好地和他晤对,昨天特地跑到雕刻陈列馆里去再看看吉拉尔东⑤替他塑的那座美妙的半身像。像表现着他的自在而洒脱的态度:当年必戴的那种宽大的假发巍然地罩在他的额头上,却并不使他感到负担;他的姿态很坚定,甚至于很自豪,头昂着,显得很自信;一种含着讥讽的微微半笑泛在他的嘴唇上;鼻子稍稍上翘,鼻尖上面和嘴上面的凹槽显示出他的好嘲弄、好讪笑,乃至出言峭刻的习惯;然而嘴唇却又敦厚而直爽,半张着,会说话的样子;这种嘴唇是留不住话的。光着的颈子让人看出一个双下巴,不过多半是因瘦而叠成的,不是因胖而凸出来的;这颈子有点瘪下去,和他早年就感到的那种声音瘖哑病很相称。但是整个的看起来,我们真切地感到这个人物在世时是多么与悲伤、愁郁站在相反的一面而毫不令人讨厌啊!

在他自己戴上这顶太庄严一点的假发之前,布瓦洛在年轻的

---

① 孟多协(Duc de Montausier,1610—1690),路易十四朝的太子傅保,也能写诗。
② 许艾(Huet,1630—1721),博学家,当时任主教。
③ 白理逊(Pellisson,1624—1693),路易十四朝的雕琢派文人,颇得宫廷宠幸。
④ 斯居德里(Scudéry,1601—1668),丰产的戏剧家及小说家,详见"诗的艺术"第一章第51句注。
⑤ 吉拉尔东(Girardon,1628—1715),法国名雕刻家,塑名人像甚多。

时候曾把别人的假发抓掉了不止一个①。大家都知道的故事我不去说了，这里有一件轶事，我相信是不曾载入书本里的。我们知道拉辛在高兴调皮的时候是很会调皮的，有一天他想起来要开个绝妙的玩笑，把布瓦洛带到龙巴尔区五钻路（rue des Cinq-Diamants, quartier Lombards）的沙伯兰家里去看沙伯兰。拉辛为了他初期所作的几篇颂歌曾受沙伯兰的鼓励，原和沙伯兰处得很好。他就利用他能接近这位博学人物的机会把那位已经为着沙氏的诗而和沙氏交手过的讽刺诗人带去看他，并且介绍着说他是施佛乐斯法官（Bailli de Chevreuse），偶然来到巴黎，想瞻仰瞻仰那位文坛泰斗。沙伯兰毫不怀疑这个化名；但是谈话之间，那位所谓爱好文学的法官把话题转到笑剧上来了，沙伯兰本是个博闻强记之士，登时引经据典地大大夸奖其意大利喜剧②，并且把这种喜剧捧得高高在上，因而压低了莫里哀。布瓦洛听着实在按捺不住了；尽管拉辛给他递眼色，叫他不要发作，那位假法官却火了起来，眼见着就要心直口快地暴露身份了。急得他的介绍人只好赶快告辞；才出房门就在楼梯上碰到高丹长老③，幸而他没有认出这位假法官。戴普雷奥早年的顽皮和对前辈的失敬大抵如此。妙在他顽皮和失敬的时候对象都选得很恰当。

在今天，布瓦洛的讽刺诗并不是他的作品中最得人喜欢的部分。讽刺诗的题目都选得太小，或者当作者在道德范围里选题目的时候，就又转入陈套了，例如：《论人类愚顽》赠勒·法野长老的那首讽刺诗，又如《论贵族》赠丹若的那首讽刺诗都是属于道德范

---

① 法国古时（直到1789年大革命前）的假发是上流社会男子礼服的一部分，青年人是不戴的。士大夫出门不戴假发便等于失掉身份，因此，"抓掉某人假发"是一句成语，就是说使某人坍台。
② 在莫里哀的伟大的喜剧出世之前，法国盛行意大利喜剧，这种喜剧胡乱穿插情节，东拉西凑，近于无理取闹；台词重雕琢，讲俏皮，无自然之趣。
③ 高丹长老（Abbé Cotin），是布瓦洛的文敌，诗才平庸，却在宫廷里有力的保护人。

围的。布瓦洛在《讽刺诗》和《赠诗》里,只要不是专谈文学作品,他就远不如贺拉斯和蒲伯①;更比不上莫里哀和拉封丹;他不过是一个寻常的道德学家,正派、明达而已,他只能在诗中的细节上和插进去的肖像描写上显出若干峭拔。他的最佳的一首讽刺诗是第六首,"这可能就是这类诗中的杰作",冯丹②说。这首讽刺杰作就是那首《自讼》,这还是他那心爱的题材,永远是那一套韵法、手法,给自己的诗才画出了一幅写真;他在这首诗里把自己全部描写出来,特别地铺张扬厉,带着一股劲头奇妙地刻画出自己的面目,使他在后世成为批评家的活现的典型。

我们已经说过,布瓦洛的感觉力早就转向他的理智方面,并且与理智合而为一了。他的热情(因为,就这方面而论,他是有热情的)是彻底批评性的,在他的审断中迸发出来。在文学作品里去求真,这时时刻刻就是他的蓓蕾妮丝③,也就是他的商美莱④。他的正确的判断力一受到刺激,他就忍耐不住,拼着命跟人家吵到底:

> 难道单是我一人不能说出一句话!
> 他将是那么可笑,而我还不能笑他!⑤

并且,谈到讽刺诗中的真理,他还说:

> 是讽刺诗辟开了我所应遵的途径,
> 使我从十五岁起见坏书就觉恶心;⑥

---

① 蒲伯(Pope,1688—1744),英国诗人兼哲学家,以赠诗及讽刺诗著名,曾为一代文宗。
② 冯丹(Fontanes,1757—1821),法国文学家,第一帝国时代的大学总监。
③ 蓓蕾妮丝(Bérénice),公元二世纪的犹太公主,罗马帝狄杜斯(Titus)携至罗马,拟与结婚,因人民反对,未果。拉辛曾以此事为主题写《蓓蕾妮丝》(1670)一剧,极尽缠绵悱恻之致。"蓓蕾妮丝"遂成为理想的情人之代词。
④ 商美莱(Champmeslé,1642—1698),女悲剧演员,以演拉辛的悲剧得名。参阅"从批评中求进益",第6句。
⑤⑥ 见"自讼",第191—192句及279—280句。

痛恨着愚蠢新书,同时也就热爱着、崇拜着好的作品,美的作品。当他满心满意地赞美一个作品的时候,他自己是多么感动啊!又多么使人感动啊!他那亚里斯塔克①式的诗句是多么充满着热情,充满着爱慕啊!

> 尽管有一个大臣联络人反对《熙德》,
> 全巴黎爱施曼娜都仿佛是罗狄克,
> 尽管学院的全体对《熙德》吹毛求疵,
> 公众却愤愤不平,偏为之赞赏不置。②

这是多么激昂慷慨的语气呀!那皱着的眉头又变得多么眉飞色舞呀!他那灰色瞳人的眼睛里闪烁着一颗泪珠;这时他的诗句才真正是健康的讽刺诗句,被良知之光纯化了,因为,他的良知,由于热力的不断增高,是能向四周辐射、放出光明来的。我们在这里还应该把《菲德尔》③演出

---

① 亚里斯塔克(Aristarque,公元前三世纪),古希腊的语法家兼批评家,成为后世的公正而严厉的批评家的典型。

② 见"自讼",第231—234句。《熙德》是高乃依成名的作品,法国古典悲剧中的第一篇名剧,为法国整个的古典悲剧奠定了基础。剧中主人翁就是罗狄克和施曼娜。这篇悲剧上演后,首相黎世留策动批评界群起反对,并策动法兰西学院严厉审查,遂演变成文学史上著名的"《熙德》之争"。代表学院写"学院对熙德的意见"的正是前面提到的那个沙伯兰。

③ 菲德尔(Phèdre)是希腊神话中人物,拉辛继欧里庇德和色内克之后用这故事写成了他的名剧《菲德尔》;在性格的描写方面和诗句的美丽方面应推为拉辛的杰作,但在上演时却遭到失败,因为当时的旧派文人联络着许多权贵,组织了一群观众来打击这个悲剧。但最严重的威胁是来自御港修院方面。御港修院是任色尼派的大本营,集中着当时的许多博学之士,提倡基督教的严酷教义,劝人苦修,反对文艺中描写爱情。许多第一流作家如巴斯加尔等都成为这一派的护法。布瓦洛和拉辛原都是这一派的朋友,但是布瓦洛并不同意任色尼派的文艺见解,拉辛自写爱情的悲剧以来也渐渐和任色尼派疏远了。这次《菲德尔》之争,任色尼派当然是站在反对方面的。不特为着取得斗争的胜利须要获得任色尼派的谅解,拉辛自己也颇自悔写了许多爱情悲剧,很想回头来皈依任色尼派,和这一派的学者们言归于好。当时任色尼派的领袖是大学者阿尔诺(Arnauld),拉辛与阿尔诺之间的转环工作是布瓦洛做的。经过布瓦洛煞费苦心的努力,阿尔诺不对《菲德尔》作出指摘的批评,而拉辛从此以后也就放弃了爱情剧。

后(1677年)他写给拉辛的那首赠诗①拿出来从头到尾重读一遍,这首诗是他那正义感的最辉煌、最完美的成功,是批评诗的杰作,在这篇杰作里,诗情既善于变化,同时又是显赫的、激扬的、和谐的、动人的,充满着兄弟般的友情。我们特别要重读一遍追述莫里哀之死的那几句好诗②,在这几句诗上布瓦洛必然滴下了一颗眼泪,一颗报仇的眼泪,而当他在这首赠诗的末尾回到自己身上,并回到他的敌人身上的时候,他说:

> 拜兰赏我们的诗于我们何足重轻?
> ……………………………………
> 但愿我们的韵语铿锵地朗诵出来,
> 能博得人民、显贵和全国郡县喝彩。③

这又是多么洒脱的声调呀!而且,不用任何形象,单凭字音的配合,又是多么雍容华贵呀!而下面列举的一些人名,乍一看好像是随便数出,实际上是经过了多少推敲啊,其中有多少不爽毫厘的分寸啊!音律又是多么饱满啊!首先是国王单提出来,占着一整句;孔代也是如此,以他的王族血统、他的天才、他的功勋和他的智慧的精鉴力,占一整句也是应该的;然后是他的儿子安根,占半句;然后就是第一流的评鉴家,这些人名,适当地读出来便构成那么饱满,那么谐协的诗句,和某些古诗一样:

---

① 指"从批评中求进益"。
② 见"从批评中求进益",第19—39句。大喜剧家莫里哀的戏剧充满了对劳动人民的同情,肆力攻击无知的贵族,狂妄的市民,伪善的宗教家,雕琢派的才子,以及当时的一切颓风败俗,所以生前不断地遭到这班人的围剿,赖有路易十四的保护和第一流诗人如布瓦洛等的支持,才能幸免于祸。但是莫里哀一死,国王也就立刻对他冷淡了,许多怀恨的教士和贵族反对给他公开举丧,不准以宗教仪式入葬,他的妻哀恳国王,好容易才获得小小的一块墓地,只准两名教士和几个生前好友在黑夜里把棺木送入坟茔。布瓦洛回忆莫里哀,特别拿这件事发端,正是以哀哭出之,可谓"未歌先咽",无限深情。
③ 见"从批评中求进益",第87—92句。

> ……但愿柯尔贝尔,韦风,
>
> 但愿拉罗什甫哥,马西雅克和潘蓬,①

但是,一数到孟多协的名字,他是作为作者的希望和祷祝放在最后提出来的,作者的那种调皮劲儿又出现了,不过上面加上了一层风韵的糖衣。② 这就是布瓦洛所常有的那种不着痕迹的奉承口吻;这位讽刺诗人,一面是那么善于一针见血,却同时也会说出:

> 搔到痒处的赞语就是佳句的灵魂。③

从《赠拉辛》这首诗起,布瓦洛在他所起的作用和所享的光荣里开始接近最高峰。他在当代的最著名的一群诗人中间占着第一流的位置。宁静地,公正地,精确地,他逐步扩充了他所专精的那一个诗体④,并且坚强地站住了脚,他并不羡慕别的任何人所精的诗体而见异思迁,他要言不烦地给别人下着评语,就是比他高强的人他也是一样地轩轾着他们,他成了蒙田⑤所谓之乐队总指挥;是万流宗仰、吐词为经的一个人物。

在布瓦洛写诗的生活里我们可以分成三个时期:第一期差不多直到1667年为止,是纯粹的讽刺诗人时代,是胆大的、牢骚满腹的、眼光微嫌狭隘的青年人时代,他刚从法院书记室里逃出来,离律师公会还不远,他忙于练习音韵,嘲笑着拙劣的诗匠,在他那节奏分明的十二音诗里拿着他们寻开心,并且突出地、确切地描写着

---

① 见"从批评中求进益",第95—96句。
② 孟多协是当时炙手可热的权贵,布瓦洛早年就和他闹翻了,但是布瓦洛总希望能把他的敌意扭转过来,所以他在这首诗里巧妙地插上这样的两句:
    "还但愿天可怜见孟多协乐于玉成,
    能对我们的诗篇开青眼品题公正!"
据传说,孟多协读了这两句诗果然消了气,不再根布瓦洛了。
③ 见"没有比真更美了",第150句。
④ 指讽刺诗。
⑤ 蒙田(Montaigne,1533—1592),法国著名的人文主义大师,其"论文集"为欧洲文坛的经典之一。

诗坛怪现状,揭开他所识破的许多假面具而高呼其实姓真名:

我称猫为一只猫,罗来为一个坏蛋。①

第二期是从 1669 年起到 1677 年止,还包含着讽刺诗人,但是已经渐渐趋于平静了,而且由于声望日隆,就不能不有许多要敷衍的地方;他在官廷里也已经很好地插上脚了;他在各方面的批评都变得比较明哲些,由于《诗的艺术》②一篇变成了巴那斯的立法者,同时在对人的看法上眼光也扩大些了,因而也比较哲学些了(《赠季尔拉格》③),能有优游的余暇领略各种田园风味了(《赠拉牟阿宁》④),他的想象力比较镇静,但丝毫没有冷下来,能组合并创造一些超我的画面,于诙谐中见深刻,由工巧而达于最高的完美,达于不朽的艺术。

《经枢吟》的前四章很好地给我们表现出了布瓦洛的诗才、布瓦洛的精神,当他在幽雅闲适的时候,在心情宁静、最悠然自得的时候,在他刚用过晚餐而心旷神怡、逸兴遄飞的时候的精神。

最后,第三期,是借口于史官职务的忙碌,又因为生了病,嗓音消失了,诗兴也消失了,间断了好几年才开始的;布瓦洛又回到诗上面来了,这次只能算是相当的成功,但是也绝不像人们一向所故意说的那么虎头蛇尾;他在这一期里写了《经枢吟》的后两章和最后的几首赠诗、最后的几首讽刺诗,还有《论上帝之爱》和作为绝笔的那首不很高明的讽刺诗《反模棱语》。

就是在这些作品里,他之所以不能如过去那样显赫,也许还不能归咎于才力的衰替,主要的还是要归咎于思想和题材于他不合。

---

① 《讽刺诗》Ⅰ,"别了,巴黎"。
② 《诗的艺术》是 1669 年就着手写的,比《经枢吟》早两年动手,于 1673 年与《经枢吟》前四章同时完成;一千多句诗写了五年,可见布瓦洛的推敲和审慎。
③ 《赠诗》Ⅴ,赠季尔拉格(A Guilleragues)《论自知》(Se connaître soi-même)。
④ 《赠诗》Ⅵ,(1677)赠拉牟阿宁(A. Lamoignon)《论田园之乐》(Les Plaisirs des Champs)。

即以反对妇女的那篇讨厌的讽刺诗①而论,作者借刑事法官达尔迪夫妇的为人②而刻画得令人毛骨悚然的那幅财迷画图,连现代写生学派的最热烈的拥护者都把它特别拈出来。那五十句左右的茹维纳尔③式的讽刺诗,你就是读了《欧也妮·葛朗台》④之后,就是看了得拉夸⑤的最辉煌的画页之后再来读它们,也不会感到它们逊色。

但是布瓦洛的这最后的一段生活日益接近于任色尼派和御港修院的宗教事业了,我不想在这里多说,因为这问题太专门,说了费力不讨好,而且这是我长久以来就保留着的一个题目,预备将来再谈⑥。

在他得意的时代里,在他日趋残废、衰颓、郁闷之前,布瓦洛在宫廷和社交中的表现又是怎样呢?他满口是妙语、隽语、针锋相对语和真诚语;说起话来精神十足,但是只有在他所关心的题目上他才是这样,也就是说只有在文学的问题上他才是这样。话一谈到这个问题上来,他就毫无顾忌了。塞维妮夫人⑦曾给我们叙述,在某次晚宴中,布瓦洛为了巴斯加尔和一位耶稣会教士大抬其杠,结

---

① 《讽刺诗》X,《反妇女》(1692—1694),布瓦洛早年就失了母爱,终身又不曾结婚,平时又很少和女性接触,所以不了解妇女。自1687年起他和崇今派论战,妇女又多站在崇今派方面,所以他对妇女更失掉公平了。他在这首诗里把妇女写得丑恶不堪。

② 这故事的大意是这样:刑事法官达尔迪(Tardieu)本有些悭吝,为贪图妻财,娶了一个丑女,这丑女的悭吝更甚于达尔迪。结婚之后,丑女管家,车马也去掉了,仆役也辞退了,进而节省饮食,节省衣冠,夫妇出门都不成人样;最后,丈夫为图财而枉法,妻子为贪财而盗窃。

③ 茹维纳尔,见"诗的艺术"第二章第157句以下。

④ 《欧也妮·葛朗台》是写实派小说家巴尔扎克的杰作之一,写一个守财奴的生活。

⑤ 得拉夸(Delacroix,1799—1863),法国的浪漫派大画家。

⑥ 圣勃夫在所著《御港学案》第五册第六卷第七章里专谈布瓦洛晚年思想和御港学派的关系。

⑦ 塞维妮夫人(Mme de Sévigné,1626—1696),法国大文豪之一,擅长笔札,不但文笔妍美,且述当时的宫廷及文人逸事甚多,审美力亦极精湛。

果闹了一场天真而绝妙的风波,使那神甫下不了台。① 布瓦洛能记得自己所作的诗,他先口头念给人家听,长久之后才写到纸上;他还不只是念念而已,他简直和演戏一般。比方,有一天,他还没有起床(因为他起身很迟),阿尔诺博士来访,他就坐在床上背他那第三首《赠诗》给阿尔诺听,其中有美妙的一段,结句是:

> 赶快呀,光阴似箭,它拖着我们飞逝:
> 我说话的这一瞬已经莫知其所之!

他读这最后一句时语调太轻快了,太矫捷了,阿尔诺本来就很天真,很灵动,再加上以前很少感受到这样好的法文诗的影响,所以他一听到这里就突然地离开坐席,绕室彷徨两三周,仿佛在追着那飞逝的一瞬光阴。——同样地,布瓦洛把他那篇《论上帝之爱》的神学赠诗念给拉·舍斯神甫②听,他读得也是太好了,竟赚得(这是更微妙③的)神甫的全部赞同。

为着领略到《经柏吟》的全部风趣,我常欢喜想象着是布瓦洛在念给我听,高吟着他那些描写的、富有画意的诗句,有时和夜一般的幽暗:

> 但是夜立刻张开它那可憎的翅膀,
> 盖起布尔高尼的那芳醇美酒之乡;④

---

① 见塞维妮夫人1690年1月15日给她的女儿格里良夫人(Mme de Grignan)的信。大意是这样:在一次晚宴中,大家谈起了古代文人和现代文人,布瓦洛说今人不及古人,只有一个今人是例外,意思是指巴斯加尔。在座的有一位耶稣会的神甫,问他这个例外的今人是谁,布瓦洛因为巴斯加尔曾猛烈抨击耶稣会,不便说出;但经一再被逼,终于说出了。那神甫批评巴斯加尔,布瓦洛竭力为他辩护,结果几至动武。"布瓦洛就和疯子一样,满屋跑着,永远不愿接触那神甫,把他一人丢在那里,跑到饭厅里来和别人再纵谈。"
② 拉·舍斯神甫(Père de La Chaise),耶稣会派领袖之一,路易十四的祈祷师。
③ 《论上帝之爱》这首诗充满任色尼派思想,但以善于朗诵博得耶稣会派领袖的赞同,所以"微妙"。参阅本篇页4,注③;页12,注③;页17,注①。
④ 《经柏吟》第三章开端,着重点依原文,表示音韵和意境的配合,加强读者的印象。这种地方属于语言特有的音调范围,无法迻译。以下所引各句均同。

有时以黎明一般的音韵显得清新而快乐：

>那烟云里的钟声以银一般的韵调，
>叮当地唤起歌人①来唱黎明的祷告；②

当他在第三章末尾描写那笨重的经枱费了九牛二虎之力被重新装置到座子上之后，他的诗句就产生着机巧而轻灵的印象：

>监库人两下一刨便登时竣了全功，
>那经枱终于又在承轴上自由转动；

或者，当诗人在第四章末尾描写经枱撤除时那种难于摧毁、难于拆卸的印象，便与上面的机巧与轻灵构成明显的对照：

>那笨家伙撤除了，板一块块撬下来，
>收到歌人的房里，从此不见了经枱。

所有这些，都是布瓦洛在拉牟阿宁③家里念给人听过的，是带着那种使灵感活现的朗诵艺术念出来的，所有这些都真正是有声有色，处处都对着读者笑盈盈的。

"医缺乏慧心的人应该用香槟酒，正如医缺乏健康的人应该用驴奶一样：前一个药方也许比后一个还要有效些。"布瓦洛曾这样说。他自己在得意的年代也颇不讨厌香槟酒、佳肴和交际场中的热闹；在这方面，他不很爱惜自己，不像他的朋友拉辛那样老是过于保重身体，生怕生病。布瓦洛比拉辛健谈些，有更多的社交兴致；这是使他身体吃亏的地方。直到上了相当的年纪的时候，他还是很好客，接待着那些愿意听他说话、环绕在他四周的人们。拉辛曾说："在他那奥陶的幽居里，或者更正确地说，在他那奥陶的公馆里，他快活得和南面王一般。我说他家是公馆，因为他家里没有

---

① 歌人(chantre)，教堂里专唱圣歌的人。
② 见《经枱吟》第四章开端。
③ 拉牟阿宁(Lamoignon, 1617—1677)，巴黎高等法院院长，以品德见称于时。

一天没有人聚餐,有时一天有两三起,而聚餐的人彼此都不很认识。他这样和大家周旋,反引以为乐;要是我么,我早就把那座房子卖掉了。"布瓦洛到后来果然是把那房子卖掉了,不过那只是在衰病使他难于行动,谈话使他十分痛苦的时候。

他的嗓子失音使他于 1687 年夏天迁到布奔矿泉区去疗养,这样一来,全国最高的权贵对他的关切都显露出来了。国王在筵席上常打听他的健康情况,亲王、公主们也都插进去问长问短。"宴会的大半时间里谈的都是你。"拉辛写信给他说。① 从 1677 年起,他和拉辛同时奉勅写国王的亲征史②。朝臣们看见两个诗人骑着马,跟大军前进,或者亲自下战壕,认真研究他们所要写的题目,在开始时都常引为谈笑之资。人们关于他们俩,不知道说过多少或真或假的故事,并且无疑地这些故事都是经过美化了的。我要在这里举出这种轶事中的崭新的一则,这是我从盖斯奈尔神甫给阿尔诺的一封信里抽出来的;这次两位诗人并不是在军队里,只是安居在凡尔赛宫,但是尽管如此,却还遇到一件倒楣的事:

"蒙代斯邦夫人③养了两只熊——盖斯奈尔神甫说(大约在 1680 年)——这两只熊是无拘无束的,随便地来来往往。人家给冯丹若小姐④预备了一所极漂亮的房子,它们跑到里面住了一夜。原来画家那天傍晚从房子里出来时忘记关门了;而负责照顾那房子的人们也和画家一样地疏忽;因此,两只熊看门都是开着,就进

---

① 见拉辛 1687 年 7 月 25 日致布瓦洛函。
② 关于布瓦洛任史官的事,圣勃夫在所写的别人的评传里还提过好几次。综合他的记载,拉辛和布瓦洛从征,两人表现的胆量大不相同,拉辛刮破一块皮心里都发慌,布瓦洛则十分勇敢。1686 年国王回宫养病的时候,常叫两人把所写的亲征史读给他听,他很满意。1699 年拉辛死了,国王对布瓦洛说:"此后要你一人担任这件事了,我只要你的文笔。"自此,国王循布瓦洛之请,派了一个副史官替他找材料,执笔的完全是布瓦洛。
③ 蒙代斯邦夫人(Mme de Montespan,1640—1707),路易十四的宠幸。
④ 冯丹若小姐(Mlle de Fontanges,1661—1681),继蒙代斯邦夫人之后的国王新宠。

去了,一整夜,把房子里的东西搞得乱七八糟。第二天,大家都说熊替它们的女主人报了仇了,还有许多诗人们诌出些笑话。凡是有关门责任的人都受到了谴责,因而他们决定从此每天晚上都早早关门。这时候,因为大家哄传熊把房子弄得如何如何地糟,所以有许多人都跑去看看这种糟的情况。戴普雷奥和拉辛两位先生傍晚时也去了,他们进一个房间,又进一个房间,也许因为太好奇了,也许因为两人谈话谈得太投机了,竟没想到有人在关锁着外面房间的门户;所以在他们要出来的时候,竟出不来了。他们对着窗子叫喊,也没有人听见。两位诗人只好就在头天晚上两只熊宿营的地方宿了营,从从容容地想着他们过去所作的诗或者将来所要写的历史。"

像这一类的轶事很够说明当时人所谈的戴普雷奥并不如我们所想象的那么愁眉苦脸的,也不是那么一味地板着面孔的。路易十四尊礼着戴普雷奥,不会容许朝臣们太过分地拿他开玩笑。君主的贤明赏识到诗人的文学见识,因而产生了两个权威者的真正相得。1683年,布瓦洛已经四十七岁了,已经写出他的全部杰作了,但是还没有进法兰西学院;这还是他最初的几首讽刺诗的影响。路易十四都为他等得有点不耐烦。这年有个院士出缺了;拉封丹在这场合上却成了戴普雷奥的竞争人,他已经在第一次投票中被通过,并且提请国王同意他为当选人或院士(这是当时的习惯),国王却把这事压住了,从那时起一直压到学院下一次选举。在这段时间里又有一个院士出缺了;学院就选了戴普雷奥补缺,他的名字一提到国王那里,路易十四立刻说:这次决定使他十分满意,可以获得全部核准,"你们也可以接受拉封丹,不必再迟了,"他又说:"因为他已经向我答应今后老老实实!"但是在此以前,从第一次选举到第二次选举中间的六个月中,国王(据多里飞①记

---

① 多里飞(D'Olivet,1682—1768),法国语法家,曾撰《法兰西学院史》。

载)却只使人隐约地看出他的意向,因为他自己曾订了一个规律,绝对不干涉学院的选举。我们知道,有些国王在这问题上就不像路易十四那么慎重。

今天,我们应该称赞、应该感谢那个伟大世纪的这种高尚而紧密的和谐。如果当时没有布瓦洛,如果当时没有路易十四能识得布瓦洛而使之总管文坛,我们试想想,情况会是怎样呢?即使是最伟大的天才,他们能产生出现在成为他们最结实的光荣遗产的那些作品吗?我恐怕拉辛会多写些《蓓蕾妮丝》一类的温情剧;拉封丹会多写些故事,少写些寓言;①连莫里哀也会在史嘉本②一类人物里多兜些圈子,或者就不会达到像《恨世者》那样严肃的高度。总之,这些美妙的天才每一个都会多犯些他所固有的毛病。赖有布瓦洛,也就是说,赖有这位工于批评的诗人的卓识,再加上那位伟大君主的贤明的支持,他们一个个地都被掌握住了;有布瓦洛在那里,受着大家的尊敬,因而就逼着他们写出他们的最佳、最庄严的作品。我们环顾现今的许多诗人,在开始时原也显得有充分的天赋才华,充满着希望和大有可为的灵感,你们知道他们缺乏的是什么吗?缺乏的就是一个布瓦洛和一个贤明的君主相得益彰地上下呼应着。所以这些富有才华的人们感觉到生在一个无政府、无纪律的世纪里,很快地也就随波逐流、自由散漫了;他们所作所为不像是高贵的天才,也不像是成年人,却不折不扣地像一些放了假的小学生。其结果如何,我们大家都看到了。

布瓦洛老来满肚子牢骚,他在那时就已经有大雅陵夷之感了,谁愿意听他说话他就宣布法国诗坛正在推下坡车。当他一七一一年三月十三日去世的时候,他对他的同辈和后辈的人们早已感到

---

① 拉封丹早年专用诗写故事,颇涉轻浮猥亵;后来专写寓言,遂成大家,独步古今。

② 史嘉本(Scapin),是莫里哀喜剧中的滑稽人物,在文学价值上属于低级,远抵不上像《恨世者》《伪君子》那一类伟大性格的戏剧人物。

灰心和失望了。这种看法是不是纯粹由于他的老悖呢？假使布瓦洛在十八世纪的中叶或末叶复生了，请你们想想，他会对于当时的诗坛作何感想？我们再假定他复生在帝国时代①，请你们也想想他会有什么样的看法。我总是觉得，当时援引布瓦洛的权威最热烈的人们无疑地不是布瓦洛会引为同调的人们。在十八世纪，把布瓦洛作为诗人而感觉得最真切、注释得最正确的，还是要数雷伯兰②，而雷伯兰是安得烈·舍涅③的朋友，是那班庸俗诗匠们诋为过于胆大的一个人。真正说来，布瓦洛比安得利约④之流所想象的要豪迈多了，新多了，但是这些无明确目的、无解决可能的假定，我们丢开不谈吧，我们还是实事求是地正视着今天形成的这种在破碎和紊乱状况中的文坛事物吧！既然我们都是孤立的，无能为力的，我们只有接受着这些事物，连同它们的分散和混乱在内，连同大家的错误，包括我们自己过去的错误和偏差都在内。但是，尽管文坛现状是如此，我还希望凡是自觉具有布瓦洛一类人的见识和勇气的人们都不要软弱下来。因为，社会上有一种人，当他们在身边发现了不管是文学上或是道德上的一个弊病、一件蠢事的时候，他们就保守着秘密，只想着怎样去利用这个弊病或蠢事，以别有用心的诡谀或勾结，从从容容地从这个弊病或蠢事中求得实际生活上的利益。大多数的人都是如此。不过，也还有一种人，他们一看到这种谬误和这种伪善的同恶相济，便要和它们作斗争，在他

---

① 指拿破仑一世称帝时期(1804—1815)。
② 雷伯兰(Le Brun,1729—1807)，法国抒情诗人，自号雷伯兰·班达尔(Lebrun-Pindare)，以希腊的大抒情诗人班达尔(公元前521—前441)的继承者自命。他的抒情诗在十八世纪那种情感枯燥的时代还算是比较好的，但是才力不够，远抵不上后来浪漫派的抒情诗。
③ 安得烈·舍涅(André Chénier,1762—1794)，法国十八世纪最伟大的诗人，摹仿古代悲歌及牧歌而能独出心裁，风格清纯，意境新颖，做"旧瓶装新酒"的工作而获得极大的成就，开了十九世纪浪漫派的先河。
④ 安得利约(Andrieux,1759—1833)，诗人、喜剧家及寓言作者，浪漫派文学革命时期的古典派，即守旧派。

们所感到的真理以任何一种形式完全拿出来、说出来之前,决不甘休。我们还是做这一种人吧,不管是在音韵的问题上或者在比较更重要一点的问题上。

诗 的 艺 术

第 一 章

　　总论：诗人必需有灵感，必需有自知之明（1—26）。——韵与理的配合（27—38）。——避免穿凿险僻，浮夸俗滥，俳优打诨（39—102）。——诗句的规律（103—112）。——法国诗简史（113—140）。——马莱伯的影响（141—146）。——明畅与正确为达到完美的条件（147—162）。——慢慢推敲，不求迅速（163—174）。——讲求章法（175—182）。——接受批评（183—232）。

　　巴那斯①多么崇高！精诗艺谈何容易！
　　一个鲁莽的作者②休妄想登峰造极：
　　如果他感觉不到神秘的天然异秉，
　　如果星宿不使他生下来就是诗人，
　　则他永远锢闭在他那褊小才具里，　　　　5
　　飞碧③既不听呼吁，天马④也不听指挥。

----

① 巴那斯（Parnasse）和赫利宫（Hélicon）是古希腊佛西德（Phocide）地方的两座山；又有一条河，名白美斯（Permesse）发源于赫利宫。据希腊神话，两山是诗神阿波罗（Apollon）所居；阿波罗手下有九个缪斯（muses），各司一种文艺，徜徉于两山与白美斯河之间。自此巴那斯、赫利宫和白美斯都代表诗坛，缪斯有时亦代表某一诗人的诗才或风格。
② "作者"（auteur）、"作家"（écrivain）、"才人"（esprit），在这诗里常常通用，都指诗人。
③ 飞碧（Phébus），诗神阿波罗的别称。
④ 天马（Pégase），是希腊神话中的飞马。赫利宫山里供奉缪斯的马泉（Hippocrène）就是它一脚踏出来的。

因此你呀,纵然你激于冒进的热情,
向往着文艺生涯,要走这艰难途径,
还是不要自苦吧,强学诗终会失败,
莫因为你爱吟咏①就认为你有天才, 10
也该怕学诗不成,到头落得空欢喜,
你应该久久衡量你的才华和实力。
　　大自然钟灵毓秀,盛产着卓越诗人,
它会把各样才华分配给每人一份②:
这一个能用诗句描绘着爱火情丝③, 15
那一个磨炼箴铭含着诙谐的芒刺④;
马莱伯歌咏英雄,能铺陈丰功伟烈⑤;
拉康⑥能歌咏翡丽⑦、牧羊人、山林、原野。
但往往一个诗人由于自矜和自命,
错认了自家才调,失掉了自知之明: 20
比方,往日某诗人⑧曾和法来⑨在一起,

---

① "吟咏"原文是 rimer,亦可译"凑韵","凑韵者"(rimeur)即"诗匠"。作者把写诗与凑韵,诗人与诗匠显然分开,其区别在于有无"诗意或诗境"。
② 意谓诗人往往只能工于一体,应有自知之明,用非所长便会失败。
③ 指抒写爱情的悲歌,参阅第二章第41—43句。
④ 指箴铭体,参阅第二章第103句。
⑤ 马莱伯(Malherbe),第131句后有专论;这里是说他也能写歌咏战功的颂歌。关于颂歌,参阅第二章第58—81句。
⑥ 拉康(Racan,1589—1670),法国诗人,牧歌及牧人恋爱剧作者,颇受意大利影响;但尚能独出心裁,善于描写景物,抒情亦能自然流露,常借牧歌暴露当时宫廷的淫靡之风。
⑦ 翡丽(Philis),牧歌中的传统女角。
⑧ 指圣·阿曼,《得救的摩西》的作者。——布瓦洛原注。
　圣·阿曼(Saint Amand,1594—1661),善写醉歌,歌颂酒德,颇见才调。作者讥评微嫌过当。
⑨ 法来(Faret,约1596—1646),法国散文家,法兰西学院章起草人,时人及作者称其嗜酒,言过其实。

用木炭题着诗歌,涂满了酒楼墙壁①,
他居然不识高低,冒昧地放开声调,
大唱其希伯来人胜利地跨海而逃②,
穿越着重重沙漠拼命地追赶摩西,　　　　25
结果和埃及昏君一同淹死在海里。③
　不管写什么题目,或庄严或是谐谑,
都要情理和韵脚永远地互相配合,
二者似乎是仇敌却并非不能相容;
韵脚不过是奴隶,其职责只是服从。　　　　30
如果我们为找韵肯先用一番工夫,
习惯很容易养成,韵自然一找就有;
在理性的控制下韵不难低头听命,
韵不能束缚义理,义理得韵而愈明。④
但是你忽于理性,韵就会不如人意;　　　　35
你越想以理就韵就越会以韵害义。
因此,首须爱理性:愿你的一切文章
永远只凭着理性获得价值和光芒。

---

① 诗人好酒,古今中外都是一样的。拉丁诗人马霞尔(Martial,43—104)就曾描写"一个酒醉的诗人用黑炭或白垩在熏黑的酒楼墙上题写着诗篇"。法国十七世纪诗人坐酒楼的风气特盛,拉辛的笑剧杰作《讼迷》(Les Plaideurs)就在酒楼里写成的。所以这句诗不一定实指圣·阿曼一人。
② 指圣·阿曼写的《得救的摩西》。据《圣经》,摩西率领希伯来人从埃及逃到天启的乐园,所到之处,海水自动分开;希伯来人过后,海水复合。
③ 这两句诗是讥笑圣·阿曼描写埃及王(又称"法拉翁"〔Pharaon〕)追赶摩西,其失败之惨和埃及王完全一样。
④ 法国文学家马孟台(Marmontel,1729—1799)曾阐释这句诗,说:"人的精神自然倾向于委靡,所以写散文时,最难防止信笔写去,流于一种偷懒的马厩和散文所容许的疏忽;而写诗呢,特别是有韵律的诗,不断生出的困难时时刻刻唤醒着注意力。韵脚能使人惊绝,所以对于人的精神是一种痛快;被圆满克服的困难只能给予辞藻和文思以更多的突出,更多的活力,更多的妍美或遒劲。"(《文学概论》,"韵脚"条)

大部分人都乘着一种癫狂的兴致，
　　总是想远离常理去寻找他的文思；　　　　　40
　　在他离奇诗句里他专想矫激惊人，
　　别人和他一样想他便觉跌下身份。
　　避免这种雕凿吧：不要学那意大利①，
　　让它去用假色泽使文章光怪陆离。
　　一切要合乎常情，但要达到这一点，　　　45
　　路是滑而难行的，很不易防止过偏；
　　你稍微走差一步就堕落不能自救。
　　理性之向前进行常只有一条正路。
　　也有时一个作家肚子里意思太多，
　　不说尽一个对象就绝不轻易放过。　　　　50
　　如遇到一座宫殿，便先写它的面景；②
　　然后又写些平台请你去一一光临；
　　这里是一个石阶，那里是一个走廊；
　　那里又是个阳台，栏杆都发着金光。
　　他数着天花板上圆和椭圆的藻井；　　　　55

---

① 自十四世纪以来，意大利作家，除但丁外，都欢喜用浮华的辞藻，运思务求纤巧，遣词特重音调，往往以辞害义，虽大作家如彼特拉克（Pétrarque）、薄伽丘（Boccace）、阿辽斯特（l'Arioste）、塔索（le Tasse）……都在所难免。到十六、十七两世纪在意大利更是变本加厉，同时把这风气传染到法国来了，法国的名作家如居·拜莱（Du Bellay）、彭斯拉德（Benserade）、瓦居尔（Voiture）等都相习而不自觉。所以布瓦洛这个批评在当时是有振聋发聩的作用。

② 以下几句都是指斯居德里（Scudéry，1601—1668）的史诗《阿拉利克》（Alaric）。他是丰产的戏剧家兼小说家，曾写剧本十六部，常自夸敏捷，写一千五百句的或十万句的一首长诗都同样不费气力。当时诗人都以敏捷多产自豪，诗人高陀（Godeau，1605—1672）每日写诗三百句，有一个剧作家叫马宁（Magnon）的要写一首长诗有十大本，每本有两万句，还有一个诗人叫包野（Boyer）的写了二十二部剧本，还写了八万句诗。布瓦洛极力反对这种人，他赞成马莱伯，因为他的全集一小时可以读完。

"到处都是雕花呀,到处都是绶带形"①。
我跳过了二十页想看看是否结束,
哪知道还在花园,险些儿不能逃出。②
莫学这些作家啊,避免这浮词滥调,
累赘的无用细节你应该一概不要。 60
凡是说得过多的都无味而又可嫌;
读者肚里餍足了便立刻拒而不咽。
谁不知适可而止就永远不会写作。

我们生怕犯毛病又往往矫正太过:
你这句诗嫌软了,就改得硬声硬气; 65
我原想避免冗长反变成词不达意;
这诗人不好藻饰,缪斯③就赤裸条条;
那诗人唯恐爬行便冲得比天还高。

你是不是想博得广大群众的赏识?
那么,写作时就该不断地变换文词。 70
一支文笔太均匀,通篇都一平如水,
尽管是晶光耀眼,毕竟要令人欲睡。
这种作家像念经,经常只有一个调,
他们生就讨人嫌,很少有人愿领教。

我羡慕那种诗人,会用灵活的歌喉, 75
由庄重转入柔和,由诙谐转入严肃!
他的书,天都爱好,读者们更加喜欢,
放在巴班书店④里买的人常常围满。

不管你写的什么,要避免鄙俗卑污:

---

① 引自斯居德里的《阿拉利克》。——布瓦洛原注。
② 《阿拉利克》里描写宫殿就用了五百句诗,描写花园也用了同样多的篇幅。
③ 指诗人风格,参阅本章第 1 句注。
④ 巴班书店,见"评传"第 6 页注③。

最不典雅的文体也有其典雅要求。　　　　　80
无耻的俳优打诨①蔑视着常情常理，
曾一度炫人眼目，以新颖讨人欢喜。
从此只见诗里面满是村俗的调笑；
在巴那斯神山里到处是市井嗷嘈；
大家都滥咏狂讴，越来越肆无忌惮；　　　　85
把阿波罗反串了②成为丑角塔巴兰③。
这风气有如疫疠，直传到全国郡县，
由市民传到王侯④，由书吏传到时贤。
最俗恶的滑稽家居然也有人赞赏；
哪怕就是笪素西⑤都找到人来捧场。　　　　90
但是，最后，朝廷上觉察到这股歪风，
它憎恶着诗坛上这种荒唐的放纵，
辨认出真率自然不同于俳优俗滥，
让《梯风》⑥一类作品到外省去受称赞。
万勿让这种歪风玷污着你的大作，　　　　　95
我们要学马罗⑦的那种风雅的谐谑，

---

① 俳优体自上世纪初年起即盛极一时，快到1669年才衰落下去。——布瓦洛原注。
② 指斯卡隆的《反串的维吉尔》。——布瓦洛原注。
③ 塔巴兰（Tabarin），本名梭罗门（Jean Salomon，约1584—1633），原为江湖卖药人的助手，善演滑稽剧，但极粗俗，十七世纪初期名噪一时。
④ 当时贵族也好用江湖隐语及民间行话，以为时髦。
⑤ 笪素西（Coupeau d'Assoucy，1604—1679），是《心情舒畅时的奥维德》（Ovide en belle humeur）的作者，将拉丁诗人奥维德的《变形记》反串而加以丑化，他精于音乐而行为不检，自称为"滑稽之帝"（Empereur du burlesque），曾与大喜剧家莫里哀交游。
⑥ 《梯风》（Le Typhon）是斯卡龙的长诗，述巨灵与天神交战的故事。"让《梯风》……到外省去受称赞"，说明巴黎人鄙视外省的风气。布瓦洛是巴黎人。
⑦ 马罗（Clément Marot，1495—1544），法国诗人，工于酬赠体、箴铭体、迭韵诗、循环歌等，以风趣见称。见下第119—122句。

把滑稽的村俗语丢给新桥①卖药人。
　　但是你也万不要步白勒波②的后尘，
就是翻译《法萨儿》③，也莫说：沿河两岸
"已死和未死的人堆成百座叫冤山"④。　　　100
提高你的格调吧，要从工巧求朴质，
要崇高⑤而不骄矜，要隽雅而无虚饰。⑥
　　你只能贡献读者使他喜悦的东西。
对诗的音律要求应该是十分严厉：
经常把你的诗句按意思分成两截⑦，　　　105
在每个半句后面要有适当的停歇。
万勿让一个元音流转得过于匆促，
遇到另一个元音在中途发生冲突⑧。
精选和谐的字眼自不难妙合天然。
要避免拗字拗音碰起来丑恶难堪：　　　110
最有内容的诗句、十分高贵的意境，
也不能得人欣赏，如果它刺耳难听。

---

① 卖解毒药的和唱木偶戏的长久以来就集中在新桥了。——布瓦洛原注。
　　新桥（Pont Neuf），巴黎的一个地区，如往日北京的天桥。
② 白勒波（Brébeuf, 1617—1661），法国诗人，风格好浮夸矫饰。
③ 《法萨儿》是拉丁诗人吕刚（Lucain）的史诗，述恺撒（César）与庞贝（Pompée）的战争，内容甚佳而辞藻多矫饰，白勒波译成法文，矫饰更甚。
④ 这是《法萨儿》第七章第897句的法译文。——布瓦洛原注。
⑤ 关于"崇高"的解释，见"读朗吉努斯感想"第十则及第十二则。
⑥ 布瓦洛对古典派风格的解释结晶在这两句诗里，与俳优、浮滥、矫饰成明显的对照。
⑦ 这主要地是指十二音诗。十二音诗是法国的典型诗句，每句十二音诗都在中间分成相等的"两截"（hémistiche），句法整齐。
⑧ 元音冲突（hiatus）是指前一字结尾是元音，接着后一字起头又是元音；这种禁忌直到现在还基本上存在着。法国字是多音的，中国字是单音的，当然不能相提并论；但是中国旧诗讲平仄，也无非是为着和谐。和谐是诗的最高要求，在各国各时代都是一致的，所以这一段讲诗律的话也还值得我们参考。

在法国的巴那斯①最初出现的时代，
绝没有任何规律，一切凭个人喜爱。
许多字凑合起来，一个韵押在最后，　　　　115
这就是唯一藻饰，没有抑扬和节奏②。
在这种粗疏时代，第一个要数维雍③，
把古代传奇④艺术由混乱导入清通。
不久又出了马罗⑤，提倡着迭韵律诗⑥，
琢磨着转应小曲⑦，填制着芭蕾舞词⑧，　　　120
又要求循环短歌⑨服从迭句的规定，
为诗的叶韵方式开辟了崭新途径⑩。
继之而起的龙沙⑪，用另外一种方法，

---

① "巴那斯"代表诗歌写作，代表诗坛。参阅前第1句注。
② 法国诗之有严格的韵律是从十二世纪就开始的。自此以后有许多诗人非常讲究音韵和节奏，甚至于有时达到以词害意的程度。不过长篇传奇是紊乱的，如布瓦洛所言，没有什么抑扬、节奏或其他藻饰。
③ 维雍(Villon, 1431—1489)，法国十五世纪的最伟大诗人。但他之所以伟大是由于他能抒写主观的情感，而不是由于他曾革新诗式；在诗式方面他是承着十三世纪鲁特博夫(Rutebeuf)和让·得·曼(Jean de Moeung)两大诗人的衣钵的。
④ 我们法国古代的大部分传奇都是用混乱而无秩序的诗句写成的，如《玫瑰传奇》(Roman de la Rose)以及其他数种。——布瓦洛原注。
⑤ 马罗见前第96句注。实际上迭韵律诗和循环短歌都不是马罗发明的；他也没有写过转应小曲和芭蕾舞词。
⑥ 迭韵律诗(ballade)，每首三章，每章十句或八句，每句八音或十音；三章都用同样的韵；最后煞尾(renvoi)五句或四句，格律与第三章末五句或四句同。
⑦ 转应小曲(triolet)，每首八句，第一句转为第四句及第七句，第二句转为末句。
⑧ 芭蕾舞词(mascarade)，无定格，是芭蕾舞的唱词。
⑨ 循环短歌(rondeau)，每首三章，每句八音或十音；句数或为5+3+5，或为4+4+5；通首两韵；三章末句均同。最后有迭句(refrain)。此种诗由数人围坐循环歌唱，故名。
⑩ 此语不确，马罗未创造任何新的叶韵方式。
⑪ 龙沙(Ronsard, 1524—1585)，法国十六世纪最伟大诗人之一，七星社(La Pléiade)的领袖。他曾努力根据希腊、拉丁文学和个人灵感给法国文字和文学注入一种新的血液。他在世时成为欧洲的文坛泰斗，死后就被人遗忘了，直到十九世纪才被浪漫派再捧起来。布瓦洛生在十七世纪是不能了解他的。

删订着、搅乱一切,其艺术自成一家,
在一个长久时期他的诗倒很风行。 125
但因为他的法语实际是希腊、拉丁①,
所以他那种缪斯后来跌得很可笑,
拟古的辉煌字眼转叫人觉得无聊。
这位骄傲的诗人从那么高跌下来,
使戴保德②和白陀③都兢兢引以为戒。 130
  最后马莱伯④来了,他在法国第一个
使人在诗里感到正确的音律谐和,
他指出:一字之宜,便会有多大效力,
他又迫使着缪斯服从道德的箴规⑤。
这位明哲的作家修订了法国语文⑥, 135
从此纯化的听觉感不到字音生硬,

---

① 实际上龙沙虽然摹仿希腊、拉丁文,但是作品中直接搬用的希腊、拉丁字为数很有限。
② 戴保德(Desportes,1546—1606)是龙沙的崇拜者,善写商籁(见第二章第82句以下)。
③ 白陀(Bertaut,1552—1611)也是龙沙的崇拜者,曾写许多商籁和悲歌(见第二章第38—57句)。实际上他和戴保德两人都不足承龙沙的衣钵。
④ 马莱伯(Malherbe,1555—1628),著作不多,只有一小本。他在诗里抑制想象力,提倡道德规范与明哲思想,确定了文句的构造法。他对于诗的风格是有很大的贡献的;所以布瓦洛尊他为第一个值得钦佩的诗人。布瓦洛自己也曾论马莱伯说:"真正说来,大自然没有把他造成一个大诗人;但是他曾以智慧和工夫补偿天才的不足,没有人能像他那样推敲作品的了。"(1695年4月26日致莫克罗〔Maucroix〕函)圣勃夫说:"马莱伯的不朽光荣在于他是法国对诗的风格有感觉和理论的第一人。"(《十六世纪的法国诗概论》〔Tableau de la Poésie françaiseau XVIe siècle〕)
⑤ 马莱伯的诗过于注重哲理和道德,排除热情和想象力,就难免冷淡和枯燥;但是这与布瓦洛以义理为中心的文学理论路数相同,所以被特别提出作为优点之一。自浪漫派以后这就成为马莱伯的一大缺点了。
⑥ 法国古典派的语言纯化是从马莱伯开始的,但久而久之,词汇因之而枯窘,而僵化,成为浪漫派攻击古典派的主要论据之一。

绝句诗①摇曳生姿②学会了意尽而止，
一句诗完成一意，不再敢跨句连词③。
真乃是风行草偃④；这位可靠的诗宗
就是现代的作家也当作楷模敬奉。 140
因此，你也追随吧；要爱他语言纯净，
效法他用字遣词既巧妙而又清明。
如果你的诗句中意思迂滞而难解，
读者精神碰到了便立刻开始松懈；
它很快地抛弃掉你那些无谓之词， 145
一个晦涩的作家，谁能卒读他的诗？

有些人思想模糊，脑子里一团混沌，
仿佛是经常裹着一层浓密的乌云；
纵然有理智光明，也不能把它穿透。
因此你写作之前先要学构思清楚。 150
全要看你的文思是晦暗还是明丽，
你的文词便随之较模糊或较清晰。
你心里想得透彻，你的话自然明白，
表达意思的词语自然会信手拈来。⑤
你尤其要注意的是那语言的法程， 155
你的文笔再大胆也莫犯它的神圣。

---

① 绝句（stances）是数句为一章、句法整齐而每章意思完足的诗篇。
② 论风韵与音律和谐，马莱伯实在不如龙沙。
③ 跨句连词（enjamber），指数字组成的一个词以一部分置于前句末尾，另一部分置于次句开端。法国十六世纪的诗中跨句连词很多，往往妨害韵律；古典派绝对禁止，又往往失之板滞；到浪漫派始取消了这个戒律。
④ 实际上是布瓦洛开始捧马莱伯为大师；马氏以后的许多诗人都并不宗奉他，甚至于像芮尼、巴尔扎克（Guez de Balzac）都反对马氏专断。
⑤ 这两句诗在法国已经成了谚语，罗马诗人贺拉斯也说："题目想透了，词语会自然来到。"

你的诗让我读着尽管是铿锵入耳,
文不从字又不顺,再动听也是徒劳。
我的看法绝不容借别字立异标奇,
也不容诗句臃肿不求通只求扬厉。 160
总之,语言不通顺,尽管你才由天授,
不论你写些什么总归是涂抹之流。

　　从从容容写作吧,不管人怎样催逼①,
万勿以敏捷自豪,求迅速只是傻气:
你说你笔头很快,一篇诗走笔而成, 165
这不说明你多才,只说明你欠精审。
我宁爱一条小溪在那细软的沙上,
徐徐地蜿蜒曲折在那开花的草场,
而不爱泛滥洪流骤雨一般地翻滚,
在泥泞的地面上挟着砂石而奔腾。 170
劝你从容地忙着;总不要失掉耐心,
还要十遍、二十遍修改着你的作品:
要不断地润色它,润色,再润色才对;
有时候可以增添,却常要割爱删弃。

　　如果一部作品里读起来到处是错, 175
偶然闪烁些警语那又能算得什么?
必需里面的一切都能够布置得宜;
必需开端和结尾都能和中间相配;

---

① "斯居德里为了原谅自己,老是说他之写得那么快是被人家催逼的。"——布瓦洛原注。
　布瓦洛在别的地方曾说:"读者只问我的文章好坏,不问我费的时间多少。"(《赠诗》Ⅱ)又在别处说:"一个作品不能表现出修改太过,但是实际上修改越多越好,往往就是由于修改,经过刮垢磨光的工夫,才能使读者感到文章天成、妙手偶得之趣。"

必需用精湛技巧求得段落的匀称,
把不同的各部门构成统一和完整。　　180
当你发挥的时候万不能离开题旨,
跑到十万八千里去找一个漂亮字。
　　你的诗句是不是怕人家指摘批评?
那么你自己就该严格地推敲删订。
无知的人才永远倾向于欣赏自己。　　185
　　你该找几个朋友能爽快地纠正你,
能对于你的写作诚恳地听你倾吐,
对你所有的毛病又是热心的诤友①;
放下作家的架子,对朋友要能谦逊,
但是也还要辨别,莫交上谄谀之人。　　190
有人似乎恭维你,其实在开你玩笑,
望你不爱人赞扬,只爱人给你忠告。
　　谄谀者一遇到你就准备拍案惊奇,
每句诗他听到了都使他魄荡魂飞:
一切都划,都神奇,没一个字不中听,　　195
他喜得手舞足蹈,他悲得有泪如倾;
他处处为你叫绝,捧得你糊里糊涂。
说真话的人哪有这种偏激的态度?
　　一个益友②经常是既严格而又刚毅,
一发现你的错误就绝不让你宁息:　　200
他绝不轻易放过你所疏忽的地方,
诗句布置失宜的,定要你调整妥当,

---

① 据考证,布瓦洛这几句诗是自己的经验谈。"诤友"指莫里哀、拉辛、拉封丹,因为他们四人常在一起宣读自己的作品,互提意见。
② 指巴特鲁(Patru),因为他鼓励布瓦洛写"诗的艺术",并为之全部批改。布瓦洛称之为"当代的昆体良"。

他对于浮夸字眼就一定加以抑压；
这里的意思欠妥,那里的词句欠佳。
他指出你的结构似有些不够分明； 205
这个词模棱两可:他要你设法澄清。
这样对你说话的才是个真正朋友。
　但是也常有作家拼命替自己辩护,
他觉得每一句诗他都该自卖自夸,
他一开头就表示他是被告的护法。 210
你如果说:"这句诗表达得不够高强。"
他便说:"啊呀! 先生,这句诗请你原谅。"
你说:"这句话可删,似乎情感不够热。"
他便答:"这句话么,全篇要数它出色!"
你道:"这样说不佳。"他道:"大家都赞美。" 215
他永远执迷不悟,就这样文过饰非,
只要在他作品里有一字被你批评,
他反而振振有词宁死也不肯删订。
然而你听他说话,他绝对欢迎指示；
他说你对他的诗尽可以吹毛求疵。 220
但是这种漂亮话只叫你听着开心,
他使出这条妙计好把诗读给你听。
读罢诗他就走了；满足于自家诗法,
为着多骗些赞美再去找一个傻瓜；
因为傻瓜有的是:就我们时代来说, 225
作家傻的固不少,捧场人傻的更多；
除开都市和外省出的傻子都不计,
还有许多依附在公爵或亲王家里。
最最平庸的作品接触到朝廷显宦,
经常都可以遇到热心的护法伽蓝； 230

15

最后，说句讽刺话来结束我这一章，一个傻子总找到更傻的人来捧场。

第 二 章

次要的诗类：牧歌（1—37）。——悲歌（38—57）。——颂歌（58—81）。——商籁（82—102）。——箴铭（103—138）。——循环歌；迭韵律诗；风趣诗（139—144）。——讽刺诗（145—180）。——揶揄调（181—190）。——歌谣（191—204）。

正如一个牧羊女在最盛大的节期
也不使她的头上压满豪华的珠翠，
她也用不着黄金加上钻石的光亮，
只在邻近的田里采她最美的新妆：
同样地，幽雅牧歌①要漂亮而无繁文， 5
它的腔调要可人而风格却要谦逊；
措辞要朴质自然，不能有丝毫矫饰，
绝不爱矜才使气，显得是才子之诗。
一定要它的温柔得人怜、沁人心脾，
绝不要慷慨激昂叫人家听了骇异。 10
然而诗匠写牧歌竟常苦诗肠枯槁，
生起气来便索性丢开了牧笛村箫；
凭着他糊涂兴致疯狂地大吹大擂，

---

① 牧歌（idylle）是写农牧生活的小诗，差不多经常都描写着乡村中青年男女的纯朴的爱情故事。

在一首田园诗①中却奏起铙歌鼓吹②。
直吓得潘神③闻声逃匿到荻芦深处；　　　　15
水仙们④心惊胆战,钻进水不敢露头。
另一种人正相反,语言太鄙俗下流,
他使果园说着话,活像些村夫村妇。
他的诗粗劣平庸绝没有丝毫风味,
直把头低到地上爬行着,无限悲凄：　　　　20
简直像是老龙沙⑤吹着乡村的笛子,
又来低声哼唱着他那种峨特牧诗⑥,
颠倒着歌中人物,不顾音调与谐声,
变李西达⑦为彼罗⑧,把翡丽⑨换成陶冷⑩。
在这两种极端中,正路是十分难找,　　　　25

---

① 田园诗(églogue),专写农牧生活及田园景色,范围狭于牧歌,布瓦洛把二者并在一起,并等同起来了。
② "铙歌鼓吹"原文是"trompette"(军号),是史诗的象征,因为史诗是歌咏战争的。在牧歌里杂入史诗风格,体裁就不合了。参阅下第139句："诗体各以其所美,显示出它的漂亮。"
③ 潘神(Pan)是希腊神话中的司牧畜之神,长着羊角、羊蹄,是牧笛的发明者。他是大自然的象征,在山、川、林、谷里自由自在地跑着,奏着牧笛,领导着水仙跳舞。
④ 水仙们(Nymphes),希腊神话中代表林、泉、河、海的仙女,生活在林际、水边或山洞里,种类甚多,数目无定。
⑤ 龙沙,见第一章123句注。他曾写过不少的田园诗,都嫌矫揉做作,缺乏自然之趣。
⑥ 峨特(Goths),古蛮族之一；"峨特牧诗"是说这种牧诗不像罗马的,也不像法国的,"蛮"气十足,不伦不类。
⑦ 李西达(Lycidas),古代牧歌中传统人物。
⑧ 彼罗(Pierrot),龙沙杜撰的人物,义为"小彼得"。
⑨ 翡丽,见第一章第18句注。
⑩ 陶冷(Toinon),也是龙沙杜撰的人名。陶冷、彼罗以及龙沙田园诗中许多其他人名大抵都是把当时的君、后、贵族、名媛的名字加以躶括,放在牧歌里,这样便显得旧瓶装新酒,声调不调和,并具有十足的"蛮"气了。

你唯有紧紧追随陶克利特①,维吉尔②:
他们的篇什缠绵,是"三媚"心传之作③,
你应该爱不释手,日夜地加以揣摩;
只有他们的佳章能教你深深体会
要运用何等艺术使作者谦而不卑, 30
教你去如何歌咏田园、宝满④和花神⑤,
如何使牧羊男女用牧笛争优竞胜,
如何把牧人之恋描写得温馨旖旎,
使纳惜斯变成花⑥,妲芙妮长上树皮⑦;
教你知道有时候牧歌以何等艺术 35
美化着田野山林配让执政来居住⑧,
牧歌的风韵如此,其特征也是如此。
　　悲歌⑨格调高一点,但也还不能放肆,
它应该如怨如诉,披着长长的丧衣,
让头发乱如飞蓬抚着棺木而啼泣。 40

---

① 陶克利特(Théocrite de Syracuse,公元前三世纪),古希腊的第一流诗人,牧歌的创始者,富于锐敏感觉、想象力及写实精神。
② 维吉尔(Virgile,前 70—前 19),最伟大的罗马诗人之一,史诗《伊尼特》(Enéide)的作者,也写了不少绝妙的牧歌和田园诗。
③ 据古希腊神话,天庭有妩媚之神三人,称"天庭三媚"(Les Trois Grâces),形象是三个经常在一起跳舞的美女,她们代表着妍美中最动人的魔力。
④ 宝满(Pomone),希腊神话中司果木的女神。
⑤ 花神(Flore)音译为"莩乐儿",希腊神话中的司花女神,春风之神色飞儿(Zéphyre)之妻。
⑥ 纳惜斯(Narcisse),河神之子,美风姿,经常在泉水里照着自己,顾影自怜,后自投水中,变为水仙花。
⑦ 妲芙妮(Daphné),美貌的水仙,被阿波罗追逐,奔逃中全身长上了树皮,变为桂树。纳惜斯与妲芙妮故事均见奥维德的《变形记》。
⑧ 维吉尔:"如果我们歌咏树林,就要把树林写得配让执政来居住。"(维吉尔《田园诗》Ⅳ,第 3 节)古罗马的执政就是国家元首,通常是两人,共掌国政。
⑨ 悲歌(élégie),最初是写哀怨的歌曲,起于希腊,以六音节诗句及五音节诗句相间而成。到了罗马诗人手里,悲歌也抒写欢情。

它又描写有情人,曲尽其悲欢离合;
对爱侣能嗔、善媚,时而闹,时而讲和。
但要想真能表出这种种微妙情怀,
单是诗人还不够,要自己真在恋爱。
　　我最恨无病呻吟,那种人真是荒诞,　　　　45
他说他情如火热,缪斯却水冷冰寒;
他装出多病多愁,嘴疯狂心里平静,
为着要吟成诗句便自称无限痴情。
他最甜蜜的热爱都只是纸上空言:
他一辈子只会说:带着爱情的锁链,　　　　　50
只会说:甘为俘虏,只会说:虽死犹荣,①
句句话岂有此理,句句话言不由衷。
当初爱神②启示着狄毕尔③叹息呻吟,
教缠绵的奥维德④迸发出柔媚之音,
他以美妙的真言传授着他的技艺,　　　　　55
哪里有这种腔调叫人家笑破肚皮!
总之在悲歌体里只有心灵在说话。
　　颂歌⑤就比较辉煌,气魄也相当伟大⑥,

---

① "爱情的锁链""甘为俘虏""虽死犹荣"都是当时小说中风流骑士对所欢所说的媚语,早已成了滥调。
② 爱神(Amour),希腊人称为爱罗斯(Eros),罗马人称为居必多(Cupidon),系妍美之神维纳丝(Vénus)的儿子,古人想象其为顽童(或美少年)模样,以带蒙眼,手执弓箭,随意乱射,心被射中的就害相思病,虽天上诸神都不能免。
③ 狄毕尔(Tibulle,前约51—前约19)是古罗马诗人,有《悲歌》四卷传世。
④ 奥维德(Ovide,前43—公元16),罗马诗人,所著《变形记》最著名,又著有《爱之艺术》《爱之医疗》等;文笔优美,富于风韵,但才多而情不深。此处当指《爱之艺术》及《爱之医疗》两书,但不足为抒写爱情的悲歌典范。
⑤ 颂歌(ode),原为琴歌,最初以竖琴伴唱。早期专抒写宗教情感及胜利之后,后来扩大范围,歌颂各种娱乐。布瓦洛在这里只谈到歌颂胜利和饮宴之乐两种。
⑥ 原文为"et non moins d'énergie"(气魄也不比较小)。注释家分两派:一派认为"气魄不比悲歌小",因而批评家就诋为语病,因悲歌是谈不上什么气魄的,而颂歌则气魄相当伟大。另一派释为"气魄与辉煌相当"。我们认为后说为长,从后说。

它尽量飞扬凌厉,英雄气直薄云天①,
并且还在诗句里时常与天神相见。　　　　　60
在庇斯②竞技会中它为力士们开路,
它歌唱着优胜者到终点风尘仆仆,
血淋淋的阿什尔③,它引到西美④河边,
它叙述厄斯哥河⑤如何被路易⑥攻占。
有时它又像蜜蜂孜孜不倦地酿蜜,　　　　　65
飞到河边去劳作,遍采百花的精液:
它描写舞席歌筵、宴乐欢笑的情况;
夸耀着得来一吻正在彩虹⑦的唇上,
那彩虹半推半就,有时还故意怄人,
硬不肯接受要求,要你蛮搂来一吻。　　　　70
颂歌风格如狂飙,常随便往来飘忽,
美妙的参差错落都来自艺术火候。
　　去吧!胆小的诗匠!他们的呆板文思
在灵机酣纵之中还泥于叙述层次;
他们写一个英雄,歌颂着丰功伟烈,　　　　75

---

① 这是指歌咏胜利的颂歌。
② 庇斯(Pise),地名,在古希腊的厄利德(Elide)地方,奥林匹克竞技会就在这里举行。
③ 阿什尔(Achille),荷马史诗《伊利亚特》(Iliade)里希腊方面武艺最高强的英雄;他与敌方特洛亚(Troie)的最勇武的英雄赫克多(Hector)大战,杀了赫克多,而自己也中了毒箭,不久就死了。
④ 西美河(Simoïs),在特洛亚特(Troade),阿什尔胜利后在这河里洗去浑身血迹。
⑤ 厄斯哥河(Escaut),经过法、比、荷三国,1677年3月路易十四率军白日渡河攻占了瓦朗先城。
⑥ 路易就是当时的君主路易十四,他在这时期战胜了荷兰,所以这句诗是指时事。
⑦ 彩虹(Iris),古代歌女的典型的名字。

仿佛写枯燥历史,斤斤于后先年月。
他们死盯住题目,不敢有一刻离开:
为着写多尔①投降,硬要候里尔②缴械;
还要候古特来城③在诗中已经攻陷,
他们就像梅兹勒④专求史笔的谨严。　　　　　80
这种人是阿波罗没有肯给他才调。
　　提起这诗神,据说,有一天,心血来潮,
要把全法国诗人投入窘迫的境遇,
他发明商籁⑤诗体,并订出严格规律:
他要同律的两节,每一节有诗四行,　　　　　85
以两音构成八韵,个个韵入耳铿锵,
然后又是六句诗,艺术地整齐排列,
照意思分成两半,每三句构成一节。
特别在这种诗中他禁止任何迁就;
他还亲自考校着诗的音调和节奏;　　　　　　90
他不准全篇之中偶然有一句松懈,
也不准有一个字用过后又敢重来。
因而他使这种诗具有无上的鲜妍,
一首无疵的商籁抵得上一首长篇。
不过无数的作者都不曾达到完美,　　　　　　95

----

① 多尔城(Dôle)是 1668 年被法国攻陷的。
② 里尔城(Lille)是 1667 年被法国攻陷的。
③ 古特来城(Courtrai),也是 1667 年被法国攻陷的。以上三城的攻陷都是法荷战争中法方的重要胜利。
④ 梅兹勒(Mézerai,1610—1683),法国史家,著有《法国通史》,在当时被认为谨严的史乘。他是法兰西学院的秘书长,在布瓦洛之前任路易十四的史官。
⑤ 商籁(sonnet),起于意大利,由圣·日来(Mellin de Saint-Gelais)传入法国,七星社的诗人很推崇这个诗体,后又经雕琢派(les précieux)作家大事宣扬,风行一时。浪漫派诗人及其继承者也都欢喜写商籁。商籁的格律下文规定得很详细;韵的组织是这样:ABAB,BAAB,CCD,EED。每句都是十二音。

这个绝妙的凤凰还待后人去寻觅。
宫波①,梅纳②,马尔维③曾写过千千万万,
其中勉强可观的不过千分之二三:
其余的像贝尔蝶④根本就少人光顾,
走出赛西⑤家一跳便跑去盖瓮复瓿。　　　　100
要把作者的意思装进那固定边框,
总是苦于那诗律不是太短就太长。
　　箴铭体⑥比较自由,篇幅也比较狭小,
常只是一句隽语装饰着两个韵脚。
当初我们的诗人都不会说俏皮话⑦,　　　　105
后来是从意大利传到了法国作家⑧。
这是一种假风雅,俗人们眩惑一时,
大家都奔赴新奇仿佛是饥而争食。
读者大众的欢迎又给它们壮了胆,

---

① 宫波(Gombauld,1570—1666),法国雕琢派的诗人,曾以商籁一首博得一千二百金元的年金。
② 梅纳(Maynard,1582—1646),也是法国雕琢派诗人,曾以商籁讥刺当时的首相。
③ 马尔维(Malleville,1597—1647),平生写作以商籁为最多。以上三人都是最初期的法兰西学院院士。
④ 贝尔蝶(Pelletier),十七世纪无才而丰产的诗人,生卒年月无可考。曾写商籁四百首;他是布瓦洛再三讽刺的对象。
⑤ 赛西(Sercy)是王宫区的一家书店。——布瓦洛原注。
⑥ 箴铭体(épigramme),最初为铭刻文字,多系韵文,后成为用隽语构成的短诗,每首八句或十句,但是亦有一、二句者;如系一句,则句中有韵。布瓦洛在这里所指的是最后一种。
⑦ 俏皮话(pointe)是运用想象的比附或字眼的双关而构成的纤巧语,使人乍听着觉得说话者颇有才情,但无深刻意义,不能耐人寻味,所以不是隽语,更不是"画龙点睛"的警语。
⑧ 俏皮话也和商籁一样,是圣·日来介绍到法国的。最早来源是意大利的 concetto(漂亮话),后来又加上西班牙的 estilo culto(锤炼体),经过法国雕琢派的爱好与提倡,便演成如下文所写的那种泛滥成灾的现象。

俏皮话便如洪水,泛滥着巴那斯山。　　　　110
首先是风趣诗①中充满了俏皮语意;
就是高傲的商籁也不免受到波及;
悲剧②也用俏皮话作为最妙的台词;
悲歌也用俏皮话点缀着它的哀思;
一个英雄出了台,话俏皮才算漂亮,　　　　115
情人说话不俏皮便不敢倾吐衷肠;
所有放牛郎也都用新词诉说相思,
也都追求俏皮话过于追求情妹子;
俏皮话里每个字总都是一语双关;
用在诗或散文里都可以一概不管;　　　　120
律师也用俏皮话武装着公堂词令,
牧师③也用俏皮话穿插着宣讲福音。

　　最后理性睁了眼,因为它受尽侮辱,
它把庄严文字里俏皮话永远清除;
它宣布了俏皮话不能登大雅之堂,　　　　125
只有在箴铭体里恩准它占点地方,
还要它那种纤巧到适当时才一闪,
要从意思上出发,不准再玩弄字面④。

---

① 风趣诗(madrigal),名称来自意大利,但在法国从十五世纪起就有人写了。这种诗也很短,无一定格式,主要是抒写一个温柔绮丽的、显露才情的思想(见下第143—144句)。它也和商籁一样,是雕琢派的诗人所最爱好的一体。
② 如"迈莱的《西尔维》(Sylvie)"。——布瓦洛原注。
迈莱(Jean Mairet,1604—1686),是为高乃依开路的悲剧作家,他的杰作是《骚弗尼斯伯》(Sophonisbe,1629)。
③ 指奥古斯丁会(Augustin)的牧师安德烈(André)。——布瓦洛原注。
实际上法国十七世纪的宣教士爱讲俏皮话的很多。
④ 布瓦洛把从意思上出发和从字面上出发的两种俏皮话分得很清楚:由于两个概念相近,因而加以比附,开个玩笑,还情有可原;专在字面上做工夫,扯东拉西,大抵都是无理取闹。

像这样在各方面紊乱才完全止住。
不过在宫廷里面还有杜吕班①之流,　　　　　130
语言无味的俳优,身世可怜的丑角,
还落后地拥护着粗鄙的油腔滑调。
并不是说有时候稍具慧心的诗才
不做些文字游戏,不便中带点诙谐,
不偶然曲解词意,而把它翻成语妙;　　　　135
但不能着意追求,太过了反而可笑。
莫在一首箴铭里把辞锋磨得过火,
结尾老用俏皮话转而使全篇轻薄。

　　诗体各以其所美,来显出它的漂亮。
高卢②产的循环歌自以其淳朴见长。　　　　140
迭韵律诗的规格从古就异常谨严,
它的全部的光华常由于韵脚善变。
　　风趣诗比较简单,措辞也比较高尚,
读着使人感觉到温柔、亲切与慈祥。
　　讽刺诗③从古就是真理手中的武器,　　　145
它不是急于骂人,是急于显出真理。
敢于揭示真理的,吕西尔④是第一人,
他拿镜子照出了罗马人邪恶可恨,

---

① 杜吕班(Turlupin,生年不详,卒于1634年),法国名噪一时的笑剧演员,擅长以双关语、村俗语调笑打诨。
② 高卢(Gaule),法国的古称,循环歌是法国特有的诗体,不像商籁等之自外输入,故云"高卢产"。
③ 讽刺诗(satire),无定式。在法国,以布瓦洛为大宗匠。
④ 吕西尔(Lucile),全名为 Caïus Lucilius(前149—前103)。贺拉斯称之为罗马第一讽刺诗人。茹维纳尔(注见下)说:"每逢热烈的吕西尔高举着宝剑大声呵斥时,听的人回想到自己的罪恶,脸也红了,灵魂也冰冷了,因为心中有愧而惶恐战栗、汗下涔涔。"

他为寒士鸣不平,呵斥富豪的骄态,
他愤慨贤者徒步,不肖者八托八抬①。　　　　　150
　　贺拉斯②在怒骂中又加上他的诙嘲,
从此狂妄或愚顽遇到他都难逃跑;
任何人有了言行可供指摘的余地,
只要名字能入律那就要该他倒楣!
　　白尔斯③诗很艰涩但是语疾而句遒,　　　　155
他专求他的篇章字少而意思丰富。
　　茹维纳尔④成长在这一派笑骂声中,
用极度的夸大法写他的泼辣讥讽。
他的作品充满了丑恶不堪的真实,
同时却又闪烁着美妙无比的好诗:　　　　　　160
不论他是根据着卡卜雷来的诏书⑤,
把巍巍的色穰⑥像拿出来毁掉息怒;
或是描写元老们既谄佞而又战栗,
遑遑然跑来开会,唯恐怕暴主猜疑⑦;

---

① 罗马富人出行,经常躺在一种软轿里,用许多奴隶抬着,正如中国所谓之"八抬八托"。
② 贺拉斯的风格,冷嘲多于热骂,讽刺的范围极广,不但所著的《讽刺诗》极嬉笑怒骂之能事,就是在《颂歌》和《赠诗》里也常常讥刺时弊,针砭顽懦;他常常直指人名,不过这些名字大抵都是假托的,或加以隐括,使之便于入诗。
③ 白尔斯(Perse,34—62),罗马的斯多噶派(stoïcien)讽刺诗人,所作讽刺诗,泼辣严厉,但字句过于锤炼,流于艰涩。
④ 茹维纳尔(Juvénal,约42—约123),修辞学教师,专精讽刺体的诗人;他生在罗马帝制时代,把当时罗马的政治和社会的丑恶面揭发殆尽。连当时的帝后都成为他的讽刺对象。
⑤ "见《讽刺诗》X,第71—72页。"——布瓦洛原注。
这句诗是:"一封长的详细的诏书从卡卜雷(Caprée)送来了。"
⑥ 色穰(Séjan),狄拜尔(Tibère,14—37)帝的宠臣,威势炙手可热;后发现其与某叛逆案有关,狄拜尔帝自卡卜雷岛颁发诏书,伤将色穰处死。
⑦ "见《讽刺诗》Ⅳ,第72—75行。"——布瓦洛原注。
这几句诗是:"人们把元老们召集来开会,这些元老都是多米天帝(Domitien)所憎恨的,他们的面色惨白就暴露出君王这种眷顾的危险性。"

或是恣意刻画着罗马人侈靡荒淫①，   165
向罗马的搬运夫出卖皇后梅萨令②，
他总是痛快淋漓，句句诗光芒万丈。

  在法国只有芮尼③学着他们的榜样，
他是这些大师的机巧的私淑弟子，
在他旧的格调里却具有新的风姿。   170
只可惜他的言论，雅人都听着皱眉，
他经常接近下流，话就有下流气味，
他的猥亵的韵脚用起来十分大胆，
一个人稍知羞耻便常觉入耳难堪！
拉丁诗人用字眼不怕人难以为情，   175
法国读者却要求句句诗雅驯中听；
意思上稍涉邪淫，他便觉受到侮辱，
必须用字面清白来替那秽亵遮羞。
我要求讽刺诗中作者如璞玉无瑕，
绝不容无耻之徒也跑来侈谈风化。④   180

  法国人生来伶俐，讽刺诗又多语妙，
因而他取其一义演成了揶揄小调⑤，

---

① 见《讽刺诗》Ⅵ，Ⅲ。——布瓦洛原注。
② 梅萨令（Messaline），罗马帝克罗德一世（41—54）的第一妻，是著名的荒淫皇后，常微服夜游，杂入娼妓中间招引狎客。
③ 芮尼的风格不似白尔斯和茹维纳尔，所作颇有风趣，有时也还深刻；虽多写"下流"社会，语涉淫秽，却并没有布瓦洛所形容的那样程度。而且"只有芮尼"也说得太过，在芮尼之前，龙沙和居·拜莱（Du Bellay）都写过讽刺诗。
④ 这句诗，有人说是骂芮尼，也有人说自175句以下都与芮尼无关；我们玩味原文，觉得后说为胜。
⑤ 揶揄调（vaudeville），最早是 Vau-de-Vire（佛·得·维尔）；这本是法国诺曼底省的一个地名，揶揄调起源于此，故以地为名，称"佛·得·维尔"，是"一种风行全城的歌谣，通常以时事为题"（《法兰西学院大辞典》，1694年版），风格伶俐，口吻讥嘲，作者多为无名氏，也就是说是人民大众。

这小调轻狂有趣引得人争相传唱,
唱的人各加一段,所以就越拉越长。
法国人的活泼劲在诗里充分展开: 185
快活儿当然要在欢笑里产生出来。
然而你尽管欢笑,却不能得意忘形,
切莫把上帝拿来作为荒谬的笑柄。
这种小调到后来受了无神论影响,
终于把揶揄的人悲惨地送上刑场①。 190
  就是作歌谣也该讲艺术、合乎常情;
然而竟然有种人喝了酒、偶然高兴,
便发动他的缪斯拉开粗陋的腔调,
不才如李尼埃尔②也诌出一段歌谣。
但是莫因为你能碰运气诌得顺口,   195
你就被熏昏头脑骄傲得糊里糊涂。
常有狂妄的作者才写过一首短歌,
便立刻挺起胸来自封为诗人一个:
若不再写首商籁就会得失眠重症,
每天早晨爬起来要誊写半打偶成③。 200
像这样猖獗沉迷当然要灾梨祸枣,
歪诗全集的卷头还印上作者玉照,

---

① 这是指当时名卜第(Petit)的一个诗人;他曾写《可笑的巴黎》一首诗,远胜于圣·阿曼的一首名诗《可笑的罗马》。但是他又曾写过几首歌谣,对宗教颇不尊敬,虽然家传户诵,却没有人知道作者姓名,后被一个教士追踪到了,告发了,政府将卜第逮捕下狱;虽然有人怜才,替他说话,却依然被判处死刑,绞决烧尸。这是 1665 年的事,卜第死时才 25 岁。
② 李尼埃尔(Linière),当时的歌谣作者,颇有才调。但是布瓦洛说他的才调只是为着"反上帝"的。
③ 偶成(impromptu),是一种"口占"或"即席赋诗",通常都是很短,无一定格式。这种诗最能显出作者的才思敏捷。

玉照上戴着桂冠,都出自南推①手笔②,
如果他不这样做才真叫古怪稀奇!③

---

① "南推(Nanteuil,1630—1678),当时著名的刻像家。"——布瓦洛原注。也是有相当成就的油彩及铅彩画家。
② 这句诗可能是影射当时有相当声望的语文学家梅拿日,因为他曾请南推替他刻了一幅肖像,印在作品的卷头。
③ 原来下面还有这样两句诗:
　　"于是我们的学院又添道新的光芒,
　　　因为不久他就是第四十号大宗匠。"
"学院"自然就是法兰西学院;院士定额四十人,死一个,补一个,所以"第四十号"自然是新补的院士;"宗匠"原文是 illustre,直译是"鼎鼎大名的","了不起的",是法国习惯上对学院院士的尊称,如中国之称"文宗","诗宗","泰斗","宗师","宗匠"等。这两句诗对法兰西学院太失敬了,所以付印时经作者删去。

第 三 章

　　主要的诗体:悲剧,它的规律,它的发展史;应避免的缺点,应具有的品质(1—159)。——史诗,它的定义;外教的神奇与基督教的神奇;史诗的规律(160—334)。——喜剧,它的发展史,它的范围;评莫里哀与特兰斯;喜剧与悲剧、滑稽剧的界限(335—428)。

　　绝对没有一条蛇或一个狰狞怪物
　　经艺术摹拟出来而不能供人悦目:
　　一支精细的画笔引人入胜的妙技
　　能将最惨的对象变成有趣的东西。①
　　比方,为我们娱乐,那悲剧涕泪纵横,　　　　5
　　替血腥的哀狄普②发出惨痛的呼声,
　　替弑母的奥莱特③表演出惊惶震骇,
　　它迫使我们流泪却为着我们遭怀。

---

① 据白罗赛特(Brossette)(布瓦洛的朋友,布瓦洛作品的编注者)记载,布瓦洛又常说:摹拟不应该是完全的,绝对和真实一样反只能引起憎恶。
② 这是指莎芙克尔的悲剧《哀狄普登极记》(Oedipe roi)。在这篇悲剧里,哀狄普杀了他的父亲,娶了他的母亲,自己发现罪恶之后,便挖掉自己的双眼,血淋淋地跑出台来。观众一面惊骇,一面欣赏他的悲痛和忏悔的歌词。
③ 古希腊的三大悲剧家厄什尔(Eschyle)、莎芙克尔、欧里庇德(Euripide),都曾写过奥莱特(Oreste)剧本,这里可能是指欧里庇德写的奥莱特替他的父亲阿伽曼侬(Agamennon)报仇的故事。他弑了他的母亲克丽唐奈丝特尔(Clytemnestre)之后因悔恨而发狂,到处被神灵追逼着。

因此你对于戏剧既具有高度热诚,
既拿着煊赫诗篇来这里争优赌胜①,　　　10
你既然想舞台上一演出你的作品
便能得巴黎群众全场一致的欢心,
你既想你的作品叫人越看越鲜妍,
在十年、二十年后还有人要求上演,
那么,你的文词里就要有热情激荡,　　　15
直钻进人的胸臆,燃烧、震撼着心房。
如果没有激情的那种可人的狂骚,
常使我们的心头充满甜美的恐怖,
或在我们灵魂里激起怜悯的快感,②
则你尽管摆场面、耍手法,都是枉然:　　　20
你那些枯燥议论只令人心冷如冰,
观众老不肯捧场,因为你叫他扫兴,
你费尽平生之力只卖弄修辞技巧,
观众当然厌倦了,不讥评就是睡觉。
因此第一要诀是动人心、讨人欢喜:　　　25
望你发明些情节能使人看了入迷。
　　头几句诗就应该把剧情准备得宜,
以便能早早入题③,不费力、平平易易。
可笑是有种演员不爽利、点题太慢,④

---

① 这里是用古希腊的典故,古希腊有定期的戏剧会演,是一种热烈的竞赛。
② 这是就古希腊悲剧而言。法国"悲剧之父"高乃依的杰作就不"用怜悯和恐怖去感动人,却用思想的崇高,用情感的美,在观众的心灵中激起某种叹赏"[布瓦洛:"致法兰西学院院士贝洛先生函",见卷末附录(二)]。
③ 一作"使我能看出题旨"。
④ 以下四句诗,有人说是影射高乃依的悲剧《西拿》(Cinna)。但是伏尔泰和拉·哈卜(La Harpe)认为是指高乃依的悲剧《赫拉克留士》(Héraclius);这篇悲剧不但点题慢,剧情也太复杂,最留心的观众也难掌握里面的线索。

本当开宗明义的却叫我听了茫然；   30
剧情既纠缠费解，说来又拖拖拉拉，
听戏本来是乐事，他反而使我疲乏。
我宁愿他一出场就报姓名给观众①，
就说我是奥莱特或者是阿伽曼侬②，
而不愿他推宝塔、啰唆得一塌糊涂，   35
说的话毫无内容反使人震坏耳鼓：
此所以题要早点，起手就解释分明。

  剧情发生的地点也需要固定，说清。
比利牛斯山那边诗匠能随随便便③，
一天演完的戏里可以包括许多年：   40
在粗糙的戏曲里时常有剧中英雄
开场是黄口小儿终场是白发老翁④。
但是我们，对理性要服从它的规范，
我们要求艺术地布置着剧情发展；

---

① 在欧里庇德的悲剧里就有这样的例子。——布瓦洛原注。
② 阿伽曼侬是荷马史诗《伊利亚特》里希腊方面的主要英雄之一，悲剧演他的故事的很多。有些注释家说这句诗是指拉辛的悲剧《依菲日妮》(Iphigénie)，因为这篇悲剧一开始就由阿伽曼侬出场点题。
③ 比利牛斯是西班牙和法国的分界山脉，山那边是指西班牙，"诗匠"是指西班牙两大剧作家罗白·得·味伽(Lope de Vega,1563—1635)和喀得隆(Calderon)，两人都是丰产作家，前者曾写剧一千八百种，还有五百种插曲。他们对剧情的时间、地点是任意支配的；不过他们天才地布置着剧情，使观众不感到内容散漫。布瓦洛目之为"诗匠"未免太过。
④ 这是专指罗白·得·味伽的一篇戏剧，里面有两个人物在第一幕出生，到最后一幕都衰老了。这种事在法国古典派看来是绝对不应该的。就是罗白·得·味伽自己也常感到随便支配剧情的时间、地点，太过了也不好，他曾把这个责任推到粗俗的观众头上，说他不能不迎合他们的口味；他曾写过这样几句诗：
  "观众是我的主人，我必需好好伺候，
  他们既然出了钱，就得博他们欢喜。
  我写作为着他们，不是为着我自己，
  我这样追求成就，自己也只有含羞。"

要用一地、一天内完成的一个故事　　　　　45
从开头直到末尾维持着舞台充实。①
　　切莫演出一件事使观众难以置信：
有时候真实的事很可能不像真情②。
我绝对不能欣赏一个背理的神奇，
感动人的绝不是人所不信的东西。　　　　50
不便演给人看的宜用叙述来说清，③
当然，眼睛看到了真相会格外分明；
然而，却有些事物，那讲分寸的艺术
只应该供之于耳而不能陈之于目。④

---

① 这是两句名诗，赅括了那著名的"三一律"（règle des trois unités）。法国第一篇符合"三一律"的戏剧是约代尔（Jodelle，1532—1573）的《克勒奥巴特尔》（Cléopatre，1552）；到十七世纪初期大家还在争论；拥护派为了加强论据，说"三一律"导源于亚里士多德。实际上亚里士多德只要求剧情的统一，因为一篇戏剧好比是一个人，剧情的统一就是"灵魂的统一"。至于剧情里的时间与地点，他并没有提出具体限制，他只要求剧本要保持适当的篇幅。我们知道，古希腊戏剧有合唱队，扮演时中间不停歇，因此剧情的时间与地点事实上就受了限制，不能把时间拉得太长，也不能把地点换得太多。近代戏剧无合唱队，扮演时中间有停歇，作者尽可以把剧情的时间拉长，频频更换剧情的地点；因而往往做得太过，使观众心迷目乱。"三一律"就是这样应运而生的；但又限制太严，矫枉过正了。"三一律"与法国古典派戏剧相终始，就是说直到十九世纪初期才被浪漫派推翻。附带提一下，浪漫派反对"三一律"，主要是以莎士比亚戏剧的实例为根据；我们知道，法国在十七世纪只接触意大利和西班牙的文学，对英国文学是不认识的，布瓦洛始终没有提到过莎士比亚。
② "真实的事"是个别的真，"像真情"是一般的真，文艺是应该以一般的真为对象的，即文艺须注重像真性。高乃依的意见与布瓦洛不同，他认为真实而不像真情的事不应该被摒除出去。他说："事情既是真实的，就不应该再计较像不像真情。亚里士多德说：一切明显地发生过的事自然是曾能够发生的，如果不曾能够发生，那事就绝不会发生过。"（《剧艺三论》，第二论）拥护布瓦洛意见的说：戏剧不是历史，历史上遇到不像真情的事实，可以慢慢求证，最后使人相信；在戏剧里，不像真情的实事只能使观众感到不像真情。
③ 这句诗说明为什么在法国古典派戏剧里长篇叙述是那么多，而这种长篇叙述往往使剧情进展迟缓，甚至于"不像真情"。
④ 这也是贺拉斯的意见，见贺氏《诗艺》；贺氏也认为目见比耳闻深刻，但是他还是不容许在舞台上表演过于激烈的灾祸。

33

必需剧情的纠结逐场地继长增高， 55
发展到最高度时轻巧地一下解掉。
要结得难解难分，把主题重重封裹，
然后再说明真相，把秘密突然揭破①，
使一切顿改旧观，一切都出人意表，
这样才能使观众热烈地惊奇叫好。 60
悲剧在滥觞时代形式粗俗而模糊，②
它只是简单合唱，一面唱一面跳舞，
人人对葡萄之神高呼着许多歌颂，
希望用这种努力使葡萄收获能丰。
大家都饮酒作乐，刺激得欣喜若狂， 65
唱的人谁最工巧便奖谁一匹公羊③。
台庇斯④是第一人在脸上满涂糟粕，
把这绝妙的狂欢向郊外村庄传播⑤；
他载上一车演员装饰得马马虎虎，
拿一种新的玩艺供给过路人悦目。 70
厄什尔⑥给合唱队插进了剧中人物，
改用较雅的面具给演员复面蒙头⑦，

---

① 以揭破秘密作结，可以用莎芙克尔的《哀狄普登极记》和拉辛的《依菲日妮》两剧作为典型。但这并不是结束剧情的唯一的、最好的办法。
② 以下关于希腊戏剧史的一段都跟贺拉斯的意见相同。
③ 事实上这公羊是祭酒神（亦即前面所说的"葡萄之神"）巴居斯（Bacchus）用的，不是歌者的奖品。布瓦洛沿袭着贺拉斯的错误。
④ 台庇斯（Thespis），公元前六世纪的希腊人，据说，是他开始从合唱队里抽出一个人来连唱带做与合唱队对话，因而创始了悲剧。贺拉斯也是这样说，布瓦洛沿袭着贺拉斯。据近人考证，载着一车演员、面涂糟粕、穿村过镇的不是台庇斯而是徐萨里昂（Susarion）。
⑤ 雅典村镇。——布瓦洛原注。
⑥ 厄什尔应该被认为是真正的希腊悲剧之父，他发明了对话，将合唱队分为两半，伴随着两个人物。他写了七十种悲剧，其中有七本保存到现在，每本都雄壮而朴质，堪称杰作。
⑦ 希腊面具是整个罩在头上的，所以说"复面蒙头"。

高高地对着大众用木板搭起剧场，
叫演员穿着短靴登上去公开演唱。
最后是莎芙克尔①凭着他天才奔放，　　　　　75
提高了唱做和谐，增加了台面风光，
他要求全部做作合唱队一起参加②，
又把粗糙的台词琢磨得十分圆滑，
因而使悲剧一门在希腊登峰造极，
罗马人拼命摹仿也终于无力攀跻③。　　　　80
　我们虔敬的祖先一向是憎恶戏剧，
所以法国长久地不知道这种欢娱。
据说是朝山人的一个粗俗的戏班④

---

① 莎芙克尔（Sophocle，前495—前405），古希腊的最伟大悲剧作家，活到九十岁时，诗才不衰，还能在悲剧会演中竞赛得胜。他写的剧本很多，现在也和厄什尔一样，只保留下来七本，都是杰作，以《哀狄普登极记》为最著名。莎芙克尔之后还有欧里庇德，在古希腊悲剧中一向被认为与厄什尔、莎芙克尔鼎足而三，他的作品的感动力还超过莎芙克尔，不知道为什么布瓦洛把欧氏丢掉不谈。
② 莎芙克尔使合唱队的作用不止于歌唱，还参加到剧情的动作里。他从合唱队里又抽出一个人来扮演，因此扮演人就有了三个了。
③ "见昆体良XI，I。"——布瓦洛原注。
　昆体良（Quintilien）很称赞拉丁作家阿迪于斯（Attius）、巴古维于斯（Pacuvius）和瓦里于斯（Varius）的悲剧，不过三人的作品都失传了，因此很难判断拉丁悲剧的高度。
④ "他们的剧本业经印刷行世。"——布瓦洛原注。
　这两句诗（83—84）和这个注都不符合历史事实。法国戏剧源出教堂，很早教堂内部就用对话的形式说教，逐渐发展为节日的新约故事的搬演，最初用拉丁文，十二世纪中期开始引入民间语言，同时搬演也逐渐走出教堂而民间化、大众化了。十三世纪末期，十字军的归国军人因旅途的寂寞和穷困，沿路搬演耶稣苦难故事，一面说教，一面谋生；途中遇到一些朝山人回家，也搭在一起演唱。大概布瓦洛所谓之"朝山人"就是指此。但是这些朝山人和军人到达目的地后都各自分散了，没有在巴黎或任何地方建立过固定剧场，也没有剧本行世。与此同时，或许是受到他们的影响，一些职业的江湖艺人（沿途卖唱的，有男有女，Jongleurs et Jongleuses）也开始演唱宗教戏，1331年前后有一部定居在巴黎，并且还建立了一座教堂（圣·茹连Sainr Lahèn教堂）。1398年，或者更早点，由这些职业艺人组成了一个戏班，名"耶稣苦难戏班（Confrères de la Passion）"，1402年被政府正式核准在巴黎演唱宗教戏。布瓦洛所说的"业经印刷行世"的剧本，都是这时代以后演唱的，都是职业艺人的，与"朝山人"无关。

第一个来到巴黎登上台公开唱演；
他凭着一点愚诚，真乃是自忘谫陋， 85
虔敬地演着上帝、圣母、教圣和使徒。
到最后学术之光①驱散了蒙昧无知，
使人觉到这样做心虽好却能偾事。
这一班义务教士被驱除不准演唱，
重新搬出赫克多②，昂朵马格③和伊凉④。 90
不过古代的面具⑤，演员们一概丢开，
并且拿梵雅铃来代替合唱和闹台⑥。
不久，爱情的故事⑦充满着悲欢离合，

---

① "学术之光"是指法国十六世纪的文艺复兴运动。实际上宗教剧之所以停演，受宗教改革的影响居多。"耶稣苦难戏班"的禁演是 1548 年的事，这时宗教剧已经演了两百年了。
② 赫克多，见第二章第 63 句注。
③ 昂朵马格，赫克多之妻，特洛亚被攻破焚毁后，她成了庇鲁(Pyrrhus，阿什尔的儿子)的奴隶。荷马在《伊利亚特》里把她写成节妇与慈母的典型，后来她又成为希腊与法国悲剧的典型人物之一。拉辛借所著的《昂朵马格》一剧(1667)一举成名。
④ 伊凉(Ilion)，特洛依(Troie)的别称，荷马歌咏伊凉战役的史诗称《伊利亚特》。
"只是在路易十三世朝悲剧才在法国获得良好的形式。"——布瓦洛原注。
路易十三世朝起于 1610 年，终于 1643 年。实际上法国悲剧之搬演希腊、拉丁故事在十六世纪就开始了，不过不是伊凉故事；布瓦洛似乎认为演伊凉故事的悲剧才算是真正的悲剧。
⑤ 这种古代面具是演员戴在脸上的，随剧中人物而异。——布瓦洛原注。
⑥ "《艾丝苔》和《阿妲丽》两剧证明了取消合唱和杂乐是多么大的损失。"——布瓦洛原注。
《艾丝苔》(Esther)和《阿妲丽》(Athalie)是拉辛的最后的两篇诗剧，充满了宗教思想和抒情意味。古希腊悲剧主要是抒情性的，所以宜于用合唱和闹台的杂乐；法国古典悲剧是戏剧性的，心理性的，合唱与杂乐会间断剧情的发展，破坏象真性，所以一般地就弃而不用了。
⑦ 欧里庇德已曾用爱情故事为悲剧主题。在法国，约代尔的《克勒奥巴特尔》(Cléopatre, 1552)，哈地(Hardy)的《狄棘》(Didon, 1603)是较早的两篇成功的爱情悲剧；于尔飞(D'Urfé)的《阿斯特勒》(Astrée)是最早的爱情小说。

就来占据了剧场,同样占据了小说。
描写这种热情的宛转动人的画面　　　　　　95
是最有效的途径,直叩到人的心弦。
因此,我也同意你写英雄爱着美人,
不过莫把他写得像牧人一样微温:
须知阿什尔之爱异于提西和菲嫩①,
切莫把西鲁士王写成个阿尔塔门②;　　　　100
又须知英雄之爱常自恨不能解除,
因此,爱不是美质,要把它写成短处。

　　我们不能像小说,写英雄渺小可怜③,
不过,伟大的心灵也要有一些弱点。
阿什尔不急不躁便不能得人欣赏:　　　　　105
我倒很爱看见他受了辱眼泪汪汪④。
人们在他肖像里发现了这种微疵,
便感到自然本色,转觉其别饶风致。
你要描写阿什尔就该用这种方式;
写阿伽曼侬就该写他骄蹇而自私;　　　　　110
写伊尼⑤就该写他对天神畏敬之情。

---

① 提西(Thyrsis)和菲嫩(Philène)都是牧歌中的传统人物。
② 指斯居德里小姐(Mlle Scudéry,1607—1701)的著名的十本头的长篇小说《阿尔塔门或称大西鲁士》(Artamène ou le Grand Cyrus)。在这小说里,作者给西鲁士王另取了一个名字叫阿尔塔门,叙述他的恋爱故事和平常的恋爱一样。斯居德里小姐就是第一章第51句以下所影射的斯居德里的妹妹,当时的名小说家。
③ 指斯居德里小姐的小说《阿尔塔门》和《克莱梨》,见下第115句注。
④ 在《伊利亚特》第一章里,荷马就写阿什尔"离开他的战友们在一旁坐着流泪"。
⑤ 伊尼(Enée),特洛亚的王子之一,安什斯(Anchise)与维纳丝所生。特洛亚灭亡时,他逃到海上,漂流到了意大利,所以古罗马人说他们是伊尼的后裔。伊尼对天神极端虔敬,所以天神保佑他的子孙昌隆。维吉尔的《伊尼特》就是咏伊尼故事的,参阅下第275以下等句。

凡是写古代英雄都该保存其本性。
你对各国、各时代还要研究其习俗：
往往风土的差异便形成性格特殊。①
　　因此你千万不要像那小说《克莱梨》②，　　115
把我们风度精神加给古代意大利③；
借罗马人的姓名写我们自家面目，
写加陀④殷勤妩媚，白鲁都⑤粉面油头。
开玩笑的小说里一切还情有可原，
它不过供人浏览，用虚构使人消遣；　　　　120
若过于严格要求反而是小题大做；⑥
但是戏剧则要与精确的理性相合，⑦
一切要恰如其分，保持着严密尺度。
　　你打算单凭自己创造出新的人物？
那么，你那人物要处处符合他自己，　　　　125
从开始直到终场表现得始终如一。

---

① 这两句诗可以说是浪漫派"地方色彩（couleurs locales）"的滥觞。
② 《克莱梨》（Clélie）也是斯居德里小姐著的十本头的小说，以法国人的风俗习惯写古罗马人的故事。
③ 古代意大利即罗马。古罗马人又称拉丁人，因古罗马文明滥觞于拉丁姆（Latium）地区。
④ 加陀（Caton，前232—前147），古罗马元老，以爱国、公正、严肃著称，是刚健之德的典型。在《克莱梨》小说里并没有写加陀。
⑤ 白鲁都（Brutus，生期不详，卒于公元前508），古罗马的反暴君的革命领袖，执政时，因其子背叛革命，处以死刑，并亲自临场监斩。在《克莱梨》小说里，老白鲁都也和其他人物一样，讲求修饰，对妇女表现殷勤。
⑥ 当时斯居德里小姐还健在，她的小说正风行，所以这几句诗批评得很委婉。在布瓦洛另一个作品《小说中人物的对话》里，作者就露骨地表示对这种小说的不满了，他说："他们（小说家）把最著名的英雄人物写成了轻佻的牧羊人，乃至写成了现代小市民……"
⑦ 这句诗是拿戏剧与小说对比，依照布瓦洛的看法，戏剧是生活的摹拟，小说是幻想的产儿，所以戏剧必需比小说更注意象真性。

常常不知不觉地作者太风流自赏，
　　创造出来的英雄便个个和他一样：
　　自己是嘎斯干①人，一切就嘎斯干气；
　　卡卜来德和于巴②语调上竟无差异。　　　　130
　　　大自然在人心里就比较明敏善变；
　　每种情感都说着一个不同的语言：
　　愤怒之情最激扬，要用高亢的话语，
　　颓丧之情就要用比较低沉的词句。
　　　写特洛亚焚毁时赫居白③如何伤心，　　135
　　便不可让她发出浮夸俗滥的呻吟④，
　　也不要无故铺陈在那丑恶的国度，
　　奥桑吞并塔那伊大张着七个河口⑤。
　　这一切滥调浮词你堆砌上一大套，
　　岂不像蒙童朗诵只欢喜信口滔滔？　　　　140
　　当你描写哀情时你就该丧气垂头。
　　你要想使我流泪自己就必需先哭。
　　你那些夸大言词让演员满口乱嚷，
　　真正感伤的心里哪能出这种花腔！

---

① 嘎斯干(Gascogne)，法国古代省名。下句的卡卜来德是嘎斯干省人。
② "于巴(Juba)，卡卜来德的小说《克勒奥巴特尔》里的英雄。"——布瓦洛原注。卡卜来德(Caprenède)是当时丰产的所谓历史小说作家之一；《克勒奥巴特尔》是一部十卷二十三本头的小说；于巴是古代莫里唐国(Mauritanie)国王，于公元前四十六年败于恺撒。
③ 赫居白(Hécube)，特洛亚王卜里亚姆(Priam)之妻。在抵抗希腊的战争中，她的十九个儿子都战死了；城破时，丈夫、女儿、孙子都当着她的面被敌人惨杀；她可以说是不幸的妇女的典型。希腊有好几篇悲剧都以赫居白为主题。拉丁悲剧诗人色奈克(Sénèque)仿作了一篇，名《特罗阿得》(Troade)，里面充满了浮词滥调。
④ 指色奈克的《特罗阿得》里的赫居白。
⑤ 色奈克这句诗不但俗滥，而且也不正确，因为塔那伊河(Tanaïs，即顿河〔Don〕)不是流入奥桑河(Euxin)，而是流入亚速海(Azov)。

舞台前面有的是内行人吹毛求疵， 145
在法国想猎文名，这围场险恶之至。
作者在这围场里绝不能妄图侥幸；
他面前喁喁万口常准备叫啸①讥评。
人人都能骂他是狂妄者或蠢东西；
观众买了入场券就买了骂的权利。 150
作家想得人欢欣，就要能万般适应，
有时要轩昂英挺，有时要低首下心；
他必需时时处处富有高尚的感情，
既深刻而又动人，既自然而又遒劲；
要有惊人的警策不断地引人注意； 155
要在他的诗句里由神奇走向神奇；
要他所说的一切记起来不感困难②，
使人对他的作品长久地保留好感。
以上就是悲剧的活动、进行与发展。

咏史长诗③比悲剧更需要壮阔波澜， 160
它以广大的篇幅叙述着久战长征，
凭虚构充实内容，凭神话引人入胜。
为着使我们入迷，一切都拿来利用，
一切都有了灵魂、智慧、实体和面容。

---

① 根据拉辛的一首箴铭诗，我们知道法国观众用怪啸叫倒好的习惯是从 1680 年冯特奈尔（Fontenelle）的《阿斯巴》（Aspar）上演时开始的。
② 莫里哀的笑剧《自以为戴了绿头巾》（Le Cocu imaginaire）原不预备付印，却被一个观众记熟了台词，抄出来送去出版了，并且在卷首附一则献词，把这本书献给莫里哀。这一则轶事可以说明莫里哀的作品是如何能使人"记起来不感困难"，同时也可以说明便于记忆也是好诗文的条件之一。
③ 史诗（épopée），"是一个用诗写成的长篇大作，在这里面诗人叙述着一个英雄故事，并用种种穿插、虚构和神奇事迹加以美化"（《法兰西学院大辞典》，1694年版）。

任何抽象的品质都变成一个神祇： 165
弥乃芙①代表英明，维纳丝②代表妍美。
雷霆到了史诗里不是云产生出来，
而是宙彼得③施威，武装来震惊下界；
水手们眼光中的一场可怕的风暴
是泥浦君④在发怒，厉声地呵斥波涛； 170
爱珂⑤也不是回声从空中自然发出，
是水仙爱纳惜斯，因为失恋而啼哭。
所有这全盘虚构既华贵而又高妙，
都是诗人的雅兴焕发为千般创造，
他装饰、美化、提高、放大着一切事物， 175
发现处处是鲜花，采起来得心应手。
伊尼和他的船只被风吹出了航线，
又被狂飙和巨浪打到了非洲海边，
这只是一种遭遇既普通而又平凡，
只是命运的途中不足惊怪的变幻： 180
但是说天后儒依⑥满怀的仇恨难消⑦，

---

① 弥乃芙（Minerve），又称巴拉丝（Pallas），是希腊神话中的睿智与工艺之神，工刺绣。她是宙彼得大帝的女儿，冶炼之神孚刚（Vulcain）一斧头把大帝的头砍开了，她全副武装地从大帝的头脑里跳出来，这就是她的诞生。
② 维纳丝（Vénus），希腊神话中的美神，是从大海的浪花中诞生出来的；她的儿子就是爱神。
③ 宙彼得在希腊名宙斯（Zeus），是希腊、拉丁神话中的诸神之长；他有家庭，有许多风流故事，有许多儿女（他们都是天国里的神祇）。
④ 泥浦君（Neptune），希腊神话中的海神，与宙彼得为兄弟，住在海底。
⑤ 爱珂（Echo），水仙之一，她爱纳惜斯，而纳惜斯却顾影自怜、毫不爱她，于是她就退隐山林自怨自艾。我们听到的一切回声都是爱珂发出来的（见希腊神话）。
⑥ 儒依（Junon），宙彼得大帝之后，司婚姻，性骄傲，工嫉妒，喜报复。
⑦ 在《伊利亚特》里，希腊人与特洛亚人交战时，天上诸神随个人好恶，分别站在希腊或特洛亚方面。儒依就是站在希腊方面的，对特洛亚人仇恨最深。参阅下第240句巴里注。

追着伊凉的余孽①不让他跨海潜逃;
又说爱奥尔②开笼放狂风展开羽翼,
帮助着天后施威,把他赶出意大利;
又说泥浦君不平,一怒而跳到水面, 185
一句话③平了波浪,恢复了碧海青天,
解救了伊尼船舶,让它们驶出沙湾④,
这才叫设险惊人,使人关怀而感叹。
若没有这些装饰,诗句便平淡无奇,
诗情也死灭无余,或者是奄奄一息, 190
诗人也不是诗人,只是羞怯的文匠,
是冰冷的史作者,写的无味而荒唐。
所以,有些人⑤错了,他们都白费心思,
想从诗里排除掉这些传统的装饰⑥,
想叫诗里表演的教圣、先知和上帝 195

---

① 伊凉余孽就是指伊尼。儒侬仇恨特洛亚,所以也仇恨伊尼;伊尼跨海潜逃,儒侬发动了一切力量去阻挠他,所以他才漂流那么久,受到了那么多的苦难和折磨。
② 爱奥尔(Eole),希腊神话中的风神,是宙彼得大帝和水仙梅纳妮普(Ménanippe)的儿子。他的王国是在西西里岛的东北面爱奥连群岛(Iles Eoliennes)上,狂风都关闭在他的王国里。
③ 这句话是"我要……quos ego";维吉尔在《伊尼特》第一章里叙述狂风追赶伊尼,把海和天都几乎搅翻了,泥浦君跳出水面来对波涛怒吼道:"我要……"立刻风平浪静。
④ 原文是 Syrtes,非洲海岸的沙湾,伊尼被风打到了这里。
⑤ "作者的心目中是指戴玛来(Saint-Sorlin Desmarets),他曾写文章反对神话。"——布瓦洛原注。
戴玛来(1595—1676),是与作者同时的诗人,受首相黎世留的保护;他曾在他的作品的叙文里一再拥护所谓基督教的神奇。
⑥ "传统的装饰"以及第196句"古诗人创造出来的神祇"都说明作者认为希腊神话都是荷马等大诗人创造出来、为装饰文字用的;实际上完全错误。神话是原始民族自发的产品,代表着他们的世界观和人生观,反映着当时社会的经济基础和政治制度。

行动一如古诗人创造出来的神祇；
他们经常把读者摆在地狱里观光，
只见到阿斯塔罗①、吕西飞尔②和魔王③。
基督教徒信仰的那些骇人的神秘
绝对不能产生出令人愉快的东西。   200
福音书从各方面教人的只有一条：
人生要刻苦修行，作恶就恶有恶报；④
你们胆敢拿虚构来向《圣经》里掺杂，
反使《圣经》的真理看起来好像神话。⑤
你们描写那魔鬼老是对上帝狂嗥⑥，   205
连你那伏魔英雄也几乎打他不倒，
有时候就连上帝也几乎不能胜利，
你们要人看到的竟是个什么东西！
你们说，当年塔索⑦这样做已获成功。

---

① 阿斯塔罗（Astaroth），腓尼基的神祇。
② 吕西飞尔（Lucifer），《圣经》里的叛逆天使的领袖，被上帝打下地狱。
③ 魔王（Belzébuth），音译为"拜尔则毕特"，据《圣经》记载，他是腓力斯坦人（Philistins）的偶像，是诸魔之王。
④ 布瓦洛在宗教思想上接近任色尼派，这句诗是任色尼派对福音书的看法。他反对以基督教入诗，否定魔王的诗的价值，是他的一个错误，一个弱点，后来遭到了"崇今派"查理·贝洛的猛烈抨击（见"读朗吉努斯感言""总注"）。英国诗人弥尔顿的史诗"失了的天堂"略早于"诗的艺术"，可惜布瓦洛没有见到。
⑤ 戴马来也反对把外教神祇混入基督教题材里，在这一点上布瓦洛与戴氏主张是相同的。
⑥ "见塔索作品。"——布瓦洛原注。
这是指塔索的基督教史诗《解放了的耶路撒冷》，见下注。
⑦ 塔索（Le Tasse，1544—1595），意大利著名诗人，他的杰作《解放了的耶路撒冷》写布荣（Godefroy de Bouillon）领导第一次十字军战役、围攻耶路撒冷的故事。也和在《伊利亚特》里一样，上帝与魔鬼分别站在两方面斗法；魔鬼的表现近乎可笑，但是穿插的人物和故事、描写的生动和诗句的和谐使这部书成为世界文学名著之一。关于布瓦洛对塔索的评价，参阅"自讼"第176句及注。

我在这里绝不愿挑剔他,和他争讼; 210
然而,如果他的书只写布荣①能说教,
说来说去,到头来使恶魔皈依正道,
如果雷诺、阿尔干、唐克来及其情侣②
不在惨烈气氛中③穿插着种种欢娱,
那么,不论现时代为塔索怎样誉扬, 215
他的书也绝不能算是意大利之光。

  并不是说我赞成在基督教题材里
作者也能狂妄地崇偶像乱拜神祇。④
我是说,如果他写非教的游戏画图,
也丢开古代神话,竟不敢寓言什九, 220
竟不让潘神吹笛,让巴克⑤剪断生命,
不敢在水晶宫里布置些蟹将虾兵⑥,
不敢让那老伽隆⑦用他催命的渡船
同样把牧竖、君王渡向阴阳河彼岸;
这岂非空守教条,愚蠢地自惊自警, 225
无一点妙文奇趣而想受读者欢迎?

---

① 布荣,见上第209句注。
② 雷诺(Renaud)、阿尔干(Argant)、唐克来(Tancrède)和他的情侣海蜜妮(Herminée),都是《解放了的耶路撒冷》中穿插的人物。
③ 指魔鬼对抗上帝的惨烈斗争。
④ "见阿辽斯特。"——布瓦洛原注。
  指阿辽斯特的《狂了的罗郎》,见下第291句注。其实不只是阿辽斯特,但丁(Dante)、弥尔顿(Milton)、喀摩英(Camoens)都曾将古代神话杂入基督教题材。
⑤ 巴克(Parques),希腊神话中的司命三女神:一神纺织生命之线;一神以锭缫线;另一神持剪断生命之线。三人均居地狱。
⑥ 原文为Tritons(特利冻),泥浦君面前吹喇叭的众鬼卒。
⑦ 伽隆(Caron或Charon),古神话中阴阳河(Styx,音译为斯迪克斯,见下第285句注)上的老船夫,性贪财,死者灵魂不付他一文钱,他就不渡他过河,于是灵魂就要在阴阳河岸上彷徨一百年之久。

进一步他们将会不许画①，
不让那特密斯②神蒙着眼、提着小秤，
不许写战争之神③用铁的头颅相触，
不许写光阴之神④飞逝着提着漏壶； 230
并从一切文章里，借口于卫教为怀，
把寓言⑤一概排除，诋之为偶像崇拜。
像这样虔信而迷，让他们自鸣得意，
我们要各行其是，正不必空自惊疑，
只要我们基督徒喜寓言能辨是非， 235
不妄把基督真神想成虚构的大帝。
　　神话给人的兴味真乃是气象万千：
美妙的人名都像生就是诗中字眼，
于理思⑥，阿伽曼侬，奥来特，依多麦内⑦，
海伦娜⑧，麦内拉士⑨，赫克多，巴里⑩，伊尼。 240

---

① 贤明之神(La Prudence)，即弥乃芙。
② 特密斯(Thémis)，古神话中的司法之神，蒙眼，手执天平。
③ 战争之神在古罗马神话中名白罗纳(Bellone)，女性。
④ 光阴之神(Le Temps)，在古代神话里是一个生了双翅的老人，一手持大镰刀，一手执漏砂壶；双翅表示迅疾，镰刀象征破坏力，漏砂壶代表时日不断地流逝。
⑤ 寓言(allégorie)，抽象观念的具体化，往往即抽象观念的人格化，如贤明之神，战争之神，光阴之神等，与神话里的宙彼得、阿波罗等不同，因为这些神祇不是代表抽象观念而是代表一种人，有其全面生活和具体职掌的。
⑥ 于理思(Ulysse)，特洛亚战争中希腊方面的主要英雄之一，谨慎而多智谋，是希腊军中的"智多星"。
⑦ 依多麦内(Idoménée)，也是特洛亚战争中的希腊英雄。
⑧ 海伦娜(Hélène)，希腊公主，麦内拉士(Ménélas)之妻，以美艳著名；因为她被特洛亚王子巴里(见下注)抢去，所以才引起特洛亚战争。
⑨ 麦内拉士，斯巴达王，阿伽曼侬之兄，海伦娜之夫，特洛亚战争中的希腊英雄之一。
⑩ 巴里(Pâris)，特洛亚王卜里亚姆第二子；著名的美男子；他抢夺了海伦娜因而引起特洛亚战争；又，过去儒侬、弥乃芙和维纳丝三人曾互相比美，叫他评判，他评维纳丝为第一，因而引起儒侬和弥乃芙对特洛亚的仇恨，终致特洛亚覆亡。

你,无知的诗人①啊!你那滑稽的方案,
许多英雄你不选,单选什尔德悲兰②!
　　有时一个人名的声音生硬或离奇
就能使整个诗篇或可笑或呈蛮气。
　　你是否想长久地受欢迎、永不讨厌?　　245
那就该选个英雄真正能博得人怜,
论勇武天下无敌,论道德众美兼赅;
纵然是在弱点上也显得英雄气概;
要他的惊人事迹能值得谱成演义,
要伟大得像恺撒、亚历山大或路易③,　　250
不能像波里尼斯和他的无义之兄④:
一个平凡征服者,谁都厌他的行动。
　　莫在一个主题上堆砌太多的琐事。
单是阿什尔之怒,经过艺术的处置,
就丰富地充满了《伊利亚特》一部书⑤:　　255
往往臃肿的发挥反而使题材消瘦。
　　在你那些叙事里要活泼而又迅疾;

---

① 指卡来尔(Carel de Sainte-Garde,生年不详,大约卒于1684),法国诗人,诗才平庸,曾写史诗《从法国赶出去的萨拉散人》(Les Sarrasins chassés de France)。
② 什尔德悲兰(Childebrand),上注卡来尔史诗中的英雄。
③ 路易(Louis)就是当时的法王路易十四,作者把他放在亚历山大、恺撒一块,是封建时代诗人照例的一种谀词。
④ "厄特奥克尔和波里尼斯是台白战争的祸首。见斯塔士的《台巴意得》。"——布瓦洛原注。
　厄特奥克尔(Eitéocle)和波里尼斯(Polynice)是两弟兄,都是哀狄普的儿子,两人互相仇视,造成了长期的台白战争。拉丁诗人斯塔士(Stace,61—96)就以这次战争为题,写了一部史诗名《台巴意得》(Thébaide),史实多而想象力少,风格妍丽而缺乏气魄。
⑤ 《伊利亚特》共二十四章,都以阿什尔之怒为主题,情节的发展,从开始到结束不超过四十日。

在你那些描写里要丰赡而又华丽。
就是在这些地方要显出诗句雅洁;
永远不要表现出琐屑不堪的情节。　　　　　　260
不要学那愚诗人①为着要描写沧海,
为着说明人到处,面前的海浪分开,
为着写希伯来人从暴主手中脱逃,
竟摆上一些鱼儿②从窗里看人奔跑,
又写上一个小孩跳跃着来来往往,　　　　　　265
"手里拿个小石子快乐地献给他娘"③。
这是用无聊事物分散着读者眼光。
你对于作品篇幅一定要剪裁允当。
　文章起头要简朴,毫不能装腔作势。
千万不要一开始就跨上天马④奔驰,　　　　　　270
用雷一般的嗓子向读者大言不惭:
"我要歌唱世界上众好汉中的好汉"⑤。
这样高声叫喊后其下文究竟何如?
大山吼着要临盆,结果生个小老鼠。
呵!我是多么喜爱这位工巧的作家,　　　　　　275
他在诗篇开始时一点不高声夸大,
只用温柔的语调简易和谐地宣布:

---

① "指圣·阿曼。"——布瓦洛原注。
　关于圣·阿曼和他的史诗《得救的摩西》,见第一章第21句以下各注。参阅"读朗吉努斯感想第六"。
② 惊骇的鱼儿看着他们走过,见《得救的摩西》。——布瓦洛原注。
③ 引自《得救的摩西》。
④ 天马,见第一章第6句注。
⑤ 斯居德里的长诗《阿拉利克》,卷Ⅰ。——布瓦洛原注。
　参阅第一章第51句注及"读朗吉努斯感想第二"。

"让我来歌唱战斗和一个虔诚人物①,
他从佛里基②海岸被风吹到奥梭匿③
第一个在此登陆,地点就是拉维尼④!"   280
他的缪斯初到时不那样到处放火,
她所预告的很少为的是贡献很多;
你看她不一会儿就显出无限神奇,
替拉丁人的命运宣示着诸神旨意,⑤
写着地狱两条河⑥阴森的急流汹涌,   285
预示着历代恺撒⑦优游在极乐园⑧中。
　你要用无穷形象使作品欢情洋溢,
要一切对于读者都显得笑眼眯眯:
文章可以极煊赫同时又风趣盎然,
我最恨一种崇高⑨死沉沉令人烦厌。   290

---

① 维吉尔:"我来歌唱战斗和那位被命运从伊凉海岸赶出来、第一个逃到意大利在拉维尼海边着陆的战士,他由于那残酷的儒依仇恨难消,发着神怒,曾在陆地和海上经过了无数的险阻艰难。"(《伊尼特》第一章开端)在《伊尼特》里经常用"虔诚"二字形容伊尼,因为他在特洛亚被焚毁时把特洛亚的神祇都救出来了。
② 佛里基(Phrygie),在小亚细亚,特洛亚城的所在地。
③ 奥梭匿(Ausonie),意大利的一个地区,这里就是指意大利。
④ 拉维尼(Lavinie),伊尼在意大利的拉丁姆建的第一座城。
⑤ 在《伊尼特》第六章里,伊尼下到地狱里找到了他的父亲安什斯(Anchise),安什斯告诉他将来会子孙绳绳,国运昌炽,并且他隐约地看到了罗马史上的主要人物,一直看到奥古斯特(Auguste,与作者维吉尔同时的君主)。
⑥ 维吉尔描写的地狱两条河是斯迪克斯(Styx)和阿克隆(Achéron)。斯迪克斯河绕地狱七匝,河里的水人浸着便永远不会受伤。阿克隆河只绕地狱一匝,任何人都不能经过两次。
⑦ 古罗马自儒尔·恺撒(Jules César)称帝后,接连有十一代君主都称"恺撒"。
⑧ 极乐园(Elysée),据古代神话,极乐园是地狱里的一个特殊区域,是有道德的人死后居住的;他们大抵都是希腊、拉丁人,出生在耶稣降生以前,没有机会信奉基督教,所以不能进天堂,只能住极乐园。在但丁《神曲》里,维吉尔只能领导但丁游地狱和炼狱,不能进天堂,是一个显明的例证。
⑨ 关于"崇高"的界说,见"读朗吉努斯感想第十二";这里的"崇高",应指"崇高的风格",见"读朗吉努斯感想第十"。

我宁爱阿辽斯特①和他的诙谐故事
而不爱那种作者冷冰冰长带愁思,
万一那妩媚之神②逗得他喜上眉头,
他那种忧郁情怀便仿佛受到侮辱。
　　荷马③之令人倾倒是从大自然学来,　　295
他仿佛向维纳丝盗得了百媚宝带④。
他的书是百宝箱,其妙趣取之不尽:
不论他拈到什么,他都能点石成金;
一切到他的手里臭腐也变为神奇;
他处处叫人欣赏,永远不使人疲惫。　　300
一种适当的热情使他的文词奔放:
他绝不会迷失在过长的抹角转弯。
他的诗中的层次并没有固定法程,
他的题材自然会发挥得齐齐整整;
一切都水到渠成,绝不需牵强附会,　　305
每句诗、每一个字都直接奔赴话题。
你爱他的作品吧,但必须爱得诚虔;
你知道加以欣赏就算是获益匪浅。
　　一首卓越的诗篇流利而脉络分明,
绝不是率尔而成,单凭着一时高兴:　　310

---

① 阿辽斯特(Arioste,1474—1533),意大利的著名诗人,著有《狂了的罗兰》(Roland furieux)及许多脍炙人口的商籁,这里所说的"诙谐故事"就是指《狂了的罗兰》。
② 即"天庭三媚",见第二章第27句注。
③ 荷马,据传统说法,他是古希腊最早而又最伟大的行吟诗人,老而盲,经常穿城越市,歌唱着他所作的《伊利亚特》和《奥德赛》两部史诗。
④ "见《伊利亚特》XIV。"——布瓦洛原注。
　荷马在这章诗里叙述维纳丝把她的百媚带借给儒依,使宙彼得大帝回心转意。

它需要工夫、锤炼；像这样艰巨作品
绝不是一个蒙童初写作，学步效颦。
然而诗坛也常有不学无术的诗人①，
偶然间才华之火在心里燃烧一阵，
他便被冲昏头脑骄傲得如狂如醉，　　　　　315
拿起英雄的鼓角昂然地大吹大擂；
他那散漫的缪斯在凌乱的诗句里
只能够忽起忽落，永不会经常奋起；
他那种才华之火，因为他学识双缺，
就仿佛短了燃料，所以才旋烧旋灭。　　　　320
然而尽管社会上很快地对他鄙视，
尽管劝他睁开眼莫以为真有文思；
而他以菲薄之才却自己击节称赏，
别人不对他膜拜，他却对自己烧香。
维吉尔比起他来算不得工于创造，　　　　　325
老荷马比起他来哪懂得设想高超。②
如果当代的舆论都反对他这批评，
他就诉之于后世，希望着千秋论定。
然而要等后世人有一天心血来潮，
想起他那些大作，拿出来激赏推销，　　　　330
恐怕堆在书库里因长久不见天日，
大作早已悲凄地被虫豸灰尘腐蚀。

---

① 指戴玛来。戴玛来是崇今派领袖之一，著有《法国诗文与希腊、拉丁诗文之比较》一书，肆力攻击荷马与维吉尔，并说他这个批评，千秋后自有定论。他自己也颇有著作，但才力不高。参阅上第193句注。
② 这是引戴玛来的话。戴氏说《伊利亚特》的情节"一点也不高超"，"荷马的许多虚构都没有处理得好"，"维吉尔创造力不强"。实际上当时的崇今派都是这样看法，戴氏不过是他们的代言人。

它在躺着挣扎哩,由它去,不必多管;
还是闲言少叙吧,让我们书归正传。
　　希腊的悲剧演出顺利地克抵于成,　　　　335
因而古代的喜剧也就在雅典诞生①。
希腊人生好揶揄,利用着千般玩耍,
拿着喜剧来提炼唇枪舌剑的精华。
聪明、睿哲和荣誉,没一样不被讥嘲,
不顾忌一切尊严,但博取哄堂大笑。　　　　340
曾经有一个诗人②,据社会一般传说,
拿着能手③开玩笑,图自己收入增多④;
他并且攻击大贤,在《乌云》⑤的合唱里,
引起无聊的群众诟骂着苏格拉底⑥。
像这样肆言无忌,终于被禁止流行:　　　　345

---

① 亚里士多德在他的《诗学》第五章里承认不知道希腊喜剧的起源。贺拉斯说:"古代的喜剧就继之(指悲剧)而起。"(《诗艺》281)布瓦洛可能就根据这句话,说喜剧也起自雅典,在悲剧之后。据后人考证,古代喜剧起源于西西里岛,以佛密斯(Phormis)和厄庇卡姆(Epicharme)两人为始祖,也和悲剧一样,由酒神巴居斯的神会里产生出来的,并与悲剧平行地发展着。
② 指古希腊最大的喜剧家阿里斯托芬。他利用笑剧攻击着雅典共和国的官吏、将军和社会名人。他的大部分作品都是"旧喜剧"的典型,因为希腊旧喜剧是以政治讽刺为主的。
③ "能手"指著名悲剧家欧里庇德。阿里斯托芬在他的喜剧《群蛙》里演出欧里庇德,使他当场出丑。
④ 为"收入增多"而讽刺名人,这种说法是不正确的,因为没有任何证据可以肯定阿里斯托芬曾收到什么"版税"或"演出费"。
⑤ 《乌云》是阿里斯托芬的喜剧。——布瓦洛原注。
⑥ 苏格拉底(Socrate,前468—前400或前399),古希腊的大哲学家、大教育家,古代道德学的奠基者,肆力攻击当时社会上的侈靡风俗和学术上的诡辩派与伪修辞派。阿里斯托芬的思想比较保守,富于贵族气,所以曾在所著的喜剧《乌云》(Les Nuées)里攻击苏格拉底。后世一般人都认为苏格拉底被判服毒与这本书有关,实际上《乌云》一剧当时并没有获得很大的成功,并且早于苏格拉底之死二十年,不可能有因果关系。

为挽回这种狂澜政府借助于法令①，
它规定诗人讽刺锋芒应比较收敛，
绝不准在戏剧里露出人名或脸面。
于是剧坛失掉了古代的笑骂狂潮；
喜剧也就学会了善戏谑而不为虐，②　　　　　350
它不挖苦，不恶毒，工指教又工劝勉，
如麦南德尔③诗篇，不伤人而得人怜。
人人巧妙地被画在这新的明镜里，
不是看着很开心，便以为不是自己：
一看忠实的肖像，守财奴笑守财奴④，　　　　　355
却不知道所笑的常是他依样葫芦；
又有多次诗人曾刻画出糊涂大王⑤，
大王却不识尊容，反问谁这般狂妄。

　　因此，你们，作家呵，若想以喜剧成名，
你们唯一钻研的就该是自然人性⑥，　　　　　360
谁能善于观察人，并且能鉴识精审，
对种种人情衷曲能一眼洞彻幽深，
谁能知道什么是风流浪子、守财奴，
什么是笃实、荒唐，什么是糊涂、吃醋，
则谁就能成功地把他们搬到台上，　　　　　365

---

① 指公元前五世纪斯巴达击败雅典、在雅典建立了傀儡政权——"三十暴主"（trente tyrans）时代。以政治讽刺为主的"旧喜剧"自此结束。
② 这就是"新喜剧"，限于描写战士品格与社会风俗。
③ 麦南德尔（Ménandre，前342—前292），"新喜剧"的最著名的代表作家，作品多已失传，只是在拉丁喜剧家特朗斯（Térence）的仿作中还可以窥见其风格。
④ 指莫里哀的喜剧《悭吝人》。
⑤ 可能指莫里哀的喜剧《醉心贵族的小市民》。
⑥ 贺拉斯："谁想工巧地描写自然，我就劝他多研究活的典型和性格。"（贺氏《诗艺》317）这里的自然，应是指"人的自然"，"自然人性"。

使他们言、动、周旋,给我们妙呈色相。
搬上台的各种人处处要天然形态,
每个人像画出时都要用鲜明色彩。
人性本陆离光怪,表现为各种容颜,
它在每个灵魂里都有不同的特点; 370
一个轻微的动作就泄漏个中消息,
虽然人人都有眼,却少能识破玄机。

  光阴改变着一切,也改变我们性情:
每个年龄都有其好尚、精神与行径。①

  青年人经常总是浮动中见其躁急, 375
他接受坏的影响既迅速而又容易,
说话则海阔天空、欲望则瞬息万变,
听批评不肯低头,乐起来有似疯癫。

  中年人比较成熟,精神就比较平稳,
他经常想往上爬,好钻谋也能审慎, 380
他对于人世风波想法子居于不败,
把脚跟抵住现实,远远地望着将来。

  老年人经常抑郁,不断地贪财谋利;
他守住他的积蓄,却不是为着自己,
一切计划进行时,脚步僵冷而连蹇; 385
老是抱怨着现在,一味夸说着当年;
青年沉迷的乐事,对于他已不相宜,
他不怪老迈无能,反而骂行乐无谓。

  你教演员们说话万不能随随便便,
使青年像个老者,使老者像个青年。 390

---

① 以下的三段是著名的《论年龄诗》,贺拉斯(《诗艺》156—178)祖述着亚里士多德(《修辞学》Ⅻ及ⅩⅧ),布瓦洛又祖述着贺拉斯;布瓦洛以后还有许多诗人都有同样的论述,但是以布瓦洛的这几段描写最为著名。

好好地研究宫廷,好好地认识都市,
　　二者都是经常地充满人性的典式。
　　就是这样,莫里哀琢磨着他的作品,
　　他在那行艺术里也许能冠绝古今,
　　可惜他太爱平民,常把精湛的画面　　　　395
　　用来演出他那些扭捏难堪的嘴脸,①
　　可惜他专爱滑稽,丢开风雅与细致,
　　无聊地把塔巴兰②硬结合上特朗斯③:
　　在那可笑的袋里史嘉本④把他装下,
　　他哪还像是一个写《恨世者》⑤的作家!　　400
　　喜剧性在本质上与哀叹不能相容,
　　它的诗里绝不能写悲剧性的苦痛;
　　但是喜剧的任务也不是跑到街口
　　运用下流的词句博取众庶的欢呼。
　　它的演员们应当高尚地调侃诙谐;　　　　405
　　剧情要善于纠结,还要能轻巧解开;
　　情节的进行、发展要受理性的指挥,
　　绝不要冗赘场面淹没着主要目的;

---

① 不仅是布瓦洛,凡是古典派批评家如费纳龙(Fénelon),拉白吕埃尔(La Bruyère)都责备莫里哀,说他不该在他的剧本里用许多平民的俗语,表演着许多乡下人的嘴脸。
② 塔巴兰,见第一章第86句注。
③ 特朗斯(Térence,前194—前159),古罗马的最著名的喜剧家,专摹仿希腊"新喜剧"大师麦南德尔,有"半个麦南德尔"之称。写作甚多,以人性的描写细致见长,现仍有六部剧本传世。所谓"把塔巴兰硬结合上特朗斯"是指莫里哀的喜剧《史嘉本的诡计》,这篇喜剧的主题是取材于特朗斯的,而"入袋"一幕则取材于塔巴兰的一篇滑稽剧。
④ 史嘉本是《史嘉本的诡计》中的主角。
⑤ 《恨世者》是莫里哀的杰作之一,这里特别举出,因为作者认为这篇戏剧是高级喜剧的典型。

它的谦和的文笔要能适时地奋起；
它的台词要处处都能有妙语解颐，　　410
要处处充满热情，并经过精细剪裁，
场与场间的联系要永远紧凑不懈。
切不可乱开玩笑，损害着常情常理：
我们永远也不能和自然寸步相离。
你看特朗斯①写的是怎样一个严父②　　415
看见儿子讲恋爱痛骂着小子糊涂；
小情郎听着严训又怎样恭敬有加，
一跑到情妹身边就忘了那些废话。
这不仅是一幅图，一个近似的小影，
却是真正的情郎，是活的父子真形。　　420
　在剧坛上我欢喜富有风趣的作家
能在观众的眼中不肯失他的身价，
并专以理性娱人，永远不稍涉荒诞。
而那种无聊笑匠则专爱鄙语双关，
他为着逗人发笑满口是猥亵之言，　　425
这种人该让他去用木板搭台唱演，③
让他去七扯八拉迎合新桥④的口味，
对那些贩夫走卒耍他的低级滑稽。

---

① 布瓦洛极口推崇特朗斯，而对莫里哀则颇多贬词，这正是崇古派的本色。实则特朗斯以摹拟为主，莫里哀则工于创造，才气纵横，远在特朗斯之上。
② 如《安得丽嫣娜》(Andrienne)里的西蒙(Simon)，《阿代尔夫一家》(Les Adelphes)里的德迈(Démée)。——布瓦洛原注。
③ 指当时野台戏的名丑如胖基约姆(Gros Guillaume)、嘎尔基(Garguille)之流及秽亵的剧作家小蒙佛勒里(Montfleury le fils)、波阿颂(Poisson)等。
④ 新桥，巴黎平民区，见第一章第97句注。

第 四 章

　　关于理性与品格的忠告:庸医变成好建筑师的故事(1—24)。——作诗不能平庸,平庸就是恶劣(25—40)。——不要追求夸奖,要虚心接受批评,要找个好的评鉴家,听他指教(41—84)。——道德与文章的关系;作家要爱道德(85—110)。——一个好作家,还要避免妒嫉,不贪财,善交游(111—132)。——诗在人类文明中的使命;诗由服务人群而变成了出卖的商品(133—178)。——诗不能使人致富,但国王保护文艺,不使才人受到困穷(179—192)。——对国王的颂扬(193—222)。——自谦的结语。(223—236)。

　　　　当年在佛罗伦萨①生活着一个大夫②,
　　　　据说是吹牛专家,又是个杀人名手。
　　　　他一个人就成为全市的长期恶煞:
　　　　他给人医疗病痛不放血就用旃那③;
　　　　这里是孤儿索父,因为他血尽而亡,　　　　　5

---

① 佛罗伦萨,意大利的名城,但丁的故乡。这里是作者信手拈来的一个地名;他不说是在巴黎,以免过于着实。
② 指克罗德·贝洛(Claude Perrault,1613—1688),他先做医生,没有什么成就,后来改做建筑师,成了大名;卢浮宫的排柱就是他建造的。克罗德·贝洛也能写作,是著名的童话作者查理·贝洛(Charles Perrault)的哥哥,弟兄俩都是崇今派的健将,后来和布瓦洛笔战甚久。
③ 旃那(Séné),一种草药,泻剂,多服可以中毒;十七世纪的法国医生只有两个主要的医疗法,一个就是放血,一个就是用旃那清肠胃。

那里是幼弟哭兄,因为他中毒命丧;
伤风感冒见了他就变成肺膜炎症,
偏头风一经他手就成为癫痫之症。
他到处被人憎恨,最后便逃之夭夭。
只剩下一个朋友,其余的完全死掉①;　　　10
这朋友是个富僧,酷爱着建筑艺术,
便把他请到家来,住着巍峨的华屋。
那大夫一见大厦就像有建筑天才,
大谈其亭台楼榭,和蛮沙②一般气派:
这里起造的厅堂,他极口批评门相,　　　15
那里的衣间太暗,该换到另一地方,
楼梯要那么一转才配得美奂美轮。
他的朋友就信了,赶快找建筑工人。
工人来了,听到了,也赞成,立刻改造。
这个可笑的奇谈,我不再往下说了。　　　20
单说那杀人名手丢下他杀人技术,
从此就手拿绳墨忙得个不亦乐乎,
他不再追随伽练③,试着那盲目医治,
医药界少个庸流,建筑界添个巨子。
　他这实例对我们是个绝妙的南针④。　　　25

---

① 暗示都被他友谊地医死了。
② 蛮沙(Mansart),有二人:佛朗梭瓦·蛮沙(François Mansart,1598—1666),名建筑师,曾建造刷西宫(Châteaux de Choisy),计划瓦·得·格拉斯殿(Val de Grâce);他的侄儿儒尔·蛮沙(Jules Mansart,1646—1708),也是名建筑师,曾完成凡尔赛宫的建造,并兴建大特里亚侬宫(Grand Trianon)、残废军人院(Hôtel des Invalides)等。
③ 伽练(Galien,公元二世纪),古希腊名医。
④ 据说,克罗德·贝洛对这一段讽刺诗很不满;布瓦洛说:我使他成为"南针"了,有何遗憾?

如果你性近土木,宁可做建筑工人,
　　一技而于人有益是一样受人赞扬,
　　你何必拼命要做平凡①的诗人、文匠?
　　任何别的艺术里都分不同的几等,
　　你虽是二流角色也还能显点才能;　　　　　　30
　　但是写诗和作文是最危险的一行,
　　一平庸就是恶劣,分不出半斤八两;
　　所谓无味的作家就是可憎的作者②。
　　包野③何异于彭申④? 还不是一般货色?
　　兰巴尔⑤和麦那蝶⑥,作品已无人再看,　　　　35
　　何异于马宁⑦、苏艾⑧、拉牟列尔⑨和高班⑩?

----

① 贺拉斯:"有些艺术是容许平凡存在的,一个凡庸的法学家,一个凡庸的律师……不算是毫无价值,但是,至于诗人,不论是神,不论是人,不论是书店里的书架子,都不容许他们平凡。""诗生来是为了娱人的,不能居在头一流,就落到末流去了。"(贺氏《诗艺》372 以下)

② 第 34 句以下的四句在 1701 年以前原是这样:
　　"诗绝对不能容许一个平庸的作家:
　　他的作品到处是读者的魔头恶煞;
　　王宫区的卖书人对它们个个抱怨,
　　毕伦家的书架子也压得叫苦连天。"
作者自注:"毕伦(Billaine),名书商。"布瓦洛的文敌卜拉东(Pradon,1632—1698)认为这四句诗是"平庸"的典型,所以作者改成了现在的四句。

③ 包野(Claude Boyer,1618—1698),悲剧《茹狄特》(Judith)的作者,法兰西学院院士;布瓦洛称他为"平庸的作者"。

④ 彭申(Pinchêne),庸劣作家,除在这里留下一个名字而外,无他可考。

⑤ 兰巴尔(Rampalle,生年不可考,卒年大约是 1660),虽不是法兰西学院院士,却预拟了许多院士演说,其中有一篇论"文人无用",又曾过几本剧本,均不传。

⑥ 麦那蝶(Mesnardière,1610—1663),法兰西学院院士,曾著《诗学》《论忧郁》及若干剧本,均不传。

⑦ 马宁(Magnon,生年不详,卒于 1662),"曾写一首诗,名《百科全书》。"——布瓦洛原注。
他这首《百科全书》长诗,又名《世界知识》,付印时还没有写完,"不过,他说,快完了,只剩下十万句了"。

⑧ 苏艾(Du Souhait),"曾将《伊利亚特》译成法文散文。"——布瓦洛原注。

⑨ 拉牟列尔(La Morlière),"庸劣诗人。"——布瓦洛原注。

⑩ 高班(Corbin,1580—1653),"曾将《圣经》逐字译成法文。"——布瓦洛原注。

一个疯子倒还能逗我们发笑消愁，
一个无味的作家除讨厌一无是处。
我宁爱白日拉克①和他的滑稽大胆，
而不爱牟丹②诗句，白费力，讨我厌烦。　　40
　　你切不要陶醉于谄媚的夸奖之词，
虚妄的拍马之人滔滔者天下皆是，
他们关门③捧着你，随便就高呼"妙！妙！"
某种作品朗诵时耳听着似乎还好，
但一经印刷成书，拿出去供人鉴赏④，　　45
就经不起大众的深入的犀利眼光。
你看有多少作者最后的惨局何如：
那样被捧的宫波⑤不还在困守书铺⑥？
　　你应该勤访周咨，倾听大家的评语，
有时候狂夫之言也能有一得之愚。　　50
不过你无论怎样凭灵感写出诗篇，
也不要登时拿着到处跑逢人便念。

---

① 白日拉克（Cyrano de Bergérac，1619—1655），"《月中旅行记》的作者。"——布瓦洛原注。
他是一个早死的丰产作家，生活浪漫，文笔喜雕琢，善滑稽；莫里哀曾袭用他的两场笑剧。
② 牟丹（Motin，1566—1610），芮尼的弟子，曾写过不少的短诗，但牟丹死了很久，他的诗也没有特殊的坏，引到这里有些突如其来，因此许多注释家认为作者是用这名字影射他的文敌、曾以讽刺诗向他进行激烈攻击的高丹长老。高丹长老见"自讼"第45，52，130等句。
③ "关门"，原文是"en ces réduits"（在那些小客厅里），指当时的许多谈文学的"沙龙"（salon）和"闺阁"（ruelles），参阅下第200句注。
④ "指沙伯兰。"——布瓦洛原注。
这是指沙伯兰著的史诗《处女吟》（La Pucelle，咏贞德〔Jeanne d'Arc〕救国事）。这部史诗未出版前颇有盛名，出版后读者颇少。
⑤ 宫波，见第二章第97句注。
⑥ 就是说不能销售。

你千万不要效法那位疯狂的诗匠①
　　作歪诗自家朗诵,琅琅然声调铿锵,
　　谁给他打个招呼他就去念个不停,　　　　　　55
　　大街上碰着行人也追去读给他听。
　　纵然是神庙庄严,天使都不敢惊扰,
　　你进去也逃不掉他那缪斯的唠叨。
　　　我不惜重言申明,你要爱听人正谬,
　　欣然地修改作品,凭理智从善如流。　　　　　60
　　不过,妄人挑剔你也不能立即听从。
　　　常有人自命不凡,既无知而又装懂,
　　由于偏颇的憎恶②他攻击整篇剧本,
　　诋毁最佳的诗句因嫌它才气纵横。
　　你尽管严辞驳斥他那些迂阔之谈:　　　　　　65
　　他却还坚持谬见,真乃是迷而不返;
　　他那微弱的理智根本无一点光辉,
　　却还说一切难逃他那无能的眼力。
　　他的忠告最可怕;如果你谨遵雅教,
　　为避免碰到礁石反走上死路一条。　　　　　　70
　　　望你选个品题者,既质实又会帮忙③,
　　凭理智判别是非,论学问见多识广,
　　要他能运斤成风,一动笔就能指出
　　你哪里意存藏拙,你哪里欠缺工夫。

---

① 这是指杜白里野(Dupréier)。杜氏早年用拉丁文写诗,尚有可观;后用法文写诗,不堪一读;但是他自己很得意,逢人便念。他曾应法兰西学院的征诗竞赛,写了一首颂歌,在教堂里遇到布瓦洛,便开腔念给他听,念到得意时还叫道:"人家说我的诗太像马莱伯了!"

② 指当时典雅派和雕琢派,他们专会咬文嚼字,吹毛求疵,利用沙龙座谈,妄肆攻击。

③ 指巴特鲁,见第一章第200句注。

只有他才能解决你那可笑的踟蹰, 75
解除你内心疑难,使得你恍然大悟。
只有他能告诉你:一个雄健的诗才
当他逸兴遄飞时是怎样激昂慷慨,
艺术的束缚过严,便打破清规戒律,
从艺术本身学到放开手无束无拘。 80
但这种品题圣手究竟是旷世难逢:
某君虽工于为诗,鉴识却十分懵懂;
某群曾博得诗名,在都城享有声望,
却从来没有看出维吉尔异于吕刚。①

  作者们,我有忠言,请为我侧耳静听。 85
你那丰富的虚构是否想受人欢迎?
那么,你的缪斯要多发些说论鸿言,
处处能把善和真与趣味融成一片。②
一个贤明的读者不愿把光阴虚掷,
他还要在欣赏里能获得妙谛真知。 90

  你的作品反映着你的品格和心灵,
因此你只能示人以你的高尚小影。
危害风化的作家,我实在不能赞赏,
因为他们在诗里把荣誉丢到一旁,
他们背叛着道德,满纸都诲盗诲淫, 95
写罪恶如火如荼,使读者喜之不尽。③

---

① 这两句诗是影射高乃依,博学家许艾(Huet,1630—1721)说:"伟大的高乃依曾在我面前不免有些侷促地、惭愧地承认,他欢喜吕刚甚于欢喜维吉尔。"吕刚,《法萨儿》的作者,见第一章第99句注。
② 这句诗可以说是古典文学理论家的心传。贺拉斯也说:"最重要的一点是结合真知与风趣,是一面教育读者,一面又使他欢娱。"("诗艺",343—344)
③ 有人认为这是暗指拉封丹的"故事诗"。

然而我也并不像老道学那么古板，
要从一切雅言里阉割掉恋爱美谈，
这样丰富的藻饰，要舞台一概屏除，
连罗狄克、施曼娜①，也诋为传播毒素②。　　100
最不正当的爱情经过雅洁的描写
也不会在人心里引起欲念的奸邪。③
狄蛛④尽可以啼泣，卖弄着她的风姿，
我一面寄予同情，一面还责她过失。
一个有德的作家，具有无邪的诗品，　　　　105
能使人耳怡目悦而绝不腐蚀人心：
他的热情绝不会引起欲火的灾殃。
因此你要爱道德，使灵魂得到修养。
人的才华徒然有潇洒出尘的风骨，
他的诗句总感到内心流露的卑污。⑤　　110
你尤其要避免的是那卑污的妒嫉，

---

① 罗狄克和施曼娜是高乃依杰作《熙德》中的两个主角。在"《熙德》之争"中，沙伯兰曾代表法兰西学院发表了一篇《学院对熙德的感想》，对罗狄克和施曼娜的道德性颇有批评。布瓦洛这句诗就是暗示这篇《感想》的。
② 任色尼派学者尼高尔（Nicole）曾写道："一个制造小说的作者和一个写剧本的诗人都是毒素的传播者，不是毒杀肉体，而是毒杀灵魂。他们应该自己认为负有无数的精神杀害罪的责任，这些杀害罪是他们事实上已经引起了的或者是可能引起的。"（见《梦呓者流》）
③ 自 1656 至 1666 年，法国道德学家如尼高尔、孔迪亲王（Prince de Conti）、巴斯加尔、拉罗什甫歌等都严厉地攻击戏剧里的恋爱故事，连英雄剧《熙德》和宗教剧《包里约特》都在摒斥之列；布瓦洛这两句诗是对这些道德学家的总答复。
④ 狄蛛（Didon），梯尔（Tyr）王之女，西舍（Sichée）之妻，西舍被杀害后，她逃到非洲，建立了迦太基王国。维吉尔在《伊尼特》第四章里叙述狄蛛爱上了伊尼，因失恋，自焚而死。
⑤ 喜剧演员白勒古尔（Brécourt）把自己写的一个剧本读给布瓦洛听，并引用到这两句诗；布瓦洛回答说："我承认你的实例可以证明这两句格言；"意思是说这演员行为不检，文如其人。

是那庸俗之流的邪恶的疯狂脾气。
一个卓绝的作家不会有这种习染；
人之所以生妒嫉是由于自己平凡。
这种忌人之才名而阴谋竞进之流, 115
不断地鬼鬼祟祟在权贵门前奔走,①
他原想踮起脚跟竭力与别人相比,
结果他不能比上,便想把别人压低。
我们自尊自爱吧,莫干这卑劣勾当：
靠阴谋获得荣名徒见其钻营丑相。 120

你虽然致力于诗,莫因此闭门隐遁,
也还要结交朋友,做一个信义之人；
你的著作尽可以多风趣极尽妖娆,
你的为人也还要善处世风生谈笑。②

为光荣而努力呵！一个卓越的作家 125
绝不能贪图金钱,把利得看成身价。
我知道,高尚之士凭着自家的笔杆
获得些正当收益,非罪恶、无可羞惭；③
但是我不能容许那些显赫的诗人
不爱惜既得荣名,专在金钱上打滚, 130
拿着他的阿波罗向书贾进行典当,
把这神圣的艺术变成了牟利勾当。

远在人类的理智用语言表出之前,
也没有什么文明,也没有什么法典,

---

① 有人推测这句诗影射作者自己的遭遇,因为他的文敌曾在权贵门前活动,想阻止《诗的艺术》出版。
② 有人认为这几句诗是规劝拉封丹的。
③ 据拉辛的儿子记载,这两句诗是为拉辛留余地的,因为布瓦洛一生没有拿过书商的钱,而拉辛则拿剧本的版税。

所有的人都顺着粗野的自然本性,   135
散漫地,在森林里,逐水草渔猎殭狌;
暴力代替着一切,无正义也无法权,
打死人没有制裁,人杀人可以随便。
但是后来辞令的和谐动人的技巧①,
对这种野俗蛮风奏着柔化的功效,   140
使森林里的人们由分散渐渐集合,
定居在同一地方,环绕着坚固城郭,
利用公开的酷刑警戒强者的跋扈,
利用法律的支柱保护弱者的无辜。
这种秩序据说要归功于原始诗歌。   145
因而有下列许多风行世界的传说:
奥尔菲②的歌唱声散在特拉斯山上,
老虎听到都心软,由凶猛变为驯良;
安飞音③的竖琴声居然能走石飞沙,
聚集到台白山头建立了高城大厦。   150
和谐音律初生时便生出这些奇迹。
后来上天启发人也用诗传达旨意;
每当巫觋通神时震动得有如癫痫,

---

① 古罗马最伟大的雄辩家之一西色罗(Cicéron,前106—前43),认为创造人类文明的是雄辩,贺拉斯则认为创造文明的是诗歌。
② 奥尔菲(Orphée),古希腊传说中的最古、最伟大的音乐家之一;他是特拉斯国的王子,母为缪斯卡丽奥普(Calliope),一说是阿波罗与缪斯克丽奥(Clio)所生的儿子。他的歌声能驯服一切猛兽。结婚之日,妻被毒蛇咬死了,他下到地狱里去找,以歌声感动了地狱之神,得以领回爱妻;但未出地狱范围之前,他回头一看,妻又幻化了;自此他郁郁不乐;后被祀酒神的狂乐女巫们活活打死。
③ 安飞音(Amphion),宙彼得大帝和美女安佻普(Antiope)所生的儿子,诗人兼音乐家。他奏着竖琴,大石块就自动地飞来,砌得整整齐齐,他就是这样建立了台白城。

阿波罗凭而显圣,也用诗授着真言。
不久荷马出来了,复活着古代英雄,   155
叫他们建立功劳,激起他们的神勇。①
接着又是海肖德②唱着有益的训示,
督促疲顽的畎亩,勤稼穑毋失农时。
无数著名的作品载着古圣的心传③,
都是利用着诗来向人类心灵输灌;   160
那许多至理名言能处处发人深省,
都由于悦人之耳然后能深入人心。
九缪斯④造福人类真乃是名目繁多,
此所以希腊当年对她们时供香火;
又由于她们艺术引起生灵的崇拜,   165
为表示推尊艺术到处都立着祭台。
但是后来不同了,贫穷引来了卑鄙,
巴那斯山忘掉了它那初期的高贵。
丑恶的牟利欲望熏昏了作者神思,
粗劣的谄谀之辞玷污了一切文字;   170
于是到处产生出千百无聊的著作,
凭利害决定褒贬,为金钱出卖讴歌。

---

① 他是妩媚之神顷刻不离的诗人,他所写的一切都在自然以内。——布瓦洛原注。
② 海肖德(Hésiode,公元前十世纪),古希腊最早的诗人之一,与荷马同时或稍后,曾著有《诸神谱》(Théogonie)及《劳动与日辰》(Les Travaux et les Jours)。这里指的是后一种著作,里面包含许多农业知识和农村生活的格言。
③ 指公元前的许多格言诗,毕达歌尔(Pythanore)、特奥尼斯(Théognis)等所著。
④ 九缪斯是宙彼得大帝和记忆之神尼母辛(Mnémosyne)所生的九女:克丽奥(Clio)司历史;欧台普(Euterpe)司音乐;塔丽(Thalie)司喜剧;迈尔波门(Melpomène)司悲剧;台普西珂尔(Terpsichore)司舞蹈;爱拉陀(Erato)司悲歌;玻琳妮(Polymnie)司抒情诗;乌拉妮(Uranie)司天文;卡丽奥普(Calliope)司雄辩及英雄诗。

切莫让这种颓风成为你白圭之玷。
如果你的心目中一味地只爱金钱,
那么,赶快离开这白美斯①幽雅之区,　　175
因为这河的两岸绝没有财神庙宇。
对最渊博的作家正如对伟大战士,
阿波罗只许给了一些荣誉和桂枝②。
　　有人要说,怎么呀!让缪斯饿着肚皮!
她不能靠着轻烟维持着奄奄一息;　　180
一个作家如果是迫于恼人的穷困,
一到晚上就听到饥肠辘辘如车轮,
则他就难领略到赫利宫③里的逍遥:
贺拉斯在酒神会曾时常获得醉饱;
他绝不像高尔台④潦倒得那么可惨,　　185
候一首商籁销出才能得一顿晚餐。
　　这并不假:但这种不幸的雨露偏枯
在我们巴那斯山究竟是绝无仅有。
我们在当今时代还会有什么可怕?
一切的文艺事业都浴着爱日⑤光华;　　190
我们有贤明君主,他那种远虑深谋,
使世间一切才人都不受任何困苦。
　　发动讴歌吧,缪斯!让诗人齐声赞美。
他的光荣助诗兴胜于你全部箴规。

---

① 白美斯,见第一章第1句注。
② 桂枝是古希腊、罗马时代荣誉的象征,凡是战争或竞技的胜利者都戴着桂冠,后来文艺竞赛中的胜利者也是如此。近代欧洲虽不再用桂冠实物,却还称文会获奖的诗人为"桂冠诗人",诗人画像上也常用桂枝。
③ 赫利宫,见第一章第1句注。
④ 高尔台(François Colletet,1628—1680),与布瓦洛同时的穷愁潦倒的诗人。
⑤ "爱日"指路易十四,因为他的王徽是太阳。

让高乃依①歌颂他,再拿出往日豪情,　　　　　195
在《熙德》、贺拉斯后依旧似当年挺劲;
让拉辛②再产生出新的神奇的结构,
刻画着英雄人物都以圣主为楷模③;
让彭斯拉德④将他谱入美女的歌喉,
向沙龙⑤到处流传,消遣着茶余酒后;　　　　　200
让色格来⑥写牧歌也拿他点缀佳话,
让一切箴铭文字都为他舞爪张牙。
但是,却有谁能像维吉尔歌咏伊尼,
写他在莱茵河⑦岸如海巨⑧耀武扬威?
谁能有神妙之琴谱出他雷霆之势,　　　　　　205
林木闻风而疾走,山岩响应而奔驰?
谁歌唱巴达夫⑨人震慑于风雷难挡,
宁愿自沉于洪水,不愿使祖国沦亡?

---

① 高乃依晚年所作,使人有"江郎才尽"之感,布瓦洛这两句诗是公平的,诚恳的。
② 拉辛那时刚演出他的杰作《依菲日妮》。
③ 布瓦洛劝诗人刻画英雄都以路易十四为楷模,颇为后世批评家所诟病。
④ 彭斯拉德(Benserade,1612—1691),路易十四的宫廷诗人,专为宫廷写芭蕾舞词和应制诗,曾以咏约伯(Job,《圣经》人物)的一首商籁驰名,又曾译奥维德的《变形记》。才调平庸,所以下句"消遣着茶余酒后"是一种微词。
⑤ "沙龙",原文为 ruelles,直译应为"床廊"。法国十七世纪自朗布野夫人(Mme de Rembouillet)起,妇女主持文艺座谈(通称"沙龙"〔salon〕),皆在内厅中间设一卧榻,女主人躺在榻上,诗人环坐榻旁,谈论诗文。榻的周围称 ruelle,即"床廊",扩其义可称"闺阁",再扩其义即为"沙龙"。
⑥ 色格来(Segrais,1625—1701),当时的牧歌能手,在宫廷颇有声誉。
⑦ 以下是述路易十四越莱茵河进击荷兰的战役(1672—1678)。
⑧ 海巨(Hercule),原文是 Alcide(阿尔西德),义为"阿尔色(Alcée)之孙"。阿尔色之孙海巨是希腊神话中最大力的英雄,刚出生不久就能赤手扼杀两条巨蛇,后来表现了十二次神勇的奇迹,立了无数次超人的战功。
⑨ 巴达夫(Batave),荷兰古称,这里是代表荷兰人。白罗塞特:"国王渡过莱茵河,就把整个荷兰征服了。阿姆斯特丹都准备投降了。荷兰人为了保全剩下的一点国土,没有别的办法,只得放开海堤的水闸,淹没全境。"

谁写那马特黎城①攻下的惨烈画图,
白日里奋勇攀登,使顽敌全军覆没? 210
　　但是我话未说完,王师又迅雷一击,
阿尔布斯山②那里待诸君歌颂军威。
多尔和萨兰③两堡都已经力竭投降,
白散松④又燃烧在它那捣碎的岩上。
那些联军⑤的战将雄赳赳而今安在? 215
抗王师重重设险,岂非是螳臂堪哀?
难道他们又是想以逃窜⑥阻挡王师?
他们以避战自豪,我们徒见其无耻!
多少要塞摧毁了!多少城已经攻下!
多少辉煌的战果我王师手到擒拿! 220
　　诗人们!振发诗情!来歌颂这些战绩;
像这样丰功伟烈不容许平凡手笔。
　　至于我,直到现在,只习于讽刺诗篇,
还不敢铙歌鼓吹,也不敢抚弄琴弦⑦,

---

① 马特黎城(Maestricht),荷兰临宝省(Limbourg)省会,被法军围攻甚久,于1673年6月29日攻下;过去攀登敌城都在黑夜进行,这次是在白天进行的,在战术上创了一个新纪录。
② 阿尔布斯山(Les Alpes),法国北部边界山脉。以下是写荷兰战役的阿尔布斯山区部分(1674—1675)。
③ 多尔(Dôle)和萨兰(Salins),佛兰什·宫得(Franche-Comté)区的两个要塞,于严冬被我攻克。——布瓦洛原注。
④ 白散松(Besançon)于1674年5月被法军占领。
⑤ 1673年8月30日荷兰与德意志、西班牙订同盟条约,并力抗法,故称"联军"。
⑥ 德意志皇军将领孟特巨巨里(Montecuculli)于1673年以敏捷的撤退,使法军扑空;孟氏常以此自豪。
⑦ "铙歌鼓吹"是史诗的象征,"抚弄琴弦"是颂歌的象征。这句诗是作者自谦之辞,说他不敢写史诗和颂歌。实际上他在1672年写了一首赠诗《渡莱茵》(Passage du Rhin),颇近史诗风格;1693年又写了一首颂歌《克纳木尔》(Prise de Namur)。这说明布瓦洛自己也能写颂歌和史诗,不过非其所长。

但是我至少还能在这光荣事业里,　　　　225
用我的浅见忠言使诸君发扬蹈厉;
我幼年在巴那斯曾听贺拉斯教训,
愿把这缪斯心得拿出来献给诸君;
支持诸君的锐气,激发诸君的灵机,
遥遥地指给诸君探骊得珠的标的。　　　230
但要请诸君原谅,我凭着这点热忱,
对诸君巨什鸿篇免不得出言忠耿,
有时要淘沙取金,不容许真中掺假,
对那草率的作者一定要指摘疵瑕:
我也知忠言逆耳,但有时还是必需,　　235
虽不能让美琳琅,他山石却能攻玉。

诗　　选

韵与理之配合[*]

——赠莫里哀①

稀有的名诗人啊,你那丰产的诗兴
动起笔来不知道什么叫费力,呕心;
阿波罗为它敞着全部的宝藏之门,
它知道好的诗要打上哪样的钢印:
在文坛的战斗中你是敲击的奇才, 5
请指教我,莫里哀,你的韵哪里找来。
可以说,你需要时,韵自然跑来找你:
在每句诗煞尾处从没见过你迟疑;
你不需要兜圈子,停滞着,感到麻烦,
只要你开口说话,韵就来按部就班。 10
而我呢,性情怪僻,单凭着一时傻气,
因为作了挚,我想,居然也觅句寻诗,
这个艰难的行业使我的脑汁绞干,
为着要找到韵脚忙得我满头大汗。

---

*　原文标题:"讽刺诗第二"(1664)
　　　"赠莫里哀
　　　韵与理之配合"

① 这首诗作者在伯鲁桑伯爵(Comte du Broussin)家里宣读过;他读后,莫里哀就朗诵他的喜剧杰作"愤世者"的第一幕,并且事先声明说:"大家不要以为我的诗能和布瓦洛的一样完美,因为如果我对我的作品和布瓦洛一样下工夫,则所费的时间将无法计算了。"

我时常从早到晚沉思着,推敲选择,　　　　　15
我明明要说白的,淘气鬼①偏偏说黑。
我想为一个雅人描绘出他的面貌,
我的笔为了叶韵竟找出毕尔长老②;
我想举一个作家完美而毫无差错,
理智说是维吉尔,而韵却说是季诺③。　　　　20
总之,不管我在做或想做什么东西,
那古怪的韵总是偏给我来个反的。
有时我真恨极了,因为我找她④不到,
又愁又累又惭愧,一赌气丢开拉倒;
我无数次咒骂着给我催诗的魔鬼,　　　　　25
发着一千个大誓,从此后不再动笔。
但是当我骂够了飞碧⑤和司诗女神⑥,
我不再想到她时她偏来打个转身:
立刻我不由自主,浑身又感到火热,
于是我急急忙忙再拿起纸和笔墨;　　　　　30
我那些无用誓词都抛到九霄云外,
一句诗一句诗地等着她姗姗而来。
假如是我的缪斯勃勃然动了诗兴,
准许用无所定语为叶韵凑凑拼拼,
我也会人云亦云,不必去冥讨穷搜,　　　　35
我倒有的是字眼,必要时绾绾补补。

---

① "淘气鬼"指韵。
② 毕尔长老,见"评传"第6页注⑤。
③ 季诺,见"评传"第6页注⑥。
④ 指韵;因为"韵"字在法文属阴性,所以作者把她比作女子。
⑤ 飞碧,诗神,即阿波罗,见"诗的艺术"第一章第6句。
⑥ 司诗女神即九缪斯,见"诗的艺术"第四章第163句。

如果我赞美菲丽①,说她"无处不神奇",
我便能立刻找到"数她是天下第一";
如果我要夸某物,说它是"盖世无两",
我便能立刻形容"其美丽赛过太阳";　　　　40
总之,我满嘴挂着"明星啊","伟丽瑰奇",
"上天的大杰作啊","美丽得无人可比",②
用这些漂亮字眼,往往是随便瞎凑,
我也能容容易易,不需才、不费工夫,
拿着名词和动词千百次搬去搬来,　　　　45
我的诗勉强拼成,马莱伯撕成细块。③
然而,我的精神却为选词战战兢兢,
不敢说出一个字如果它安得不稳;
它绝对不能容许用个无谓的词语
放到诗句的末尾来勉强填塞空虚;　　　　50
此所以我的作品能改二十次之多,
如果我写四个字我将会涂掉三个。

　　不知何人真该死!凭傻劲首先作俑,
竟然把他的思想约制在一句诗中,
并且给他的词语定一个狭窄范型,　　　　55
竟然要拿声韵来像锁链束缚理性!
若不是这个行业害得我不能安息,
我的日子会过得闲悠悠无所希冀。
整天只有唱唱歌,笑笑,同时喝喝酒,

---

① 菲丽,见"诗的艺术"第一章第 18 句。
② 以上引语均由梅拿日诗中摘出。
③ 当时剽窃马莱伯诗句的人很多(参阅"自讼"第 251 句及注),故云。拉封丹(法国最伟大的寓言诗人,作者的好友)曾说:"我愿拿我的一篇故事换这一句诗。"

胖得像个沙奴安①,自在的,心满意足,　　　60
无忧无虑无烦扰,安安静静过生活,
夜里倒下呼呼睡,白天起来没事做。
我的心没有操劳,解除了一切梦想,
知道定一个限度来防闲宅的奢望;
为着要躲开权贵,避免和他们厮混,　　　65
我绝不到卢浮宫②低下头礼拜财神:
我会多么快活啊,若不是好强心理
驱使我觅韵寻诗,耗尽我平生精力!

但是自从那一天,这种疯狂的欲念
搅得我的头脑里充满着瘴气乌烟,　　　70
自从一个忌克鬼不让我心旷神怡,
怂恿我抱定决心要写得十分完美,
我便不由自主地天天盯住个作品,
这里涂抹掉一页,那里修改个不停,
在这倒楣行业里消磨着我的一生,　　　75
我提起笔就羡慕贝尔蝶③倒能瞎碰。

斯居德里④真幸运!你那丰产的文笔
每月能写一本书,一点也不费气力!

---

① 沙奴安,天主教的一种僧官,近似主教的参议,待遇厚而事务少(见"评传"第3页注⑨)。这句诗可能有所影射,参阅"自讼"第249句注。
② 卢浮宫(Louvre),法国王宫,在巴黎市中心。
③ 贝尔蝶,"末流诗人,天天写一首商籁。"(布瓦洛原注)参阅"诗的艺术"第二章第99句。——按注释家记载,贝尔蝶把这句诗当作赞语;当时出版一部诗选,里面有他的几首诗,他把这首讽刺诗也叫编者列进去。布瓦洛向出版商抗议,出版商说:"是贝尔蝶亲手交来要刊进去的呀,因为这首诗是赞扬他的。"
④ 布瓦洛原注:"就是那位大名鼎鼎的斯居德里,许多部小说的作者,又是那大名鼎鼎的斯居德里小姐的哥哥。"参阅"诗的艺术"第一章第51句以下。

固然你那些作品无艺术又无精彩,
仿佛都不顾情理,随意地拼凑而来; 80
但是批评自批评,它们却常常能够
找到书贾去推销,找到傻瓜去阅读;
只要找到一个韵放在诗句的末尾,
其余都可以乱摆,管他整齐不整齐!
另一种人太倒楣!真乃是为人性僻, 85
硬要使他的天才服从于艺术法规!
一个傻瓜写作时字字都欣然自得,
他没有一点麻烦把诗句推敲选择;
他的诗剧一写成就永远越看越爱;
内心里自加激赏,惊喜着自己多才。 90
但是超绝的作家总是想不断提高,
他努力臻于完善终苦于跻攀不到;
他的诗刊一写成总是越看越不满,
别人读着都喜爱,而他却自视欣然。①
某君到处被大家夸赞着他的才情, 95
自己却恨曾写作害得他不能安静。
　　因此你啊,你看我沉沦于这些苦恼,
请指教罢,恳求你,教我找韵的诀窍:
或者,既然这指教会使你白费心机,
请告诉我,莫里哀,戒绝作诗的秘密。 100

---

① 莫里哀读到这句诗,对布瓦洛说:"你说出了最美的真理:我虽然不在你所说的那种超绝的作家之列,但是就凭我这样,我也没有真正满意过我平生所写出的任何一篇东西。"

自　讼[*]

——对自己才调说话

现在,我的才调啊,轮到你,我们谈谈。
你很有些小毛病我实在不能相瞒：
我懦弱地娇惯你,够久了,也太久了,
惯得你日益猖狂,开着滔天的玩笑；
既然你已逼得我不能再往下忍耐,　　　　5
我就生平第一遭来对你说个痛快。

　人家看到你那样恣意地飞扬跋扈,
大谈其善恶是非,像加陀①臧否人物,
作家的工拙身价你一言就要定论,
对那些博士先生一开口就是教训,　　　　10
都以为单是你能躲掉讽刺的乱箭,
因而有随便说话、随便写作的全权。
其实我,心里明白,把你看得通通亮,
我天天数你毛病,真乃是了如指掌,

---

*　原标题是:"讽刺诗第九"作于 1667 年,发表于 1668 年
　　"对自己才调说话"
　目录加副题:"对自己才调说话:为讽刺诗辩诉"
　布瓦洛原注:"这首讽刺诗全属贺拉斯风味,作者自讼以便讼一切其他的人。"
　我们揭"自讼"为题,以资醒目。

① 加陀(Caton,前 232—前 147),古罗马的都察官,以品德严峻著称；有辩才,经常针砭罗马人的奢靡风气,对当时的世道人心有振衰超敝之功。

我看你这样微弱,写作又这样不敏,　　　　15
居然想负起责任来改革世道人心,
言词像泼妇骂街、高铁①闹堂的刻峭,
你那样愤世嫉俗真叫我看了发笑。

　　请你回答一下罢。是什么一股傻劲
不得九姊妹②同意就使你成了诗人?　　　20
告诉我,你可感到那种热烈的心情
为一个天赋奇才发动着他的诗兴?
谁曾给你煽起了这样糊涂的大胆?
难道飞碧③专为你碾平了巴那斯④山?
难道你就不知道在这神圣的山头　　　　25
谁不能飞上高峰就落下最低山谷⑤,
要谁不能和贺拉斯⑥、瓦居尔⑦登到绝顶
就要和毕尔长老⑧一齐在泥里爬行?

　　既然你那坏生性,逼你不得不作诗,
既然我一切努力都不能把它制止,　　　　30
又何必把苦工夫白费在虚言空论,
你应该放胆歌颂君王的神武经纶:
把你的各种意念利用在这种诗歌,

---

① 高铁(Gautier),"著名的律师,极刻峭。"——布瓦洛原注。
　他的绰号是"尖嘴壳高铁"(Gautier-la-Gueule)。
② "九姊妹"即司文艺的九缪斯,参阅"诗的艺术"第四章第163句注。九缪斯所司无讽刺诗,所以说"不得九姊妹同意"。
③ 飞碧,诗神,见"诗的艺术"第一章第6句注。
④ 巴那斯山,即诗坛,见"诗的艺术"第一章第1句注。
⑤ 参阅"诗的艺术"第四章第25句以下。
⑥ 贺拉斯,最伟大的拉丁诗人之一,参阅"引言"。
⑦ 瓦居尔(Voiture,1598—1648),法国古典派先驱作家之一。其价值远不如贺拉斯。两人并列,有欠精审。
⑧ 毕尔长老,作者的文敌,见"评传"第6页注⑤。

你就会年年看到你的诗大有收获；
你的缪斯见利得越希望就越起劲，　　　　　35
她会把一两轻烟变卖出一两黄金。
——但是，你会对我说，我徒然想引诱你，
我说得尽管辉煌，责任却负担不起。
并非是诗人都能用奥尔菲①的音调
吟成伟大的诗句歌颂着戡乱功劳；　　　　　40
描写着战神②冒火，到处作雷霆震击，
比利时③人慌倒了在城上纷纷逃匿。
用这样豪迈音调而又不失于鲁莽，
荷马既不能再世，拉康④倒还算当行；
至于高丹⑤和我啊，只偶尔凑几行诗，　　　45
只学着做做诗人，由于我们好骂世，
虽有一大堆文匠夸我们能言善讲，
为我们万全之计倒还是不要开腔。
一篇无味的诗歌愚蠢地给人捧场，
不但是玷辱作者，同时也玷辱对象：　　　　50
总之像这样计划超过我们的绵薄。
——说这种话的才调是委靡由于荏弱，
是以伪装的恭敬构成谦虚的外衣
掩盖着鬼蜮心肠含沙射人的毒计。

---

① 奥尔菲，见"诗的艺术"第四章第 147 句注。
② 战神，即白罗纳，见"诗的艺术"第三章第 229 句注。
③ 布瓦洛原注："这首讽刺诗是写在国王攻克里尔及其他几座城池的时候。"各城均在佛朗德尔，即比利时区域。
④ 拉康，见"诗的艺术"第一章第 18 句注。以拉康惩荷马苏姪太过。
⑤ 高丹(1604—1682)，传教士，法兰西学院院士，曾写"讽刺诗之讽刺"及"布瓦洛讽刺诗的客观批评"，攻击布瓦洛。

殊不知,高飞冲天,徒然翅膀会消融①,　　　55
纵然你在云霄里迷失得无影无踪,
岂不强于无故用不像教徒的笔致
对与你无关的人写些侮辱的歪诗?
不强于一书鲁莽便激起骇浪惊涛,
让书贾大发其财反而使自家倒灶?　　　60
　也许你虚荣心重,别有狂妄的企图,
想和贺拉斯一样使大作永垂不朽;
你那些晦涩韵语,也许你已经相信
将有许多苏迈士②为它们伤透脑筋。
殊不知多少作者开始都很有销场,　　　65
其结果这种痴心归于可耻的失望!
又还有多少作者诗集风行几个月,
现在却论斤出售,多少本捆成一叠!
你将来可能看到你的书风行一时,
读者一手传一手,使它们布满都市;　　　70
然后呢,灰尘满面,没有任何人知道,
随着拉塞、纳日曼到小店里包香料;③

---

① 古希腊神话:伊卡尔用蜡粘的翅膀从迷楼里飞出,直上云霄;因为飞得离太阳太近,蜡遇热消融,翅膀脱落,掉到海里淹死了。
② 苏迈士(Saumaise,1588—1658),"著名的注家。"——布瓦洛原注。
③ 这两句诗最初是这样:
　　　然后呢,……(阙文)当代的这个废物,
　　　随着"赠梅拿日序",随着"与高士达书"。
这个"序"和"书"都是作者的长兄吉尔·布瓦洛的作品。吉尔看见老弟以讽刺诗渐渐出名,心里有些嫉妒,每读到讽刺诗时总是带着轻蔑的口吻,故意说这种诗很快地就会湮没无闻,所以作者拿这两句诗开老兄一个玩笑。原来两弟兄化除成见了,所以作者把这两句诗改掉,矛头转向拉塞和纳日曼。——布瓦洛原注:拉塞(La Serre),"不被重视的诗人";纳日曼(Neuf-Germain),"荒唐诗人"。

或者，你的书也许三十页减成九页，
加上些虫伤鼠咬，装点着新桥两侧①。
你还有个大光荣，是看到你的大作，   75
在贩夫走卒手里无聊时捧着摩挲，
并且还常被他们向僻处扔到一边，
为萨伏佬②的俚曲添上一个第二卷！

    然而我也很愿意命运偶然一高兴
叫你那些作品的刻薄劲长久风行，   80
也很愿意你的书能使你如意翻身，
叫我们后世子孙对高丹觑啸泄愤：
但有什么用处呢，这种身后的崇敬，
如果你的诗，今天，却构成你的罪名？
如果诗中警策语到头来不值分文，   85
只赢得人心惶惶，只落得傻瓜憎恨？
什么疯魔招恼你，驱使你嬉笑怒骂？
一本书你不喜爱谁又罚你去读他？
糊涂虫无声无息，该让他悄悄死亡：
一个作家连腐烂也不能全要腐烂？   90
若拿一直无人问，灰仆仆日趋枯朽；
达尉虽然付印了，却始终没有露头；
摩西开始霉烂着，从书边霉到书心。③

---

① "通常卖废书烂纸的地方。"——布瓦洛原注。
参阅"诗的艺术"第一章第 97 句注。
② "出名的新桥歌手，现在还有人捧场。"——布瓦洛原注。
"萨伏佬"（萨伏〔Savoie〕省人）是个绰号，真名是腓力波（Philipot）。
③ 布瓦洛原注："这是三首英雄诗，都不曾销行。'若拿'的作者是高拉（Coras），
'达尉'的作者是拉波格（Las-Fargues），'摩西'的作者是圣·阿曼。"——若
拿，达尉，摩西都是"圣经"里的先知。关于圣·阿曼，作者在"诗的艺术"里
（第一章第 21 句以下）另有介绍。

这有什么不好呢？死的人已经死定；
难道墓石还不能替他们挡掉讽刺？ 95
这样多人有何罪你偏要搅骨翻尸？
拜兰,巴旦,高尔台,贝尔蝶,季诺,海努,
迪特维尔,卜拉顿,都和你有啥冤仇?①
他们名字都仿佛在龛里各自安居,
你为何到处搜罗充满你刻薄诗句？ 100
你嫌他们讨厌么？多么可笑的借口！
他们曾烦扰君王,曾招恼满朝文武,
也没见半道圣旨,为惩罚他们讨厌,
勾销掉那些作者或禁止撰写诗篇。
谁写作都有自由。谁干着这行手艺 105
都有权随随便便浪费纸张和墨水。
一部小说,不犯法,不违反一般习惯,
可以把一个英雄讲到第十本终完②。
此所以巴黎看到作家像潮水涌来,
时时要予以收容,年年都泛滥成灾； 110
没有一座大门楼不贴满新书广告,
柱子上层层包裹,从柱脚裹到柱梢。
只有你最爱刁难,既无权又无声望,
居然来替阿波罗立法制定国经邦！
　　而且你,别人作品你专会佶屈聱牙, 115
可知道你的作品别人又怎样看法？

---

① 这八个诗人都是阿波罗笔下的牺牲者。除季诺和卜拉顿稍有成就外,余均湮没无闻。参阅"评传"第6页(季诺);"诗的艺术"第二章第99句(贝尔蝶),第四章第185句(高尔台);"从批评中求进益"第99句(拜兰),题下注(卜拉顿)。
② 布瓦洛原注:"小说'西鲁士','克莱梨','法拉门'都是每部十大本。"参阅"诗的艺术"第三章第100句,第115句等。

现时无一人一事能逃过你的讥刺,
可知道别人对你又有些什么言词?
　　提防着啊,有人说,那种讥评的才调:
什么蜂儿螫着他①,你常常捉摸不到。　　　　120
简直是个小疯子,自觉什么都不怕,
宁舍二十个朋友,不舍一句俏皮话。
连"处女吟"②的诗句,他都还不能谅解,
他竟想经天纬地,凭着他的小脑袋。
他当年在律务界可觉得一事顺眼?③　　　　125
教士宣道再会说能阻止他不睡眠?
而他自己呢,冒充巴那斯的摄政王,
实只是拾贺拉斯破烂穿的穷光蛋。④
在他前,茹维纳尔早用拉丁文说过
坐着听高丹宣道无人不感到舒服。⑤　　　　130
贺、茹二氏在他前已自恨诗笔伤人,
他犯了罪又还想向他们推卸责任:
他想拿这些名人做自己的挡箭牌。
我少读这些作家,但觉得若要痛快,
除非那些刻薄鬼,连他们徒孙徒子,　　　　135
一个个地头朝下栽到河里去吟诗。⑥

---

① 法国谚语,含讥讽意;意谓"凭什么发脾气?""无缘无故生气了!"
② 参阅"诗的艺术"第四章第 44 句以下作者沙伯兰,另有专论在本篇第 204 句以下。
③ 作者曾当律师,见"评传"第 2 页。
④ 布瓦洛原注:"圣巴文曾骂作者只是从贺拉斯,茹维纳尔,芮尼那里拾些破烂发了财。"
⑤ 茹维纳尔是古罗马大讽刺诗人(参阅"诗的艺术"第二章第 157 句以下),竟来为高丹捧场了!
⑥ 据传说,这句咒骂是出于孟多协公爵之口,参阅"评传"第 14 页注②。

看！人家怎样对你:胆战心惊的一批
已经把你看成了河底下的淹死鬼。
也有几个笑呵呵想　替你打个转环,
求他们刀下留情,但结果都是枉然: 　　　　140
没法叫读者息怒,他们都诚惶诚恐,
觉得人家写自己,其实写的是别人。
　　难道你老要这样才惹是非又闯祸?
难道你要不断地挨人吵骂起风波?
难道我就只该听作家们叫苦连天? 　　　　145
你那股傻劲头啊到何时才得收敛?
　　说罢,我的才调啊;已不能再开玩笑:
说呀！……——但是,你会说,为什么这样发燥?
怎么！一个歪诗人我顺便找找漏洞,
难道就是个罪吗,这样大,这样严重? 　　　　150
看见了一个妄人对作品自夸自卖,
作品里面每一页道理都东倒西歪,
谁不立刻大骂道:鲁莽灭裂的作家!
这个作者真讨厌！这个译者真该打!
这许多浮词滥调发表出来有啥用? 　　　　155
骨子里空无所有,面子上华贵雍容!
　　这就叫作刻薄吗,还是坦白地说话?
不！不！刻薄的言词倒反而悠悠雅雅。
如果有人要研究有什么神秘动机
　　阿里多建座道院完全由自己花费;① 　　　160
阿里多！骗子手说,他是我的好朋友,

---

① 一般人都认为这是影射皮奈特(Pinette),他曾以私费在巴黎地狱路替天主教雄辩会(Oratoire)建了一座修道院。阿里多(Alidor)是作者杜撰的名字。

他后来才当税吏,我识他时是仆夫:
那是一个正派人,具有深深的诚虔,
他所取之于人的都要拿出还给天。
　　这才是耍巧劲儿,刻薄人而带艺术,　　　165
是所谓恭恭敬敬把利刀刺进胸脯。
一个诗人生来不涂脂粉、卑躬屈节,
就避免像刻薄鬼那样的巧言令色。
但是,骂一些诗句或生硬或太冗滞,
或冒犯一个作者因为他冒犯良知,
或笑某人说笑话不能逗人开笑脸,
这都是任何读者永远享有的特权。
　　一个显达的傻瓜天天呆在朝廷上
倒可以自由自在对作家信口雌黄;
倒可以说马莱伯、拉康不及陶菲儿①　　　175
塔索的玻璃珠翠②胜似纯金维吉尔。

---

① 布瓦洛原注:"一个有身份的人曾在我面前发过这样一个议论。"——陶菲儿(Théophile Viaud,1590—1626),法国诗人,很平庸。
② 布瓦洛在"诗的艺术"里(第二章第 209—216 句)对塔索批评很严,在这里说得更露骨。多里飞(D'olivet,1682—1768)在所著"法兰西学院史"里记载着说:布瓦洛晚年有人问他对塔索的看法有无变更,他说:"很少变更,遗憾的是我没有在'读朗吉努斯感言'里把我的意见详细说明一下。我应该首先承认塔索是一个壮美的天才,对于作诗,并且对于作大气磅礴的诗是得天独厚的;然后读到他如何用才的时候,我应该指出,他的良知不是经常居主导地位的,在他的大部分的叙述里,总是着重于必要者少,着重于可爱者多;他的描写差不多都是堆砌着冗赘的装饰;在炽热的尺里,在热情引起的激荡当中,常常突然变质,来几句隽语,使感动力停止了;他充满着过于华丽的形象,矫揉造作的语法和轻浮佻达的文思,不但不能适合于他的'耶路撒冷',就连在他的'阿曼姐'(Aminta,塔索的一篇牧歌剧——译者)里也不很相宜。所有这一切都与维吉尔的明智、厚重和庄严相反,请问,这不是玻璃珠翠与纯金相反吗?"——伏尔泰(Voltaire,1694—1778)却反驳布瓦洛说:"布瓦洛曾诋毁塔索的玻璃珠翠;但是金缕衣上纵然有一百块假金片也是应该原谅的;在荷马建成的那座伟大的云石宫殿里也有不少的粗石料;布瓦洛也知道,也感觉到,却是不说;应该说公道话呀。在威尼斯,如果前一艘船上有人诵一首'耶路撒冷'里的绝句,后一只船就立刻有人和着念第二首;如果布瓦洛听了这种唱和,就该无话可说了。"("哲学辞典","史诗"条)

一个书吏花点钱就可以不顾笑骂
走到戏园池座里任意攻击阿狄拉①,
如果这位匈奴王叫他听了不开心,
就说高乃依诗有西峨特人的蛮劲。②　　　　180
　　连个作家的书童,连个巴黎的录事,
都手里拿个小秤称称作品的高低。
一部作品的印行,使诗人刚一出壳,
就变成读者奴隶,听凭他指手画脚:
自己要低声下气任别人随意摆布,　　　　185
只有靠他的作品向读者开口辩护。
一个作家跪下来写篇谦恭的序言,
如果作品讨人厌,终难得读者哀怜;
这个判官招恼了再哀求也无用处,
他自有全权审问,审得你体无完肤。　　　　190
　　难道单是我一人不能说出一句话!
他将是那么可笑,而我还不能笑他!
我的诗句产生的什么事这样危害
使些许疯狂作者用乱棒向我打来?
我不毁谤他们呀,我叫他们出了名:　　　　195
人家凭我的诗句才把他们认得清,
否则湮没是常事,他们大才谁知道?
高丹长老没有我,谁晓得他曾说教?③

---

① 阿狄拉(Attila),于434年称匈奴王,率师西征,连败东、西罗马二帝,直扑高卢(法国古称)。这里是指高乃依的一篇悲剧,即以"阿狄拉"为名,演这个匈奴王的故事。
② 西峨特人是五世纪侵略高卢的蛮族。高乃依的"阿狄拉"是一部失败的悲剧。布瓦洛借书吏的口讽刺它。据说高乃依自己读这两句诗倒认为作者是为他抱不平。
③ 据传说,卡萨尼长老(Cassagnes)被布瓦洛讽刺一次,听他说教的人突然多起来。布瓦洛说:"他这个光荣是亏了我呀,不然谁晓得他会说教呢?"在这句诗里作者是拿这句话转嫁到高丹头上了。

讽刺诗没别的好,专叫蠢货把名扬:
仿佛是画里烘云,托得月色亮堂堂。 200
总之,我指摘他们,我是说了心里话;
有人尽管责难我,却和我一样想法。
　你不对,有人会说,干吗要指姓提名?
攻击到沙伯兰①!!啊!多么个老好先生!
巴尔扎克②曾到处给了他许多奖饰。 205
当然,他若信了我,根本就不该作诗。
他为推敲累死了:何不用散文写作?
别人是这样说的。我何尝独持异说?
我指摘他的作品可曾用险恶笔致
对他的生平行径散布阴毒的谤词? 210
我的缪斯攻击他既仁慈而又小心,
她知道谈论诗才不涉及他的人品。
你尽可以夸他有信仰、德行和正义;
你尽可以佩服他既率真又懂礼仪;
他尽管是又和蔼,又殷勤、热诚、恳挚: 215
别人说,我也同意,我准备不赞一词。
但是人家如果说他的诗能作楷模,
如果当代才人中要数他得利独厚③,
如果要把他捧为诗中王、文坛执政,
我立刻心头冒火,烧得我非写不成; 220
而且如果不许我把真话告诉纸张,

---

① 沙伯兰,见"评传"第8页及注③。
② 巴尔扎克(Quez de Balzac,1594—1654),法国古典派先驱作家之一,对法国语文有很多的贡献。
③ "沙伯兰有各种津贴合八千镑。"——布瓦洛原注。

我就会地下挖坑,和那理发人一样①,
叫芦苇飕飕作响,用新的喉舌宣告:
米达王啊,米达王有一对驴子耳刀②。
我有什么得罪他,究竟?我的诗可曾　　225
硬化了他的血管,冻结了他的精神?
只要一本书能在王宫区③顺利推销,
只要读者能亲眼看得出它的美好,
只要毕伦④能把它陈列在第二柱架,
单是审查人不爱又哪能损害于它?　　230
尽管有一个大臣联络人反对《熙德》,⑤
全巴黎爱施曼娜都仿佛是罗狄克,
尽管学院的全体对《熙德》吹毛求疵:
公众却愤愤不平,偏为之赞赏不置。
但是那沙伯兰呢,一有个新的产儿,　　235
每个读者对于他都成为李尼埃尔⑥。

---

① 古希腊神话:米达(Midas),腓力基(Phrygie)国王;因为他爱听潘神的牧笛而不爱听阿波罗的竖琴,阿波罗使他头上长出一对驴耳。他平时不叫任何人看到,却有一天被理发人发现了。理发人无处宣告这个秘密,便在地下挖个坑,把秘密向这坑里说出,然后立即把坑填起来。谁知这地方长出了许多芦苇;风一吹就飕飕地说出话来,向过路人宣说:"米达王啊!米达王有一双驴子耳刀!"
② 作者的文敌克罗德·贝洛(参阅"诗的艺术"第四章首段及注)曾指摘这句诗,说是影射国王路易十四。法兰西学院院士白礼逊(Pellisson)也支持这个指摘。
③ 王宫区,见"评传"第6页注②。
④ 毕伦(Bilaine),"王宫区书商。"——布瓦洛原注。
是沙伯兰的"处女吟"的印行人。参阅"诗的艺术"第四章第33句注。
⑤ 见"评传"第12页及注②。
⑥ 布瓦洛原注:"李尼埃尔曾作诗攻击沙伯兰。"——李尼埃尔作的是一首箴铭诗,攻击沙伯兰的"处女吟"。关于作者对李尼埃尔本身的评价,见"诗的艺术"第四章第194句。

尽管有千百作家对着他烧香鸣炮,
书一出版便证明那班人拍马无聊。
因此不要怪我啊,全巴黎都在耍他,
他只能怪他的诗没资格附庸风雅,   240
只能怪他的缪斯德国人法语写作。
算了,丢开沙伯兰,从此后不再啰唆。

——有人说:写讽刺诗是个倒楣的行业,
只叫少数人开心,其余的都不服帖。
其后果十分可怕:在这冒险行业里,   245
芮尼①曾不止一次被恐惧逼着追悔。
莫再空求快意罢,你已被诱入歧途,
让你的缪斯干点别的事比较温厚;
至于改造宇宙啊,让给佛野②去卖力。

——那么,我拿什么呢来运用我的诗笔?   250
叫我写首颂歌吗,用马莱伯的辞藻③
去搅乱多瑙河的芦苇中滚滚波涛,
去解放那西雍④的呻吟展转的人民,
去叫曼非⑤城胆战或叫新月旗⑥心惊,
然后跨越约旦河⑦,渡过那惊涛骇浪,   255

---

① 芮尼见"诗的艺术"第二章第168句以下。
② 佛野(Feuillet),"鼎鼎大名的传教士,说教时十分过火。"——布瓦洛原注。这佛野又是个"肥胖的沙奴安",布瓦洛曾问人:他这样肥胖是不是与他劝人刻苦修行相矛盾。
③ 据考证,这句诗可能影射当时诗人居特烈(Du Perrier),因为他写过一些颂歌,抄袭了马莱伯的辞藻。
④ 西雍(Sion),耶路撒冷的一个小山,这名字常用代表耶路撒冷。
⑤ 曼非(Memphis),埃及古都。
⑥ 新月旗,土耳其帝国的象征。
⑦ 约旦(Jourdain),巴勒斯坦的一条河。

冒昧地跑到伊顿①接受棕叶②的荣光?
再不然写首牧歌,假定有羊群围绕,
在巴黎的市中大吹其牧笛村箫,
并且在榕树阴下脚不出我的书房,
却叫回声传播着乡野的胡言乱讲? 260
还是要内心宁静、相思意并无一点,
却诌出彩虹③一个,为着她愁病恹恹,
太阳光呀,黎明呀,漂亮称号一大堆,
本来是眠食俱佳却说成命在旦夕?
像这种无病呻吟我让给风流公子, 265
一个人耽于逸乐才安于浮艳之词。

  那讽刺诗却富于新教训和新事物,
只有它才会同时有风趣又有用处,
在良知的光辉中它纯化了的诗句
指出时代的谬误,唤醒着一切痴愚。 270
也只有它不顾忌一切骄傲和横蛮,
直指到华盖下面使邪恶惊心丧胆;
又时常大无畏地用妙语一针见血,
揭发愚人的陷害,使理性得蒙昭雪。
就是这样,吕西尔④,得着雷利⑤的支持, 275
打倒了他那时代罗马的高丹之辈,
也是这样,贺拉斯点石成金的妙手

---

① 伊顿(Idom 或 Idumée),犹太地区的古称。以上六句是说歌咏从埃及人或土耳其人手中解放耶路撒冷(基督教圣地)的故事。
② 棕叶,古希腊人的胜利的象征。
③ 彩虹,见"诗的艺术"第二章第69句及注。
④ 布瓦洛原注:"拉丁讽刺诗人。"参阅"诗的艺术"第二章第147句以下。
⑤ 雷利(Lélie),"古罗马执政。"——布瓦洛原注。

恶作剧地戏弄着罗马贝尔蝶之流。
是讽刺诗辟开了我所应遵的途径，
使我从十五岁起见坏书就觉恶心； 280
就在那座名山①上，我敢去找到了它，
它教我如何走路，强化了我的步伐。
总之，都是为了它我才发愿去写作。

　　不过，如果有必要，我也愿翻过来说，
为着要平息一下那怒潮般的文敌， 285
诗句造成的创痛，我愿用诗句来医。
既然你要这样做，我就来改变格调，
请你听我宣布罢：季诺是个维吉尔；
卜拉顿在现时代出现了，像个太阳；
贝尔蝶比巴特鲁②、比阿伯朗古③都强； 290
高丹能把天下人吸引来听他告诫，
要穿过人山人海他才能走上讲台；
苏法尔④是才人中出类拔萃的凤凰；
拜兰……我的才调啊，这样才好！往下讲！
不过，你不觉得吗？那群人正在咆哮， 295
又会把这几句诗当作开他们玩笑！
上帝晓得，立刻有多少作家发着怒，
多少带伤的诗匠，奔来打破你的头！
你很快就能看到他们都诡计多端，

---

① 指巴那斯山。
② 巴特鲁(Patru,1604—1681)，律师，语法家，法兰西学院院士；他第一个在入院时宣读了一篇"致词"，后即成为定例。他是作者的朋友。
③ 阿伯朗古(Ablancourt,1606—1664)，翻译家，译希腊名著甚多，典雅而不够信实，时人称他的译品为"不忠实的美人(les belles Infidèles)"。他也是当时最好的散文家。
④ 苏法尔(Saufal,1620—1670)，曾著《法国历代君王恋爱史》，《巴黎考古》等书。

会写出整部大书来对你进行侮谩， 300
硬说你的作品里句句诗笑里藏刀，
一个无辜的字眼也指为大逆不道①。
你徒然在作品里歌颂着我们君主，
希望拿这个圣讳做你写作的护符；
谁要瞧不起高丹就不敬他的君王， 305
也就是，据高丹说，无法无天无长上。
——怎么呀！你会回答，高丹又其奈我何？
他那样吵吵闹闹竟能有什么结果？
也许他重视我诗所以才心怀忌妒，
他不让它的津贴②？我原就满不在乎！ 310
举世讴歌的君主我自然知道称赞，
绝不候得到金钱才手里拿起笔杆；
我本是学浅才疏，不希冀特殊恩宠，
能容我为他作颂就是我无上光荣：
你将永远看到我放荡中还带明哲， 315
我一面用这支笔把邪恶涂成皂黑，
替那班充作家的蠢材们画出丑相，
另一面用这支笔歌圣德敬仰君王。
——我很相信你；然而，有人在叫，在威吓。

---

① "高丹在他的一篇作品里说：我对神对人都大逆不道。"——布瓦洛原注。参阅前第224句注。
② 当时国王发给文人的津贴都由沙伯兰等人决定，沙氏自己就享有津贴八千金镑之多；他又说高丹是"最该称许、最应奖助的作家之一"，说他"又奇才，又饱学，是聪明的人文主义者，湛深的神学家，诗文双绝的大文豪"。而真正大文豪"法兰西悲剧之父"高乃依竟长久未得津贴，穷到站在街头候鞋子补好才能出门。布瓦洛自己生活很优裕，并不在乎津贴，但是卑劣的文人互相包庇使津贴赠发生当却使他非常不平，所以一再慨乎言之。不过这问题很容易牵涉到国王，立言很难得体。

——巴那斯山的,你说,豪杰们我并不怕。　　　　320
——天啊！盛怒的作家什么事都能做到,
他会——嗯？——心照不宣。——什么呀？——住口为妙。

从批评中求进益*
——赠拉辛①

你,拉辛,多么善于凭借着一个俳优

使观众感动,惊奇,神往而不能自主!

想当年依菲日妮②在奥里杀身祭祀,

希腊群众流下了多少泪表示哀思,

---

* 原标题:"赠诗第七(1677年作)"赠拉辛
"从批评中求进益。"

① 这首诗是为拉辛的杰作"菲德尔"受到惨烈的打击而作的。"菲德尔"当时一面在思想性方面受到御港修院(Port-Rogal)派的严厉批评,一面在演出方面受到两大贵族——布荣公爵夫人(Duchsse de Blon)和她的哥哥尼维尔公爵(Dus de Nevers)——的联合打击。他们在年前就怂恿一个平庸诗人卜拉顿另写了一篇悲剧也名为"菲德尔"。拉辛的悲剧以1677年元旦上演,卜拉顿的悲剧迟两天在另一剧院也同时上演,故意唱对台戏。布荣夫人和尼维尔不但组织了许多人捧卜拉顿,倒拉辛,并且花了一万八千金镑预订了两个剧本头六次演出的前排包厢,这样,两个剧本哪一个满座、哪一个冷场就完全受他们操纵了。其结果不言而喻。在现象上是拉辛失败。文学史家拉哈卜(La Harpe)说:"这首赠诗的写作时代,和赠诗的本身一样,都显出布瓦洛的光荣:那时候蔑人的阴谋逼得人家把拉辛的'菲德尔'放弃了,并且攻击拉辛及其'菲德尔'的批评文字和小册子纷至沓来。布瓦洛这首诗就是在这时候赠给拉辛的。只有他一人坚强地站着,反抗这场风暴,并把他的正义的抗诉公诸社会。"这首赠诗一发表,拉辛的那些有权势又好叫嚣的敌人都偃旗息鼓了。关于御港修院方面,参阅"评传"第12页注③。

② 希腊故事:依菲日妮(Iphigénie)是希腊远征军首领阿伽曼侬的女儿;希腊军已经集合起来,要出发去进攻特洛亚了,不幸船舶在奥里港(Aulis)阻风,情势危急。阿伽曼侬依神巫指示,要杀爱女依菲日妮祭狄娅娜(Diane)女神,以祈顺风。幸而女神怜惜依菲日妮,临杀时暗中用一匹牝鹿替死了。

还不抵你为我们铺陈的精美剧情①，　　　　5
扮演她的商美莱使观众泪都流尽。
不过，你也莫以为你那些绝妙好辞
能拖动一切心灵，能获得一致奖饰。
只要是一个天才受到阿波罗启示，
发现了一个途径远非流俗所能知，　　　10
便立刻狐群狗党对准他群起而攻，
爝火难得的文敌也叫着包围起哄：
他的光辉太大了，自难免刺人双眼，
所以连生平好友也对他因忌成嫉；
唯有死，在这尘世，结束着他的一生，　　15
才能为他平息掉种种不平和忌恨，
才能使他的作品得用良知去比重，
才能使他的诗句获得应有的光荣。

掩棺的一点黄土讨来得多么可怜！
莫里哀②而今已矣！但是他入墓之前，　　20
他那无数的佳章只赢得后人赞美，
益世的愚昧之流谁不公开地诋毁！
他的剧本才出生，就有愚顽和荒谬
披着侯爵的外衣、伯爵夫人的礼服，
来对他的新杰作想办法破坏名誉　　　　25
戏剧正演到佳处，它们偏不住摇头。
某爵士提出意见，要剧情更加谨严③；

---

① 拉辛曾用依菲日妮杀身祭神事写了一篇悲剧，即名"依菲日妮"；这也是他的杰作之一，由当时名优商美莱（Champmêlé）饰依菲日妮，获得极大的成功。
② 莫里哀事见"评传"第 13 页注②。
③ 苏佛勒爵士（Commandeur de Souffre）曾攻击莫里哀的喜剧"为妻者的学校"。

某子爵①气愤填胸第二幕就离剧院:
这个是护法伽蓝,不许开迷信玩笑,
他那些真言妙语都只该判处火烧②;   30
那个是鲁莽侯爷,竟对他下着战书,
见观众讪笑朝廷便想为朝廷报复③。
但一从巴克女神④手那么无情一剪,
剪断他的生命线使他永别了人间,
立刻人们看到了他那蚀后的光明。 35
而那可爱的喜剧则和他一蹶不振,
它受打击太大了,想恢复终难济事,
蹬在它的短靴⑤上它已经无力支持。
喜剧盛衰的情况在我国便是如此。
而你,在悲剧范围可算得异军突起, 40
你追随莎芙克尔⑥既独称写场名手,
高乃依已经老去,你既能济美京都,
你就不要惊讶罢如果那嫉妒心兴
对你的荣名使出众口铄金的本领,
并有时穷追紧逼拿诬蔑将你迫害。 45
这也像其他一切,是天替我们安排,

---

① 白鲁桑子爵(Vicomtei de Broussin)为讨好苏佛勒,某次看"为妻者的学校"的演出,不等第二幕演完就走了,说他"没有耐性听一本违犯规律的戏剧"。
② 当时名宣道师布达鲁(Bourdaloue)曾在宣讲中大发雷霆,不谈莫里哀在他的杰作"伪君子"中揭露着虚伪教徒笪巨夫(Tartufe)的丑恶面目。
③ 有一个名叫卜拉皮松(Plapisson)的坐在台上看演"为妻者的学校",他看见观众发笑,就鲁莽地威胁台下说:"笑哇!台下,笑哇!"这一事实,莫里哀在他的剧外小剧"为妻者的学校之批评"第四场中也提到。
④ 巴克女神即司命之神,见"诗的艺术"第三章第221句及注。
⑤ 古希腊演悲剧者着高底鞋,演喜剧者着短靴,后世遂以高底鞋和短靴分别为悲剧和喜剧的象征。
⑥ 莎芙克尔,古希腊大悲剧家,见"诗的艺术"第三章第75句及注。

拉辛啊,是非得丧,冥冥中天理昭然。
有才而不加磨砺便会消沉于懒散:
相反地,一个天才,嫉妒者一加激动,
便千百次登上了它那艺术的高峰。　　　　　50
人家越想削弱他他越能成长、飞腾。
"熙德"被人迫害了,"熙拿"才获得产生①;
也许你的笔亏了有人对皮鲁吹求
才能给布鲁写出那样高贵的面目②。

　我自己文学光辉没有散布那么广,　　　　55
对庸劣的嫉妒者不伤害他们眼光,
但是,不羁的性格、过分自由的脾气
早就给我提供了许多有益的仇敌,
我该说,他们的愤恨一向有造于我
比法兰西赞许的我这点才学还多。　　　　60
他们口含的毒液急于要向我喷来,
就防我走路失足,我天天引以为戒。
我的笔每次冒险划一划,我就想到
他们那一群正在用冷眼向我观瞧。
我会依他们意见纠正着我的偏差,　　　　65
他们恶意的疯狂我偏能利用得法。
每逢抓到个毛病他们想把我打倒,
我知道最好答复是立刻自己医疗:
越是他们想给我安上滔天的罪名,

---

① "熙德"被迫害事见"评传"第12页及注②。"熙拿(Cinna)"是高乃依惩"熙德"之后写的另一杰作。
② 皮鲁(Pyrrhus)是拉辛成名的作品"昂朵马格(Andromague)"悲剧中的男主人翁,孔代亲王和某些权贵认为描写得太粗暴了。布鲁(Burrhus)是拉辛另一名剧"白礼塔里居(Britannicus)"中的要角之一。

我就越要争口气增长着我的德行。 70
学着我的榜样罢；每逢有奸人朋比，
涌出些无聊作者妄想着将你贬低，
你就利用他们的憎恨和头脑糊涂，
笑他们一阵蛙鸣，笑他们蜉蝣撼树。
那种狂妄的无知对你诗有何伤害？ 75
法兰西的巴那斯正借重你的诗才，
它自然会支持你，对付那种种阴谋，
并发动后世子孙公正地给你拥护。
呃！谁一旦看到了菲德尔不由自主
既背信而又乱伦终至于忏悔痛苦①， 80
对这样高贵作品谁能不感到惊异，
羡慕这幸福时代产生了这种神奇？
羡慕它看你写出这样煊赫的文章，
由于你日夜辛勤平添了光芒万丈？
　　暂时由他们骂罢，那几个挑剔能手， 85
你的诗太甜美了他们才会酸溜溜。
拜兰②赏我们的诗于我们何足重轻？
"若拿"作者③抢着读也没有什么打紧；

---

① 菲德尔，米诺王(Minos)之女，特塞王(Thésée)之继妻。她热爱着特塞王前妻之子希波立特(Hippolyte)，并向他表示了这个乱伦的爱情。希波立特拒绝了她，她就在特塞王面前逶诉希波立特，反说他有意上蒸继母。特塞一怒就把儿子咒给海神泥浦君，希波立特就被波涛吞噬了。菲德尔因忏悔痛苦，结果也自缢而死。这本来是古希腊神话。希腊大悲剧家欧里庇德和罗马悲剧家色奈克都曾以这故事为题写过剧本。拉辛在他的"菲德尔"里给这个不平凡的女性写了一幅极深刻的画图，论辞藻也是法国古典剧中最煊赫的杰作之一。
② 拜兰"曾作'伊尼特'，并写法兰西的第一本歌剧。"——布瓦洛原注。
③ "若拿"作者，见"自讼"第91句注。

桑里的愚蠢诗人①,管他欢喜不欢喜!
阿弥约的重译者②自己就枯燥无味:　　　　　　90
但愿我们的韵语铿锵地朗诵出来,
能博得人民、显贵和全国郡县喝彩。
但愿它们能得到伟大的君王满意;
但愿孔代许它们有时传到商提夷③;
但愿安根感动了;但愿柯尔贝尔④,韦风,　　　95
但愿拉罗什甫哥,马西雅克和潘蓬,⑤
还有许许多多的在这里屈指难数,
愿我们诗的妙用能达到他们心头。
还但愿天可怜见孟多协⑥乐于玉成,
能对我们的诗篇开青眼品题公正!　　　　　　100
　　我是对这样读者贡献出我的写作;
至于那浅薄之流构成粗鄙的一伙,
任何无味的篇章他们都热情赞赏,
不知道在诗句里讲求声调的铿锵,
让他们到白辽舍领班奏艺的地区　　　　　　　105
靠近他去欣赏着那卜拉顿的才具⑦。

---

① 桑里(Senlis),法国地名;桑里的愚蠢诗人指李尼埃尔,参阅"诗的艺术"第二章第194句。
② 阿弥约(Amyot),十六世纪法国翻译家,曾译古罗马白鲁塔克(Plutarque)的"名人传",后人尊之为"翻译之王"。1683年塔勒曼长老(Abbi Tallinant)重译"名人传",枯燥无味,远逊原译。
③ 孔代、安根父子见"评传"第13页。商提夷是孔代亲王宫殿所在地。
④ 柯尔贝尔以下五人都是当时的权贵。柯尔贝尔见"引言"第1页,拉罗什甫哥也是古典作家之一,有"格言集"行世。
⑤ 以上四句诗,人名的先后重和音调的和谐,俱见作者机杼。见"评传"第15页。
⑥ 孟多协,见"评传"第14页及注②。
⑦ 见本篇题下注。

没有比真更美了*
——赠塞尼莱侯①

任何拙劣的佞人你都是深恶痛绝,
塞尼莱啊,纵然有一个可笑的作者
要把你声名传播从伊白尔②到恒河③,
你也不会投入到他那妄颂的网罗。
你的神智会立刻感觉到气愤填膺,   5
能粉碎他的机关,能逃出他的陷阱。
而那班浅薄之人便没有这样卓识,
一碰到巧言令色便喜得如醉如痴;
一首无聊的商籁把他们捧作仙家,
他们就得意洋洋践踏着奥林匹亚④,   10
拉塞尔⑤捧得再高他们也安之若素,
咽下最粗的赞语也欣然毫不作呕。

---

* 原标题:"赠诗第九
　　"1675 年作
　　"赠塞尼莱侯
　　"没有比真更美了"
① 塞尼莱侯(Marquis de Seignelay,1651—1690),路易十四的海军大臣,父亲就是久任财政大臣以保护文艺著称的柯尔贝尔(见"引言"第 1 页)。
② 伊白尔(Ibre),"西班牙河名。"——布瓦洛原注。
③ 恒河(Gange),"印度河名。"——布瓦洛原注。
④ 奥林匹亚(Olympe),古希腊山名,传为"天宫"所在地。
⑤ 拉塞尔(La Serre)著有"写真集(Portraits)",用诗或散文描写当代人物,充满着谀词。

像这种廉价馨香你当然绝不心领。
然而这也并非说你完全冷酷无情,
并非说别人赞许你一概怒目相看: 15
精微巧妙的颂词你也会一垂青眼,
只要颂词的臭味不刺激感官太甚。
而生手供奉香火就不能散播均匀,
他在离奇作品里对他膜拜的英雄
常挥着他的香炉直撞到对方面孔①,   20
他恭维着蒙特莱围敌城被人逼走②,
或夸耀着选侯们使杜伦战局全输③。
任何欺人的歌颂都触忤诚实灵魂。
比方,塞尼莱,有人要恭维你的令尊④,
如果他激于热情而不能实事求是,   25
不写他当年那种高贵的活动、措施,
不写他坚强品格和他的广阔智谋,
不写他警觉热情和他的尽忠君主,
不写他爱护艺文,不写他经常指正,
而说他英勇赛过亚历山大⑤或战神;   30

---

① 法国有一句俗语:"对着某人的脸挥出香炉"或"在某人的鼻子上撞破香炉",意思近乎中国的一句俗语:"拍马屁拍到马腿上了"。法国香炉用细链吊着,敬神时悬在手上对着神轻轻挥动,使香烟散播均匀。
② 蒙特莱(Montereg),荷兰总督,于1674年围攻吴德拿德城(Oudenarde),被孔代亲王通令解围遁去。
③ 相反地,法国名将杜伦(Tusemnc)于1675年1月击败了德国选侯们的联军。当时德国联邦诸侯有权选举德意志皇帝的称为"选侯"。
④ 即柯尔贝尔,路易十四朝的名臣,政治家兼理财家,著名的文艺保护者。见引言第1页。
⑤ 亚历山大(Alexande le Grand),古马其顿国王,武功极盛,曾建立横跨欧、亚、非三洲的大帝国。

本可以正确地说他等于麦栖那斯①
而偏要把他比作白勒或阿门之子②:
他一见这种文章自不会感到耀眼,
很快就看出这是描写路易③的画面;
因而会一眼瞪住这位缪斯和诗人,   35
瞪得他那糊涂劲冷半截不敢做声。
    一个高贵的心灵满足于自家固有,
绝不肯掠人之美来出自己的锋头。
是啊,我又何在乎一个无味的佞人
夸说我体貌丰肥而实际我在生病,   40
而实际此时正有一股火气在作怪,
使得我血液沸腾,眼睛里爆裂难挨?
没有比真更美了,只有真才是可爱;④
它应该到处称尊,连寓言也不例外:
在任何的虚构里那种巧妙的假象   45
都只有一个目的:使真理闪闪发光。
    你知道吗,为什么我的诗到处风行?
为什么人民争读?为什么王侯欢迎?
并非因为它们的和谐动听的声调

---

① 麦栖那斯(Mécine),古罗马骑士,促使罗马帝保护文艺,大诗人如维吉尔、贺拉斯等都受到他的恩惠。
② 白勒(Pélée)之子是阿什尔(见"诗的艺术"第三章第99、105、254等句);阿门之子即海巨(见"诗的艺术"第四章第204句及注)。阿什尔和海巨都是大力士和战斗英雄。
③ 即路易十四,当时的国君,武功甚盛。
④ 伏尔泰曾批评这句诗说:"布瓦洛作出的这条定律,他是发现的第一人。差不多他的全部作品都表现出这种真;也就是说,他的作品都是自然的忠实摹写。这种真应该在一切里面存在着,在史的叙述里,在道德教训里,在虚构里,在格言里,在描写里,在寓言里。"(见"文学杂著",第二卷)

都能时时同样地推敲得鲜妍悦耳;　　　　　　50
并非是没有一处诗义妨碍到诗律,
并非是没有一字偶然抵触到望族:
而是因为我诗里真实战胜了谎言,
它处处昭然在目,处处扣到人心弦,
因为我诗里时时善与恶鉴识分明,　　　　　　55
因为我诗里从来庸人不僭居上品;
还因为我的心灵永远领导着智慧,
它绝不告诉读者自己不信的东西。
我的思想到处都呈露得清清楚楚;
我的诗不论工拙永远是言之有物。　　　　　　60
惟其如此我的韵才有时令人惊奇;
而那些浮词滥调欠缺的也正在此,
那堆空洞作品如"若拿"①,"什尔德悲兰"②,
"展览橱"③,"爱情宝鉴"④,"友谊录","风情快览"⑤,
　往往只靠着书名作它们唯一支柱,　　　　　65
虽说得天花乱坠,内容却绝对空虚。

　但是,也许陶醉于我的缪斯的骄矜,
我自己,塞尼莱啊,是在盲目地自命。
不要自视过高罢。任何正直的智慧
都难免在某方面弄玄虚欺人自欺:　　　　　　70
一般人都不断地戴面具离开自然,

---

① "若拿",见"自讼"第91句及注。
② "什尔德悲兰",见"诗的艺术"第三章第242句及注。
③ "展览橱"(La Montre),彭高斯(Bonne-Cosse)著,杂录性质,有诗有散文。
④ "爱情宝鉴"(Le Miroir d'amowr),查理·贝洛(见"诗的艺术"第四章第1句注)诗短篇小说集。
⑤ "友谊录(Amitiés)"、"风情快览(Amourette)",均勒拿依(Le Pays)作品。

总是怕把真面目拿出来给别人看。
因而最真诚的人倒常使人不高兴。
很少很少有人敢凭本色素位而行。
你看到吗,那一个人人躲的讨厌鬼 75
你不粘他他偏要跟住你寸步不离?
他并不是无智慧,但生来迟钝、悲悽,
却偏要显出轻灵、活泼泼逗人欢喜;
他认为处世重规是他那和合笑脸,
他太想讨人爱了所以才反讨人嫌。 80
朴质之所以可爱因为不矫揉做作。
儿童一切都媚人因为他还在学舌,
他的舌头无粉饰才勉强开始咬字,
会带着天真态度咿哑地道出心思。
虚伪永远讨人烦,既疲顽而又枯燥; 85
只有自然才是真,一接触就能感到:
一切里面只有它能得人喜欢、赞美,
一个人生来忧郁其忧郁也就可喜。
任何人自然本色都有其动人之处:
我只有效颦学步才叫人看着摇头。 90
　　某侯爷①生性温柔,很随便,对人和蔼;
人们到处夸奖他,说他无知得可爱。
但是他近几月来却成了个大博士,
装出一副假神情,挺得像煞有介事;
从此就高谈阔论,不谈诗就谈散文; 95
大家唾弃的作家,他却要重新定论;

---

① 影射费斯克伯爵(Comte de Fiesque)。有人说他"本来无知得可爱,说些不通世故的话颇使人喜悦;但是后来他要做学者,自负多才,因而他的优点就减去一半了"。

各式各样的人们他都笑不知审美,
他跑去观看歌剧只是要欣赏好诗①。
一个人硬挺胸膛会自己造成残病,
何若把一幅真迹变成临摹的赝品! 100
假装出来的学问还不如干脆无知。
只有真才能算美,我不惜重言一次:
只有真才得人怜,并能长久得人怜。
如果内心不真诚,才调易使人厌倦。
一个可憎的俳优尽管他孜牙控咀, 105
在席上悦人耳目,逗我们欢笑一回;
他那些俊辞妙语都需要粉墨伪装。
你把他找来谈话,不叫他登在剧场,
便发现卑劣心灵,只是糊涂虫一个;
他的脸擦去粉墨便丑得无可奈何。 110
我爱人胸襟开朗,肯表白,开诚相见,
他越不藏藏躲躲就越能得人爱怜。
不过也只有道德才能经得起光明:
邪恶总是幽暗的,它欢喜藏在阴影;
一见到化日光天它就非伪装不可; 115
时俗之排除率真都是它兴灾作祸。

  远古时代的人类个个都忙于劳动,
谁也不欺哄别人,谁也不被人欺哄:
谁也不知道对人耍花枪或设陷阱;
那时就连诺曼佬②也不会背誓害盟; 120

---

① 这句诗是讽刺歌剧作者季诺,布瓦洛认为他的歌剧里根本无好诗可供欣赏。
② 诺曼佬是指法国西北部诺曼底省(Normandie)人,以狡猾、诈骗著称。

还没一个修辞家①专门去搬弄文字，
传授着说谎艺术骗得人扑朔迷离。
　　然而人类究竟是容易受环境诱惑，
一获得生活丰饶，一有空闲来作恶，
软媚就成了风气，带来矫伪的虚荣。　　　　125
人人为着讨欢心都设法乔装面孔：
气焰嚣张的豪富以炫耀博人惊赏，
惯喜欢对人摆出越乎常度的排场；
在华贵的衣服上处处是金碧交辉，
绿宝石磨得晶光，红宝石琢成诡异；　　　　130
不论是丝是羊毛，以无数新奇方案，
都学得苍黄翻复，离开着本色自然。
美人身材太短了便两脚登上高跟；
爱俏的天天早起都缠上她的丝绳；
为了添几分颜色利用着碾垩烧铅，　　　　135
在脸上细抹轻匀装扮得花枝招展。
发财致富的狂热把良心驱除净尽：
当朝臣的没有了真正自己的感情。
一切都只是粉饰，都只是诈伪偏差：
到处看到风行的是那卑鄙的拍马。　　　　140
尤其是巴那斯山充满欺人的作手，
它那些违心之论简直叫白纸蒙羞。
由此而来那一堆看钱说话的文辞——
绝句、颂歌或商籁，或是代序的赠诗，
里面所捧的人物总归是并世无两，　　　　145

---

① 修辞家（rhéteur），古希腊专教雄辩的教师，多数均属诡辩派，高尔嘉斯（Gorgias）为最著名的代表。

哪怕他斜视、独眼,也被恭维成太阳。①
　　然而你也莫因为这些话不合时宜
就认为我恶意地吝惜轻率的赞美,
认为我对于歌颂无理地一概不准。
搔到痒处的赞语就是佳句的灵魂。　　　　　150
我也是和你一样要求它真实无欺,
要求灵巧的措词无一点令人骇异。
如果有人能这样你也会倾耳谛听,
就是当面颂扬你也无需怕你生嗔。
问题是在不替你从天外乱找特长,　　　　　155
而就你固有品德平实地画成小像;
描写出你的精神对理性经常依恋,
描写你爱君情热都出于家学渊源;
描写你神机默运为君王开展鸿图;
描写你正直忠诚,能事事公私并顾。　　　　160
谁看见肖像失真就感到憎恨愤懑,
看见画出真面目也就会感到欣然。
就连那英雄孔代②,令人震慑的亲王,
他打击谄媚的人和佛拉曼人③一样,
如果有一支妙笔写出他丰功伟绩,　　　　　165
他看这忠实画面也不会怒斥其非;

---

① 梅拿日赞阿拜尔·塞尔维安伯爵(Abel Servien)诗有句云:
　　　"驰名的大阿拜尔,其智慧并世无两,
　　　既清明而又锐敏像那闪光的太阳。"
而这位大阿拜尔,这个伟大的智慧,这个闪光的太阳正是个独眼龙!
② "名路易·德·布奔(Louis de Bourhon),孔代亲王,卒于1686年。"——布瓦洛原注。
参阅"评传"第13页。
③ 佛拉曼人(Flamands),荷兰族,曾与法兰西为敌,被孔代击败。

如果看他们画像面对着塞奈燃烧①，
他也绝不会责怪马莱伯②或瓦居尔③。
然而，如果谁给他冰冷讨厌的赞美，
他感到无味、可恨，就该那诗人倒楣！　　170
那诗人尽管高呼："世界上第一亲王！
勇武是并世无两！智谋是盖世无双！"④
他一看这种诗句连第二页也不掀，
就丢到客堂套间给巴可来⑤去消遣。

---

① "亲王指挥的著名战役。"——布瓦洛原注。
　　火烧塞奈城（Senef）是1674年8月11日的事，孔代在这一役击败了德意志、西班牙和荷兰联军。
② 马莱伯，见"诗的艺术"第131句以下。
③ 瓦居尔（Voiturenc,1598—1648），十七世纪初期的宫廷才子，所作诗文不多，尚称驯雅。
④ 布瓦洛原注："长诗'查理曼（Charlemagne）'的发端。"——这首长诗是勒·拉布日尔（Le Laboureur）献给孔代亲王的，首两句是：
　　　　"世界上最伟大的国王的第一亲王，
　　　　勇武是并世无两！智谋是盖世无双！"
⑤ 布瓦洛原注："巴可来（Pacolet）是'亲王的著名侍从。'"——勒·拉布日尔把他的长诗"查理曼"献给亲王后，亲王读了几句就把全篇赏给巴可来了。

读朗吉努斯感言

关 于
辞师朗吉努斯的几段文章①的
批评性感言②

兼 答

贝洛先生对荷马及班达尔③的好几条反驳，
最近勒·克莱尔先生反朗吉努斯的论文
和其他对拉辛先生的若干批评。

---

① 朗吉努斯(Longin)，拉丁文原名为朗吉努斯(Longinus)；辞师(Rhéteur)，古罗马专治辞章之学的教师。朗吉努斯的行述及著作见附录(一)(布瓦洛的《译者序》)。"几段文章"均见布瓦洛译的《论崇高》。《论崇高》亦译《壮美论》，有三个希腊原文抄本传世：巴黎藏本较古，载明系"德尼斯或朗吉努斯"著；梵蒂冈藏本亦然；初印本据巴黎藏本排印，误脱"或"字，遂成"德尼斯·朗吉努斯著"，久成定论。但晚出之佛罗伦斯藏本载"无名氏著"，经后人考证，认为作"无名氏著"较妥。布瓦洛未及见后人考证，故径作"朗吉努斯著"。
② 题长，一般简称为《读朗吉努斯感言》(Reflexions sur Longin)。
③ 班达尔(Pindarus，前518/522—约前438)，希腊抒情诗人。

总　　注

　　布瓦洛的文学批评生活,大致可分为三期:第一期(1660—1668)的主要作品是讽刺诗,矛头指向当时的文坛宿将,从沙伯兰、圣·阿曼、斯居德里兄妹到季诺、戴玛来①、高丹长老,凭个人的美感纠正着社会上的风习,尽管笔锋犀利,却没有多少理论性。

　　第二期(1669—1686)他拿出理论来了,主要作品就是成为古典主义法典的《诗的艺术》。与完成《诗的艺术》同时(1673年),他又将朗吉努斯的《论崇高》译成法文,次年与《诗的艺术》同时发表。《论崇高》虽不是他自己的作品,但作者的见解完全和他自己的相同②,与《诗的艺术》有桴鼓相应之妙,尤其是《译者序》一篇,前半部分极力夸美朗吉努斯的人格与作品的崇高,不但是捧自己祖述的权威,也为《诗的艺术》第四章的文章道德合一论提出一个鲜明的例证;后半部分屡经补充,不但是向崇今派挑战,并且为自

---

① 戴玛来,散文作家,诗人,剧作家,基督教论战者,法兰西学院首任院长。
② 朗吉努斯极口称美崇高:"崇高是构成言词的绝妙与最完美的那种东西,大诗人与最煊赫的作家之所以成名而震烁万世,都是由于崇高。"(第一章)他极力排斥浮夸、幼稚和假情感,严戒矫饰和琐屑(二至四章)。他认为崇高的主要来源是"灵魂的伟大""神思的超逸""情感的真诚热烈"(五至十三章)及"若干修辞的艺术"(十四章以后)。"神思超逸是灵魂伟大的影像",虽然出自天赋,但是"我们应该尽可能涵养我们的精神于伟大之境,使之经常充沛,涨满着一种高贵而慷慨的豪情"(第七章)。"我们在古人书中看到的至美,都仿佛是些神圣的泉源,发自神妙的蒸汽,弥漫在摹仿者的灵魂里。""不能把摹仿看作剽窃,而应该看作是按照别人的风神、创造与作品而想起的,构成的美妙思想。"(第十一章)全书举例均以荷马、柏拉图、狄摩西尼、萨福、班达尔、欧里庇德、莎芙克尔、厄什尔为主,间及罗马作家与《圣经》。以上各点,均可与《诗的艺术》参阅。

己的论据预先设伏。

第三期(1687—1710)整个的是那场著名的"古人与今人之争"的时期,敌方提出反对的理论来了,他就为自己的理论作辩护,一直战斗到死。主要的作品就是十二则《读朗吉努斯感言》。

布瓦洛的文学理论原是由两个唯心的,形而上学的因素结合而成的:一个因素是唯理主义,另一个因素是希腊美。这两个因素本来是互相矛盾的。因为,如果文学上专讲理性,则必然要排斥希腊美里的其他重要因素如想象力与热情。天神的幻变,俄瑞斯忒斯的惊惶,狄蛛的疯狂,何有于理性?如果承认希腊美是美的一成不变的典型,是一切时代,一切民族的美的理想境界,则人类的理性是发展的,不断进步的,承认理性的发展,必然要承认后来居上,岂能认为美的理想境界一成不变,并把它放在几千年前?此所以彻底的唯理主义者必然要贬低希腊美的价值,排除希腊美里的许多艺术成分。这也就是"崇今派"的理论根据,而布瓦洛并不是彻底的唯理主义者,他妙就妙在把这两个矛盾的因素精密地结合起来,统一起来,使它们互相制约着。他认为真与美是合一的,真绝不能排除美,所以唯理主义并不排除虚构、激情一类的艺术成分,在文学里求真就是要摹仿自然,而摹仿自然又一定要以能迎合美感为限度。他又认为理性是绝对的,恒常的,普遍的,既善于求真,又善于审美;几十个世纪以来,那么多不同时代、不同地域的人都赞赏希腊美,可见希腊美是万世一宗,今人唯有向古人学习,现代作家必须以希腊文学为模范,用形式的美表出内容的真。实际上,当时古典主义大师们都是这样做而后获得了辉煌成就的,所以他们都和布瓦洛意见相同,都是"崇古派"。在另一方面,就法国文学的发展而论,古典文学好比是移花接木,希腊美究竟是外来的接枝。法国当时根生土长的文学则是在社会上特别在沙龙里还占有极大势力的雕琢派。这一派文学,内容是谈情说爱,犹有风流骑士小说的遗风,在风格上,绮靡而繁褥,浮夸而纤巧,与古典文学的崇高和简朴绝不相容。布瓦洛既在唯理主义上嫁接了希腊美,就必然要荡涤污秽,芟除野草闲花,以便让接枝上的花朵能滋长而繁茂,所以他攻击当时的才调文学不遗余力。这又引起了彻底的唯理主义者的反对。并不是雕琢派的文学符合彻底的唯理主义,但是彻底的唯理主义者都"崇今"。一般说来,"崇今派"对古代文学都了解不深,他们但见那些雕琢派作家那么多才,那么博学,那么丰产,那么风行,而古典主义作家又能那么推陈出新,超越古人的蹊径,便觉得今人不管是哪一派,都成熟而伟大,古人幼稚而渺小,再加上当时是在所谓"大路易的世纪",民族的骄傲使他们觉得法国的文治武功都是史无前例,因而也就使他们断定当时法国的文坛作手个个都是前无古人。这些就是"古人与今人之争"的实质。

这场大论战的经过时期很长,内容很复杂。布瓦洛初期打击时髦作家的时候,对方很少还击,沙伯兰只暗中撤消了布瓦洛的政府津贴,斯居德里小姐只暗中阻止了布瓦洛入法兰西学院,高丹长老和戴玛来之流回敬了一些讽刺诗人,但都止于谩骂,毫无理论可言。一六七〇年以后,戴玛来为他所作的《克洛维斯》(Clovis)写了些序和论文,一面为自己歌咏现代基督教题材而辩护,另一面也不免菲薄古人,布瓦洛在《诗的艺术》第三章里曾予以猛烈抨击;不久,戴玛来死了,问题也就告一段落。

这时出现了贝洛①三兄弟。他们出身于市民家庭,所受古典

---

① 贝洛兄弟五人,皮埃尔·贝洛为巴黎总税局局长;克罗德·贝洛和查理·贝洛均见《诗的艺术》第四章首句注。三人均参加笔战,以查理为主干。查理原任王宫建筑总监,陆续参加题铭和美术学士学院及法兰西学院为院士,王宫铭文多出其手;好为诗,颇负文名;年老退休,专治文学,致力于"古人与今人之争";自一六八八至一六九七年,出版《古今之比》四册;一六九七年出版童话集《鹅妈妈的故事》(《小红帽》《林中睡美人》《小拇指》《着靴的猫》《一撮毛李格》《蓝胡子》《灰姑娘》《驴皮姑娘》),这是他的不朽之作;一六九六至一七〇〇年,出版《十七世纪在法国出现的名人》二册,为重要历史文献。布瓦洛《读朗吉努斯感言》里所称"贝洛先生 M. P. ……"概指查理。其他兄弟二人,一为尼古拉·贝洛,索邦神学院博士,早卒,另一无考,均未参加"古人与今人之争"。

教育不深,但均多才多艺,为笛卡儿唯理主义的忠实信徒,迷信路易十四朝的伟大,因而极力崇今薄古,誉扬当时的才调文学。一六七一年皮埃尔·贝洛写《歌剧阿尔色斯特辩护书》(Défense de l'opéra d'Alceste),根据自己的误解而批评欧里庇德,经拉辛在《依菲日妮》序里予以调侃。一六七八年,还是皮埃尔·贝洛,他译意大利名诗《盗桶记》①,前面加了一篇序,不但攻击古人,并且以微词揶揄布瓦洛。同年,克罗德·贝洛写了一首讽刺的寓言诗,指布瓦洛为"完美的嫉妒者(Envieux parfait)"。一六八六年,查理·贝洛作成咏"圣·波兰"②的长诗,并写了一篇长序,发扬戴玛来的精神,抓住布瓦洛专尚"异教神奇",排斥基督教主题的弱点,加以抨击。自此,这最后上阵的贝洛兄弟查理就成为崇今派的旗手,布瓦洛的主要敌方了。

　　大战是一六八七年一月二十七日开始的。那天,法兰西学院开会庆祝国王恢复健康,查理·贝洛在会上宣读了他写的一首长诗,题为《路易大帝的世纪》,劈头就说:

　　　　那博雅的古时代固然是可敬可尊,
　　　　然而我从不觉得它会能引人入胜。

接着就说大自然:

　　　　它造成人类精神像造成人类躯体,
　　　　大自然时时刻刻都作着同样努力;
　　　　它的本质并不变,而为着产生一切,
　　　　它那雍容的力量都绝对不曾枯竭:
　　　　我们今天看见的那一颗白昼之星,
　　　　当年额上并没有更加灿烂的光明;

---

① 《盗桶记》(Seccia rapita),意大利诗人塔索尼(Tassoni,1565—1635)作,据传,为布瓦洛《经枱吟》所本。
② 圣·波兰(Saint-Paulin,353—431),基督教教圣之一。

>当年春天那许多红得发紫的玫瑰,
>它的颜色比现在不见得更加艳丽;
>我们园里焕发的这些瑞香和百合
>炫人的娇艳不也和过去一般纯白?
>所谓黄金时代的菲洛墨拉①的缠绵
>以它那新的歌曲媚悦着我们祖先,
>比起今天这唤醒我们林里回声的
>百啭黄莺,其声调又何尝更加柔美?
>无穷的大钧之力不论在什么时代
>都运用同样手腕产生着同样天才。

由此可见:

>像芮尼、梅纳、宫波、马莱伯一流人物,
>像高陀、拉康之辈,……
>许多缠绵的瓦居尔,风流的萨拉森②,

  天真的莫里哀和罗特鲁、特里斯丹、③都在古希腊,罗马诗人之上了。当时的院士大都是时髦作家,崇今派占着势力,所以大多数人对这首诗都颇为欣赏。然而,几个崇古派的院士听着火起来了。布瓦洛站起来,说法兰西学院忍受这种朗诵简直是个耻辱。还是那博学的许艾制止了他,叫他缓和下来,使他感到代表古代的并不只是他一个人。拉辛比较克制些,也比较善于讽刺些,他把贝洛恭维一番,说他巧劲儿耍得不错,大家都看得见,他是想用这种游戏之笔证明与他所想的完全相反的真理。自此,布瓦洛就不断

---

① 据希腊神话,菲洛墨拉(Philomile)原为美丽的公主,后化为黄莺。后世诗人即称黄莺为菲洛墨拉。
② 萨拉森(Sarasin,1614—1654),法国作家。
③ 这些"今人"(多数已见《诗的艺术》)价值悬殊甚大,平行并列,已觉拟于不伦,而一概目为超越古人,更觉夸诞之至。

地用箴铭体小诗向贝洛兄弟发着恨恨之声。拉封丹给许艾写了一首赠诗,说明他的作品之所以臻于完美,完全得力于古人,古人的胜处在自然,而今人的弱点在才调。拉布吕耶尔在他的《品性论》里也是推崇古人的,他也闯开了法兰西学院的大门,在入院的致词中,大夸今人摹仿古人的成就。而贝洛呢?一不做,二不休。他在一六八八年一下就出版了三册《古今之比》,一六九七年还出了一个第四册。第一册卷首有一篇序,叙述论争的起源,以及他所受的侮辱,说得很风趣。书里是假定有三个人在卢浮宫前闲谈,一个长老代表他自己,是崇今派,另一个是院长,崇古派,相当颟顸,还有一个骑士,等于长老的助手,专对崇古派发出些狂妄之词。全书都是对话,所以又名《对话录》。书的内容,有技巧,也有笨拙,有精到,也有肤浅和无知。主要的意思是,人类精神的法则是进步;在艺术和科学里,我们都胜过古人,因此在雄辩术里,在诗里也是如此。古人在一切上都是儿童,今人在一切上都代表人类精神的成熟时期。在文学里,今人胜过古人有六个原因,第一就是生得晚,后来居上,其次就是心理学讲得深刻、正确,再次是思考的方法完善了;其他三个原因是印刷术、基督教,和国王的保护。因此,勒梅特先生①比狄摩西尼②还壮丽,巴斯加尔胜似柏拉图,布瓦洛赛过贺拉斯。圣勃夫说:"那时曾出现一种离奇而有趣的矛盾:最醉心于这个'大路易'时代的神奇,以至菲薄一切古人而崇尚今人的人们,那些以贝洛为首的人们,竟倾向于把他们所遇到的最热烈的抗辩者,把他们的敌手,捧到天上,而奉为神明。布瓦洛为古人抱不平,愤怒地拥护古人,反对贝洛,而贝洛则夸耀今人,也就是说,夸耀高乃依、莫里哀、巴斯加尔,和他那时代的卓越之士,连布瓦洛自己也在内,并且还是首先被捧的一个。"布瓦洛却说:"贝洛先生不

---

① 勒梅特(Le Maître),当时御港修院的一个隐修士。
② 狄摩西尼(Dēmosthènes,前384—前322),希腊政治家,雄辩家。

是单恨古人,他是恨一切时代的,乃至我们时代的所有的高才作家,无其他目的,只想把他的亲爱的朋友们——那许多平庸作家,如果可能的话,都放到文坛宝座上,以便自己也能侧身其间……如果他有些地方也称美马莱伯、拉康、莫里哀和高乃依,如果他把他们放在一切古人之上,谁不知道他是欲抑先扬以便构成季诺先生的完全胜利,把季诺捧到他们之上并且上而又上……呢?"①当然,布瓦洛的说法也太偏激。但是贝洛的美感不灵,他把"天真的莫里哀"和罗特鲁之流并列,他认为"在《西鲁士》里创造性比在《伊利亚特》里还多十倍",他的骑士一开口就是"斯居德里小姐和荷马",这就显然冒天下之大不韪了。

《对话录》一出书,布瓦洛就展开攻击。他的战略开始是很错误的。他先在箴铭诗里讽刺贝洛,连自己所属的法兰西学院也讽刺在内。后来因为当时占有重要地位的沙龙妇女都同情贝洛,他就写讽刺诗毒骂妇女。接着,他看《对话录》诋毁希腊颂歌诗人班达尔,又动了一个奇特的念头,要以时事攻克纳木尔为题,仿班达尔写一首颂歌,来以实例"为这位伟大的诗人辩护",前面还附一篇《颂歌论》,教训贝洛,说贝洛既不懂希腊文,又不懂颂歌之寄兴无端的特质。"看来这位批评家不很相信我在《诗的艺术》里为颂歌定下的法程:

　　颂歌风格如狂飙,常随便往来飘忽,
　　美妙的参差错落都来自艺术火候。"

而他那首颂歌却又无此美妙。这就被贝洛抓住了。贝洛公布了一封长信答复他,胪列十余点,其中最重要的是:"你把你个人的《诗的艺术》,绝对地、仿佛万世一宗地就称为《诗的艺术》,先生,你不觉察到你扮起的那副神气吗?你一点也看不出自己引证自己不能

---

① 见《读朗吉努斯感言第三》。

算是确实的谦虚吗？"又说："为了使大众深信班达尔为美，你决计学这位大诗人写一首颂歌；但是你这样做，毫无用处。如果你的颂歌是绝妙好辞，谁又能阻止人家说它不像班达尔体呢？事实上它一点也不像，正如我已经给你证明过的那样，如果它做得不好，像好几个人所肯定的那样，那么，你说你的颂歌像班达尔的，是照同样的模型做的，你就对不起班达尔了。"

这是一六九三年的事。布瓦洛感觉到自己的策略错误了。因而立即再把朗吉努斯拣出来，一口气写了九则《读朗吉努斯感言》，根据这位古代权威的话，对贝洛的复信，连同《古今之比》一并予以驳斥，表面上是为荷马和班达尔辩护，实际上是搜罗贝洛在翻译中的无数的错误，证明贝洛据自己的误解来菲薄古人，是绝对无知，又拉杂把贝洛的弟兄和贝洛所吹捧的沙伯兰，斯居德里，季诺，一股脑儿摆出来；证明贝洛既不诚实，又不知审美。

九篇《读朗吉努斯感言》在一六九四年发表了，除第八则关于班达尔问题曾有辩驳外，贝洛都没有作答，因为他当时正写《妇女颂》，纠正布瓦洛骂妇女的那首讽刺诗；他认为在美感问题上，妇女的好尚是有决定性的。他在这首诗的序文里说："大家都知道，妇女对于精巧而细腻的东西，辨别力是如何地精审，都知道她们对清明、活泼、自然而合乎情理的事物，感觉又是如何地灵敏，而一接触到晦涩、冗懒、缩手缩脚而纠缠不清的东西又是如何地表现出突发的憎恶。"接着他就批评布瓦洛论妇女的"那首讽刺诗比起他所曾做的一切诗来，都更生硬，更枯燥，割裂得更零碎，跨步更频繁，倒装和不妥的顿措也更多"。以"巴那斯的立法者"而受到这样的批评，自然要算是很严重的。他们拿两人所作的论妇女的诗请当时宗教界权威阿尔诺公断，阿尔诺对贝洛颇有微词；又请波舒哀公断，波舒哀对贝洛就不那么严格。但是当时的宗教界和诗坛觉得两个名诗人因文学论争而渐渐别生枝节，颇为不美，于是出来斡旋，经拉辛大力疏通，"反班达尔的贝洛"和"荷马派的布瓦洛"终于就在这一年"同意互相拥抱"了。①

然而,论战并没有停止。我们已经看到,当贝洛在法兰西学院宣读他那首《路易大帝的世纪》的时候,许艾是站在崇古派的立场的。然而他的崇古,主要是站在学术立场,而在文学上,他却是布瓦洛的敌人沙伯兰、斯居德里小姐以及孟多协的朋友。他显然不那么尊重布瓦洛。一六七九年他在所著《福音证义》一书中,曾否定朗吉努斯(亦即布瓦洛)在《创世纪》的开端中所发现的崇高。布瓦洛在一六八三年重印《论崇高》的译文时,曾在序后补充一段,对许艾加以驳斥。同年,许艾写信给孟多协,对布瓦洛的驳斥加以答辩,并在孟多协的沙龙里宣读出来。一六八七年,"当贝洛在法兰西学院宣读他那首薄古厚今、开启那场古人与今人长期论战的长诗《路易大帝的世纪》的时候,布瓦洛气极了,在宣读时就已经按捺不住,还是许艾尽力平息他,不无一点讥嘲地对他说:'戴普雷奥先生,我觉得这问题关系到我比关系到你的还要多。'许艾这样说,也是对,也是不对。无疑地,他所有的古代知识,比起布瓦洛来,不知道要多几千万倍,布瓦洛在他面前可以说像是个无知者。然而,那种更锐利的文学感觉,那种明晰而迅速的冲动,那种判断力的斩截,几乎仿佛是一种心灵的自然锐气,许艾却没有"。尽管如此,那封信,那点讥嘲,不论当时布瓦洛曾否知道,感觉到,但因为许艾是当时的学术界和宗教界的权威,所以布瓦洛也就一直隐忍不谈了。不料许艾的那封信落到了一个在荷兰办报的新教徒勒克莱尔②手里,一七〇六年被放在他办的期刊《图书选辑》里发表出来,并且踵事增华,自己写了些按语,把《圣经》那段文章是否崇高的问题又拿出来炒陈饭。布瓦洛的许多朋友,特别是宗教界人士,愤慨起来了,觉得一个"异教"徒利用一个主教的

---

① 见附录(二)《致法兰西学院院士贝洛先生函》。
② 勒克莱尔(Leclere Jean,1657—1736),瑞士百科全书编纂家和圣经学家。

权威来诽谤朗吉努斯乃至摩西,绝对不能容忍,都怂恿布瓦洛答复。于是就有了第十则《读朗吉努斯感言》。这已经是一七一〇年的事,距布瓦洛之死只有一年了。

当时崇今派的阵营里还有两个怪杰:冯特奈尔和拉莫特①。冯特奈尔在贝洛发表《古今之比》的前夕就已经写过一篇《闲话古人与今人》(Digression sur les anciens et les modernes),认为大自然是始终如一的,其精力是不竭的,恒常的,其钟灵毓秀于今日,绝不会亚于往昔。人类的发明一代代累积起来;虽有风土的不同,变乱的摧残,可能曾有无数的西色罗②未能成熟,但是尽管事实上古人还未能超过,而今人却是能超过,并且应该超过的。由于他这种思想,崇今派就把他拥进法兰西学院了。布瓦洛的矛头原也曾指向他。在《克纳木尔》那首颂歌里原有一段说:

> 小溪里卷起波涛,
> 飞奔也只在草地;
> 马莱伯偶然神到,
> 步伐也太嫌整齐。
> 我是新的伊卡尔,
> 宁愿随着班达尔,
> 自云天高处下坠,
> 不愿作娇羞小燕,
> 受冯特奈尔称羡,
> 像贝洛贴地低飞。

因为有人为冯特奈尔疏通,布瓦洛笔下留情,把这一段诗删去了。

拉莫特是冯特奈尔的好友,是几何学家式的诗人,他认为作诗就是把推理装上韵脚,把散文加点节奏。他是古人的死敌。平生

---

① 拉莫特(La Mothe,1672—1731),法国思想家、作家。
② 西色罗(Cicéron,前106—前43),罗马作家、政治家、演说家。

得意之作,就是按照译文把荷马的《伊利亚特》译成了法文诗:"我把《伊利亚特》的二十四章减缩成了十二章,每章都比原来的还短哩!"因此,荷马的一切诗意都被剥夺掉了。他很得意,在未完成之前就读给布瓦洛听。他刚一说明计划,布瓦洛就惊慌起来。"我读起来了;戴普雷奥先生听了头几句诗就安静下来;不久,他就赞成了;不知不觉地赞成又变成了赞美,……最后,他向我保证,他如果能像我这样翻译了《伊利亚特》,会高兴得和写出了《伊利亚特》的原诗一般。他的确就是这样说的。"①拉莫特太天真了,他没有感觉到那位讽刺大师这样过分的夸美是揶揄他的。假使他这部得意之作发表在布瓦洛未死之前,还不知会引起几则《读朗吉努斯感言》哩。然而,拉莫特也并没有完全逃掉布瓦洛的矛头。一七〇七年他发表《颂歌集》,附了一篇《诗概论》,特别论述颂歌;在论述颂歌时,他批评拉辛《菲德尔》里的一句诗:

> 送它出来的波涛也吓得向后退却,②

说他的夸张太过。我们知道,拉辛是最能接受布瓦洛的劝告而被布瓦洛认为最合理想的诗人的。当时拥护高乃依的人们都说高乃依豪放而拉辛则不能豪放,只能婉约。布瓦洛就抓住这个机会又写了两篇《感言》,一面驳斥拉莫特,一面证明拉辛的崇高不在高乃依之下,同时又为崇高下个定义,作为第十则《感言》的补充。这三篇《感言》就是布瓦洛文学批评文的绝笔之作。

综观全部"古人与今人之争",我们可以说双方都是得失参半。布瓦洛揭橥崇高,排除纤腻,是非常正确的;他深得希腊、罗马名家的精髓,劝人去含英咀华,也是无可非议的。但是他把希腊美绝对化了,认为今人只有观摹古人,不能超越古人;同时他又把时间的检验作为评价的唯一根据,认为今人没有经过时间的检验,便

---

① 拉莫特:《关于批评的感想》。
② 指海涛里涌出了一个狰狞怪物,吞噬了希波立特。

不能与古人相提并论；在风格方面，他专一鼓吹崇高，抹煞某些文体里所需要的自然与精腻之美。这都是他太过太偏之处。再加上态度恶劣，肆口谩骂，争论中常触及对方私事，所以反难博得社会上普遍的同情。幸而到一七〇〇年，他写信给贝洛，态度变了，持论也公正了。他承认古人只能培养今人，仿效的目的还是在于创造；承认法国十七世纪的文学并不亚于古代任何一个世纪的文学，甚至同意在某些文学门类里今人确能驾凌古人而上之，并且从当时纷乱的文学群中把真正能传之永久的作家一一列举出来。这都说明布瓦洛过而能改，终不失为目光如炬的批评家。

查理·贝洛的审美能力和对希腊、拉丁文学的认识，的确薄弱得可怜；但是他掌握到了人类进步性的规律，和法国民族聪明伶俐的特性。而且他一直追求真理，论争的态度很好：布瓦洛始终是粗声厉气，而他则始终是谈笑挥之。他说：

> 我们借以消遣的这场可喜的争议
> 将会传之于未来而永远相持不下；
> 　　我们将始终说理，
> 　　他们将始终谩骂。

果然！"这场可喜的争议""传之于未来"了：他死后，冯特奈尔就继承了他的衣钵。希腊美的接枝，精液渐渐枯竭了，台树终于开出了自己的花朵；人类进步性的思想到了启蒙运动的大师们手里就焕发为十八世纪的那一段为科学、为哲学、为政治、为社会服务的辉煌文学，而才调文学也一度卷土重来。布封的《论风格的演说》又为唯理主义的文学理论树起了旗帜。唯理主义文学的胜利也就是贝洛的胜利。

布瓦洛的十二则《读朗吉努斯感言》前后相隔十五年，内容虽甚复杂，精神则始终一致。这些《感言》，诚如朗松所说，里面充满了"坏脾气，笨重而粗暴的讥嘲和小器而幼稚的批评"，"然而，在这些《感言》里有些绝妙的东西,普遍而湛深的见解;但是这些见解都是被封裹起来的,从来不坦白地、正正堂堂地说出来,因而想抉取出来,不是一件容易的事"。① 我们现在把第二、第六、第七、第十、第十二等五则全文译出,其他七则仅略提要点。

朗吉努斯的《论崇高》,我国已有译本②可供参考。但该译本系根据英文转译,且多删节,与布瓦洛法译本出入甚大,我们的征引,概以布瓦洛的译本为据。布瓦洛的《译本序》一篇和结束论战的《致贝洛函》一篇,都是读《感言》的重要参考资料,特亦译为附录。

---

① 朗松:《法国文学史》,第四部分,第四编,第一章,"古人与今人之争"。
② 《论崇高》,[罗马]朗吉努斯著,钱学熙译。(载《文艺理论译丛》,1958年,第二号)

读朗吉努斯感言第一(摘译)

> 但是有个条件,我亲爱的特伦狄亚努斯,我们将在一起精确地校阅我的作品,你要以我们对朋友天然应有的那种真诚,告诉我你对这作品的意见。(朗吉努斯语,第一章)

朗吉努斯在这里以身作则地告诉我们修辞学上最重要的法门之一,就是征询我们的朋友对我们作品的意见,早早地使我们的朋友习惯于不奉承我们。贺拉斯与昆体良在好几个地方都给予我们以同样的劝告,而沃热拉①是我认为论我国语言的最明智的作家,他就坦白说,他是实行了这种有益的办法才在他的作品里写出了最佳的东西。我们尽管尽力自己检查自己,但对我们的缺点,别人的眼光总归比我们看得远些,而平庸的智慧往往能使得最有才能的人发觉他原来看不出的错误。据说马莱伯作诗,连他的女仆人,他都要读给她听听;我还记得莫里哀也有好几次把他家的一个老女仆指给我看,他说,他有时把他的喜剧念给她听,并且保证说,每逢说笑话的地方没有能引起她的注意,他就修改这些地方,因为他有好几次在戏台上体验到这些地方确实不能产生效果。这些例子有些奇特,我倒不劝大家都去学。但有一点却是靠得住的,请教朋

---

① 沃热拉(Vaugelas,1585—1650),法国的名语法家。

友总是越多越好。

贝洛先生①的意见似不如此，否则就不会天天有人说"贝洛先生人倒是个君子，却不知道他怎么想起来专要和理性硬碰，在他的《古今之比》里攻击一切被珍视和可珍视的古书。真可怜。……希望有个好人，善意地使他在这方面睁开眼"。

我就来做这个慈善的人罢。他说他的哥哥曾给我医好过两次大病。这根本不是事实。我小时有一次发寒热，我的医生曾找他会诊两三次。三年后我患哮喘，他来摸摸我的脉，硬说我有寒热，叫我在脚跟上放血。②我真傻，就信他的话放血了，哮喘并没有好，却害得我脚肿了，卧床三星期。自此，我就没有再听见人家谈到他了。不料我的《讽刺诗》出版后，我到处听说他无缘无故地造我的谣言，说我在诗里偷偷放进了一些危险的话，有骂君之罪。③我托人劝医生先生说话要稍微留心点，结果他毒辣得更厉害。我于是又求直于他的老弟院士先生，院士又不屑作答。所以我才在《诗的艺术》里有医生一变而为建筑师的那一段。然而，我并没有否认他多才多艺，特别在物理学各部门。而科学院的先生们连他的老弟为他吹嘘的一切成就都不肯承认哩。甚至于王家建筑总监处有一位最著名的院士能拿出真凭实据来证明卢浮宫的门面，天文台，凯旋门，都不是医生的作品。这些争论，我都不管。我只觉有一点是真，就是这位医生对于古人，与他的令弟同一臭味，两人都痛恨古代的一切伟大人物。据说就是他写了那篇《歌剧阿尔色斯特辩护书》，想嘲笑欧里庇德而自己却犯了些离奇的错误，被拉辛先生在《依菲日妮》序里很巧妙地揭穿了。因此就是指他，和他们的另一个弟兄，这个弟兄也和他们一样，

---

① 贝洛先生(M. P. ……)指查理·贝洛，下同。
② 参阅《诗的艺术》第四章发端。
③ 指讽刺诗第九《自讼》里第224句：米达王啊，米达王有一对驴子耳刀。据说，克罗德·贝洛认为这句诗是讽刺路易十四的。

是柏拉图、欧里庇德和一切好作家的大敌,我才说他们家里在精神上都有点奇特可笑。……

（以下否认贝洛所说的曾为布瓦洛的一个哥哥在柯尔贝尔面前进言、谋得官职、终生感激的事。）

读朗吉努斯感言第二

> 我们的才思,就是在崇高之境,也需要一个方法来教它只说出必要的话,并且说的是地方。(朗吉努斯语,第二章)

这话是如此的真确,以至于崇高如果放得不是地方,不但不成其为美,并且有时变成一种很大的幼稚。① 斯居德里在他的长诗《阿拉利克》一开始时所犯的,就是这个毛病,当他说:

　　我要歌唱世界上众好汉中的好汉。②

这句诗相当高雅,并且也许在他的全作中要算做得最好的一句;但是从第一句诗起就叫得那么高,夸下那么大的海口,那是可笑的。维吉尔很可以在开始写他的《伊尼特》时说:"我歌唱那位大名鼎鼎的英雄,一个曾统治全球的帝国的建立者。"人们可以相信,像他那样一个伟大的宗师会不难找到些词语来把这个意思说得适当地清楚,但是这样一来就会有哗众取宠的气味了。他只满

---

① "幼稚(puérilité)是什么? 很明显地,它不是别的东西,只是一种小学生思想,因为揣摩太过,就变得冷冰冰的。老是要把话说得不同凡响、晶光闪耀的人们就犯这种毛病,但特别是那些挖空头脑,以求尽态极妍、取悦于人的人们;因为,到头来,由于太沾滞于藻饰的风格,就落到一种愚蠢的矫揉做作里了。"(朗吉努斯,第二章)
② 见《诗的艺术》,第三章,第272句。

足于说:"我歌唱那位满怀虔敬的人,他经过很多的辛苦艰难之后,到意大利着了陆。"一个楔子应该是简单的,没有做作。这一点,在诗里和在演说辞里一样,都是真确的,因为这是一条基于自然的法则,到处相同;而贝洛先生为了替《阿拉利克》的这句诗辩护而提出的那个宫殿门面的比喻是完全不正确的。① 一座宫殿的门面应该予以修饰,我承认;但是楔子绝不是一首长诗的门面,它宁可说是通向门面的一条径路,一个前庭,由那里可以望见门面。门面构成宫殿的一个基本部分,人们绝不能去掉门面而不消灭宫殿的全部匀称;但是一首长诗没有楔子依然很好地存在着,甚至于我们的说部,它们也是一种长诗,就根本没有楔子。

因此,毫无疑义,一个楔子不应该过于夸口,而我攻击《阿拉利克》里那句诗的,也就在此一点,我是学着贺拉斯的榜样,他曾在同一的意义上也攻击过他那时代一位斯居德里的一首长诗的发端,这位斯居德里走上来就说:

Fortunam Priami Cantabo, et nobile bellum②

"我将歌唱普里阿摩斯的种种不同的遭际和那煊赫的全部特洛依战争。"因为诗人用这种发端,预先许下的东西比《伊利亚特》和《奥德赛》两部史诗放在一起的都还要多。诚然,贺拉斯便中也很诙谐地嘲笑着读这个将来式动词 cantabo(我将歌唱)时所张开的那张可怕的大嘴;③但是,归根结底,他责备这句诗的,还是怪它不该预先夸口太过。因此大家可以看见,贝洛先生的批评究竟归

---

① "可有人曾对一座神庙或一座宫殿的门面因为做得辉煌而竟加以谴责呢?如果宫殿配不上门面,则应予谴责的是那宫殿呀。"(《古今之比》,卷一,页 267)
② 见贺拉斯:《诗的艺术》,第 137 句。(原注)
③ 朗吉努斯也引用莎芙克尔的话,讥笑这种夸口的人,说:"张开大嘴吹小笛子。"(第二章)不过,贺拉斯的话是双关语,因为 cantabo 里的 a 字是长音,开口读。

结到哪里了,他假定我是怪《阿拉利克》的那句诗作得不好,而他既没有懂得贺拉斯的意思,又没有懂得我的意思。此外,在结束这一则备考之前,请他容许我告诉他,说在 arma virumque cano(我歌唱武器和人)里 cano 的 a 应该和 cantabo 的 a 一样读法,那不是正确的,那是他在公学里吮吸来的一种错误,在公学里,人们有这种坏习惯,把拉丁文双音字里的短音当作长音读。但是他这种错误并不能妨害贺拉斯的那句隽语,因为他是为善读自己语言的拉丁人写作,而不是为法国人写作的。

读朗吉努斯感言第三(摘译)

> 他①天然地趋向于挑剔别人的毛病,虽然对自己的缺点是盲目的。(朗吉努斯语,第三章)

一个平庸的作家看不见自己的缺点,反而要在所有最多才的作家里找缺点,这种事最令人难耐;而尤其坏的是,他挑剔出来的错误,这些作家根本就不曾犯过,反而是他自己在挑剔时犯了错误,显出最粗鄙的无知。蒂梅有时是如此,而贝洛先生则经常是如此。他纠弹荷马,首先根据些最无稽的理由,说许多卓越的批评家都认为世界上根本没有过荷马其人。《伊利亚特》和《奥德赛》这两首长诗只是不同作家的好几首小长诗的总辑,经人连缀在一起的。②

所谓"许多卓越的批评家"实只有奥比尼亚克长老一人。我曾认识他,我保证他没有想起过这种离奇的意见。他深知,没有比《伊利亚特》和《奥德赛》两首长诗更连贯、更密集的了,同样的天

---

① 指古希腊平庸作家蒂梅(Timée)。
② 这个论点最初是由法国戏剧批评家奥比尼亚克长老(abbé d'Aubignac,1604—1676)提出的(他也就是法国古典戏剧"三一律"的创始人)。到了十八世纪末期,德国哲学家沃尔夫(Wolf,1759—1824)又发挥了这个论点。

才在这两首长诗里到处熠耀着。① 除非是在他的晚年,大家知道,他在晚年神智又回到儿童时代了。贝洛先生却抓住长老晚年的偏见,并认为有许多有力的揣测可以予这种偏见以有力的支持。这些揣测可以归纳为两点:一是不知道荷马出生在哪个城市,二是他的著作被称为rapsodies(连缀在一起的歌曲)。……关于第一点,有多少古代作家,人家不知道他们出生的地点和时代,却并不曾怀疑作品不是他们所作的呵!关于第二点,如果我们告诉他,rapsodies一词不来自希腊文的"连缀",而来自希腊文的"一枝",他一定会大吃一惊。两诗之所以名为"枝",是因为唱这些诗的歌人手持桂枝,称为"持枝的歌人"。

然而最普遍的意见是,这个字来自希腊文的"连缀的歌曲",指卖唱人唱的荷马的片段。其所以只有荷马的诗称为"连缀的歌曲",是因为只有他的诗才这样被人歌唱着。……贝洛先生引希腊文选家埃利恩(Elien)为证,说埃利恩说荷马作《伊利亚特》和《奥德赛》,只随兴之所至,吟成片段,绝无统一的命意,每段各有

---

① 朗吉努斯虽然极端推崇荷马,却也把《伊利亚特》和《奥德赛》分别看待:"我请你注意,由于好几个理由,荷马在他的《奥德赛》里是多么衰弱了。可不是么,他在这部书里使人看到一个伟大才华的特质,就是当它开始衰老和没落的时候,专喜欢讲故事,谈怪异:因为要证明《奥德赛》是在《伊利亚特》之后写的,我可以举出好几个证据。……严格说来,《奥德赛》只是《伊利亚特》的尾声。……我认为荷马写《伊利亚特》是在他的才气正盛的时候,全书都像戏剧,充满了行动,而《奥德赛》的最好部分则在叙述中过去了。叙述是老年的特色。因此在后面这部作品里,人们可以把他比作落山的太阳,还是有它同样的大小,却不再有那么多的热烈和力量了。可不是么,他不再以同样的语调说话了,人们在这里看不到《伊利亚特》的那种崇高、步步均匀、不停不息了。人们在这里已经看不见那重重叠叠的波澜与热情了。……不管说什么,他都迷失在想象里和令人难以置信的神怪故事里。……生成的最超逸的天才,当才力衰歇的时候,有时也会落到诙谐与调笑里。……大诗人和名作家,才华一失掉写激情的气力,通常就以描绘习俗来游戏。荷马就是如此,当他描写珀涅罗珀的追求者们在乌利西斯家里所过的生活的时候。可不是么,这个描写,真实说来,全部都是一种喜剧,把人的不同性格都描绘出来。"(第七章)

命名,后经马其顿的利库尔戈斯(Lycurgue)将这些零篇带到希腊,经底西特拉图(Pisistrate)整理成书。实则他误解了原文;埃利恩是说荷马的诗经人分段在希腊歌唱,每段予以一个题名。后来利库尔戈斯把荷马全集带到希腊,经底西特拉图整理为现在的这样两首长诗。埃利恩何尝说荷马只写了些零星片段呢?

勒博叙神甫(père Le Bossu)在《论史诗》里,很好地论证了《伊利亚特》、《奥德赛》、《伊尼特》等诗的完美结构,而贝洛先生就根据他误解的这一段古书,骂勒博叙白日做梦,想入非非。我且问他,我讥笑大家憎恶的沙伯兰和高丹,他说我不对,他又有何权来诋毁勒博叙呢?勒博叙不是一个现代作家,并且是极好的现代作家吗?这只说明贝洛先生是恨一切时代的一切高才的作家,只想把他的朋友,一些平庸作家捧上文坛宝座,以便自己也侧身其间。如果他也偶然夸奖马莱伯,拉康,莫里哀,高乃依,认为他们超越一切古人,谁不知道他是想借此更好地作践他们,把季诺先生又捧在他们之上,说季诺"是法国在抒情诗和戏剧诗方面的最伟大的诗人"呢?季诺很有才,我承认,特长于写诗入歌;但是这些诗没有多大气魄,不大超逸;正是由于它们的柔弱,才特别适于乐工的需要,这些诗就是由于乐工才获得了它们的主要光荣。此所以他的作品中只有歌剧受人欢迎,其他剧本很多,都湮没无闻了。而且季诺为人笃实谦虚,如果他还在世,他受到贝洛先生的过誉会比受到我的讽刺,心里还要难过些哩。

再回到荷马吧。我们的这位挑剔的大诗人,才七、八页就犯了五个大错。第一,他说荷马无解剖学知识,因为他说墨涅拉俄斯的脚跟长在小腿的末端;而其实荷马是说墨涅拉俄斯受了伤,血从大腿流到小腿,又一直流到脚跟的末端呀。第二,他说荷马无技艺常识,因为他说镕铸工人带铁砧和铁锤来给祭神的牛角上涂金,而原文则是说打铁工人呀:打铁工人来给牛角裹金,裹金就要打金箔,为什么不带小砧,小锤来呢?第三个错误更可笑,他说荷马粗鄙,因为他使瑙西卡亚(Nausicaa)公主对乌利西斯说:"她不赞成一个女孩子在和男子结婚前就和这个男子睡觉。"而原文"男子"是复数,贝洛先生解为"睡觉"的那个词应该释为"往来"、"接触"。公主是说她不赞成女子未结婚前就和许多男子往来。如果照贝洛先生的译法,应该说女子结了婚就可以随便跟许多男子睡觉了!第四,他说荷马不通地理,因为他把西罗斯(Syros)岛和地中海放在热带,而原文明明说西罗斯岛是在俄耳梯癸亚岛之西,在日落的方向。以上四个错误是由于他没有看懂希腊文;第五个错误是由于他没有看懂拉丁文。荷马说,乌利西斯回家时,他的狗隔了二十年没见他,却把他认出来了。贝洛先生就说荷马没有博物常识,因为普林尼说狗的寿命不超过十五年。殊不知不但实际上狗能活到二十年以上,就是普林尼也明明说有些狗能活到二十年。谁能相信贝洛先生想根据普林尼来驳荷马,却不肯读读普林尼的这段原文或者请别人讲给他听听呢?谁能相信他在寥寥几页中就这样错误百出,竟胆敢据此说荷马不通天文,不懂地理,又无博物常识呢?

读朗吉努斯感言第四(摘译)

> 在纷争之神的描写中,人们就能看出这一点,他说纷争之神头在云上,脚在地上。(朗吉努斯语,第七章)

荷马这句诗曾被维吉尔摹仿来写声誉之神。这样美的一句诗,为维吉尔所摹仿,为朗吉努斯所夸奖,竟也不能免于贝洛先生的挑剔,他说夸张太过,把它打到《驴皮姑娘》一类的故事之列。他没有注意到在通常说话中,天天都有比这更夸大的语法,而归根究底,都说得非常真确哩。这句诗的意思是说纷争之神在大地上到处统治着,甚至于在天上,在荷马的诸天神中也统治着。因此这不是描写一个巨灵,如我们的挑剔大师所理解的那样,荷马在这里是很正确地设喻;虽然他把纷争之神说成了一个人物,却是一个寓言式的人物,不管身材多高,不会使人感到刺眼,因为人们把他看作一个概念,一种才思的幻想,而绝不是一个具体人物,存在于自然界中。《圣经》里就有这种夸张语法,拉辛先生也曾沿用。其实朗吉努斯赞美荷马这句诗的那些话是我补充的,因为原文有阙文。贝洛先生大概只在我的译文里读朗吉努斯,所以他反驳朗吉努斯,倒正好反驳到我了。然而他反驳了我也就是反驳了荷马和维吉尔。他的妙论是,"诗人在这里的夸大,不能构成一个清晰的概念。为什么呢?就是,只要人们还看到声誉之神的头,她的头就不在头上；如果她的头是在天上，人们就不太晓得看见什么了。"可佩的推论呵！但是荷马和维吉尔在哪里说人们看见纷争之神或声誉之神的头呢？而且，只要她的头是在天上，你看见或看不见又有什么关系呢？这里不是诗人在说话吗？诗人不是被假定连天上经过的一切都能看到，而别人的眼睛就不能因此而有所发现么？

读朗吉努斯感言第五(摘译)

> 乌利西斯的那些伙伴,被幻变成猪①的也是如此,这些猪,索伊洛②称之为眼泪汪汪的小仔猡。(朗吉努斯语,第七章)

看朗吉努斯这段话,似乎索伊洛也和贝洛先生一样,欢喜拿荷马开玩笑来取乐,因为这个"眼泪汪汪的小仔猡"的玩笑与我们这位现代批评家指摘古诗人的"长尾巴比喻"颇有关联。既然索伊洛唐突古代最伟大的作家的这种放肆今天在许多既无知又骄傲自满的浅薄之徒中间还很风行,我就让他们看看这位辞师放肆的下场吧。

名建筑家维特鲁威③曾说[引克罗德·贝洛的译文一段,指出错误多处,说明译者有意贬低荷马的价值,减轻索伊洛的罪过。]:索伊洛自称为"荷马的灾殃",他来到亚力山大城,把他攻击《伊利亚特》和《奥德赛》的书读给托勒密(Ptolémée)王听,国王看他这

---

① 见《奥德赛》第十章,第239句以下(布瓦洛)。按,指乌利西斯一行漂泊到了一个海岛,所有伙伴都被女魔术家喀耳刻(Circé)用法术幻变成猪,后经乌利西斯设法营救才恢复了原形。
② 索伊洛(Zoïle,即希腊文中的Zoilos,公元前四世纪),希腊哲学家,伊索克拉底的反对者。
③ 维特鲁威(Vitruve,公元前一世纪),罗马建筑家。

样冒昧地攻击一切诗人之父,就不理他。他饿了想讨点吃的,国王叫人转告他说,荷马死了一千年还养活了好几千人,索伊洛自夸比荷马还多才,应该能养活自己了。最后托勒密叫人把他放在十字架上钉死了,有人说被乱石砸死了,又有人说被活烧死了。贝洛先生最爱引的埃利恩也说,索伊洛当时被呼为"修辞学之犬";络腮胡子,头剃得光光的,大衣及膝;专爱说坏话,专欢喜抬杠;没有人能像这个贱货那么会挑眼儿。据说是嫉妒心使他攻击荷马,所以后来凡是嫉妒心重的文人都被称呼为索伊洛。

我常自问,别人如朗吉努斯等也批评荷马和柏拉图,为什么不引起人家愤慨呢?理由是这样,我想,除了他们的批评是合乎情理的,他们的目的很明显地不是贬低这些伟人的光荣,而是确立某一重要文规的真理;内心里绝不是否认这些英雄(他们如此称呼他们),却处处使我们了解他们,尽管批评,却承认这些伟人是言语艺术的大师,是一切要写文章的人所应该遵循的唯一规范;如果他们发现若干瑕疵,却同时指出无数的美点,以至于人们读了批评之后,既深信批评者的正确,更深信被批评的作家的天才伟大。再加上批评时,说话总是极周旋、极谦虚、极谨慎,以致别人不可能憎恨他们。

索伊洛就不如此,他是抑郁成性,极其自高自大的。他直接贬抑荷马和柏拉图的作品,把两人都放在最平庸的作家之下。他拿《伊利亚特》和《奥德赛》里最美妙的地方开着无味的玩笑,显然太学究式的骄矜了,以至于这种骄矜就激起了大家对他的愤恨。

提到学究式的骄矜,贝洛先生似乎不很理解到这个名词的全部涵义。据他的《对话录》所说,他以为"学究是公学培养出来的学者,满肚子希腊和拉丁文;盲目地赞美一切古代作家,不相信人们在自然界里能有新发现,不相信人们能超越亚里士多德、伊壁鸠鲁、希波克拉底、普林尼;万一在维吉尔里发现了一点可指责的东西就会以为是不大敬;不但觉得特朗斯是个可爱的作家,还认为是一切完美的峰极;他不以礼数自许;他不但从来不诋毁任何古代作家,并且特别推崇少人读的作家如雅松,巴托尔,利科夫龙,马克罗普等等。①"

他会大吃一惊的,如果有人告诉他说学究几乎与这幅画图正相反,如果说学究是一个自满的人,学识平常而大胆地决断一切;不断地自夸做过许多新发现;俯视亚里士多德、伊壁鸠鲁、希波克拉底、普林尼;诋毁一切古代作家;宣称雅松和巴托尔是两个无知者,利科夫龙是个小学生;他诚然在维吉尔里看到有些地方还过得去,但是也发现许多地方应该嗤之以鼻;他几乎不相信特朗斯配称为可爱的;而在这一切之中,他还自许为识礼数;他肯定大部分古代作家都在言词里既无伦次,又不和谐;总之,他在这方面冒天下之大不韪也不在乎。

贝洛先生不信这是真学究么?请看芮尼的描写[引芮尼的讽刺诗第十]。贝洛先生说这诗里描写的是谁呢?是大学里的人士、诚恳地尊敬古代的一切大作家、尽力使他所教的青年对之起景仰之忱呢?还是一个狂妄的作家,骂一切古人为无知、为粗鄙、为白日做梦、为神志昏迷,而自己年事已高,却用其余生来专冒天下之大不韪呢?

---

① 雅松(Jason),十六世纪的拉丁辞师;巴托尔(Bartole),意大利十四世纪的名法学家;利科夫龙(Lycophron),前三世纪的希腊诗人,有长诗《卡桑得拉》(Cassandre)传世;马克罗普(Maerobe),五世纪的拉丁作家。

读朗吉努斯感言第六

> 可不是么，太停滞于细节，就败坏全局。（朗吉努斯语，第八章）

没有比这话更真确的了，特别是在诗里，这也就是圣·阿曼的大毛病之一。这位诗人有相当的天才写荒淫和谑浪关敖的作品，甚且有时在严肃的体裁里也有些相当妙的性灵语；但是他向里面杂进去的低级情节把全局都败坏了。人们在他题为《寂寞》的那首颂歌里所能看到的就是如此，这首颂歌是他最好的作品，在这篇作品里，在许许多多很怡人的形象之中，他竟把世界上最丑恶的东西，一些涎涎涟涟的癞虾蟆和蜗牛，吊死的人的尸骸，等等，不识相地送到你的眼前：

　　那里摇摆着一具骇人的尸骸，
　　是个可怜的情郎跑来吊死的。

特别是在他的《得救的摩西》里，在过红海的地方，他离奇地落进了这个毛病；这样庄严的一个题目提供给他那么多伟大的情节，他都不去发挥，却浪费时间去描绘一个小孩子，说他跑开，跳跳，又回来，拾取一个贝壳，去送给母亲看，并且，如我在《诗的艺术》里所说，①还用

---

① 见《诗的艺术》，第三章，第264句。

下面两句诗,可以说,把鱼儿放到窗口去看热闹:

在那儿,靠近眼光可以透过的城墙,
鱼儿目瞪口呆地都在看着他过往。

世界上也只有贝洛先生能够感觉不到这两句诗里的滑稽之处。可不是么,诗里仿佛许多鱼儿都租下了窗口来看希伯来民族走过哩。这一点实在可笑,特别因为鱼儿隔着水差不多什么东西都看不见,而且眼睛是这样长着的,就是把头伸出这些城墙也很不容易清楚地发现这种大队行进。然而,贝洛先生却硬想替这两句诗辩护,而所据的理由又是那么不近情理,①真的,如果我要答辩的话,简直是浪费纸墨了。因此,我只好请他去参考参考朗吉努斯

---

① 《古今之比》(第三卷,页262—265)里是这样辩护的:
"骑士——还有法兰西学院的一个人,我曾因为看到人家那么对待他而感到不平。
"长老——谁呀?
"骑士——圣·阿曼。我觉得他是我们所有的最可爱的诗人之一。他的《寂寞》,他的《咏雨》,他的《咏瓜》,有比这些诗更可人的吗?他那些讽刺诗,难道还不雅吗?他在这些诗里难道不是风趣地嘲笑一般人的恶习和缺点而不触忤任何一个个别的人吗?
"长老——诚然,我也不能不愤慨,看到这样一个才人被人骂作疯子,因为人家假定他把鱼儿放在窗口看希伯来人过红海,其实他从来也没有想到这件事,他不过说鱼儿看着他们感到惊讶罢了。要批评他,原该就他所说的去批评,不该就自己假定他说的去批评呀。
"院长——人家曾认为鱼儿的惊讶是一个不配放在庄严长诗里的情节。
"长老——这种认为是不对的。当大尉叙述希伯来人过红海这同样一件事的时候,他就说山岳乐得和绵羊一般颤动,丘陵乐得和羔仔一样颤动。
"院长——这是真的,不过山岳和丘陵都是些庞然大物呀。
"长老——难道海猪和鲸鱼不在鱼类中也同样的是庞然大物吗?难道说海里的怪物看见许多人打它们的深渊最深处走过,因而感到惊讶,人家就能认为这是一种无聊的矫饰么?
"骑士——不,当然不能;不过,有一点可以原谅院长先生的,就是对鱼儿一词,你想象到深海里的海猪和鲸鱼,而在这时候,院长先生却一定是想到了卖鱼娘的鱼桶里的鲤鱼和鲋鱼了。"

在这里所引的荷马的比喻,①他就可以看到这位伟大的诗人多么巧于选择和聚集重大的情节了。然而,我怀疑他会承认这个真理;因为他最恨荷马的比喻,他在最后一篇《对话录》里拿荷马的比喻作开玩笑的主要对象。也许人家要问我这些玩笑究竟是什么,既然贝洛先生颇不以善谐谑闻名于时;很可能人家不会到原书里去

---

① 朗吉努斯在《论崇高》第八章里说,"当荷马要描写风暴的时候,他就着意表现出风暴时可能发生的一切最惊心动魄的事物。因为,先看另一事例罢,咏阿里玛斯边(Arimaspiens)民族(即斯基泰〔Scythie〕民族——布瓦洛注)那首长诗的作者(即阿里斯德〔Aristée〕——布瓦洛注)以为说出了许多很惊人的事,当他大叫道:
  呵!惊人的奇事啊!难以相信的傻气!
  许多狂悖的人们乘着微弱的船舶,
  远远地离开陆地跑到波澜上漂泊,
  他们在大海之上循着无定的程途,
  跑到极远的地方寻找辛劳和困苦。
  他们永远尝不到和平安息的味道,
  眼睛老望着天色,心里老惦着波涛,
  并时常伸着胳臂,脏腑里忐忑不宁,
  他们向着天神们作些无益的祈祷。
然而,我相信,谁也不会看不出这番话道地是粉饰的,绮丽的,却并不那么伟大、崇高。现在我们看看荷马是怎样做罢,他写风暴的地方很多,我们单看这几句(《伊利亚特》,第十五章,第 624 等句。——布瓦洛注):
  当人们看到波涛被暴雨狂风掀起,
  猛可里扑上船来;船顶住它的怒气,
  风像发了疯似的直在船帆里呼啸;
  海上是滔天白浪,空气在远处长号;
  魂飞魄散的水手在束手无策之中
  仿佛在每一浪里都看到死来围困。
阿拉图斯(Aratus)曾努力想加强这最后一句诗,说道:
  只一片轻薄的木板保他们免于一死。
但是这个意思经这样一粉饰,本来是可怖的,他却把它变得渺小而绮丽了。而且把整个的惊险包括到只一片轻薄的木板保他们免于一死这几个字里,就把惊险挪远了,而且是减低了惊险而不是增高了它。但是荷马没有一次把水手们所处的险境放到眼前;他却和在画幅里一样,表现水手们还在被所有涌起的浪头打沉下去,并且一直在他用的字和音里都印上危急的形象。"

找这些玩笑,因而为满足读者的好奇心,我很愿意在这里略举一斑。但是要这样做,又必须先说明贝洛先生的那些"对话"究竟是怎么一回事。

那是在三个人物之间进行的一种谈话,第一个人与古人,特别是与柏拉图有不共戴天之仇,那就是贝洛先生自己,这是他在序文里宣布过的。他在这里面自称为长老,而我却真不知道为什么他采取了这个宗教头衔,既然在这篇对话里说的只是些很世俗的东西;既然在这篇对话里小说被捧上天,①歌剧被看作诗在我国语言中所能达到的完美的极致。② 这些人物中的第二个是一个骑士,他是长老先生的崇拜者,放在那里做长老的塔巴兰③来支持他的意见,甚至有时故意反驳他以便更好地发扬他。贝洛先生一定不会怪我在这里把他的骑士称为塔巴兰,既然这位骑士自己就在某一处宣称他认为蒙多尔④和塔巴兰的对话优于柏拉图的对话。最后这些人物中的第三个,也是三人中最愚蠢的,并且比较蠢得多的一个,就是一个法院院长,古人的保卫者,他之了解古人还抵不上长老,也抵不上骑士,常常对最无谓的反驳也会不知所答,有时他为理性辩护得那么愚蠢,以至于理性在他口里变得比荒谬还更可笑。总之,他在那里和喜剧里的傻小丑一样,专门吃耳光。这些就是戏里的角色。现在要看看他们怎样行动。

长老先生,比方罢,在某处⑤宣称,他一点也不赞成荷马的那

---

① "我们的好的小说,如《阿斯特勒》就比《伊利亚特》多十倍的发明,如《克勒奥巴特尔》《伟大的西律斯》《克莱梨》以及好几部其他的小说,不但没有任何一个我在古诗人中看出的那些缺点,并且,和我们那些用韵语写成的长诗一样,还有无限崭新的娇美。"(《古今之比》,第三册,页149)

② 贝洛在极口赞扬歌剧之后说,歌剧的"奇巧的创造实为妍美而伟大的诗坛大放异彩"。(同上,页284)

③ 塔巴兰,见《诗的艺术》第一章第86句及第三章第398句。

④ 蒙多尔(Mondor),十七世纪巴黎新桥区的相声艺人,塔巴兰的老搭档。

⑤ 《古今之比》,第三卷,页58。

些比喻,在这些比喻里,诗人不满足于准确地说出用来作比的东西,却就所说的东西又扯出一套历史经过,如,他把受伤的墨涅拉俄斯(Ménélas)的腿比作由麦奥尼(Méomie)或卡利(Carie)地方的一个妇女用贝朱染红的象牙,等等。这位麦奥尼或卡利地方的妇女使长老先生不满了。① 他就看不得这种长尾巴比喻:"长尾巴比喻"这个可人的词儿立刻被骑士先生欣赏着,由此他就抓住机会转述出一大堆妙语,都是他去年在乡下谈到这种"长尾巴比喻"时也说过的。②

　　这些笑话有点使院长先生惊讶,他倒也很感觉到"长尾巴"一词所含的弦外之音。然而,到最后他觉得不能不回答。无疑地,回答并不太难,既然他只要把任何稍有修辞学知识的人开口就会说出的话,说出来就成了:只要说,在颂歌和史诗里,比喻并不是单单用来说明和装饰文词的,却是用来娱悦读者的头脑,让它消闲一下,不时地把它从主要的题旨里解脱出来,让它优游于怡人的形象之中;只

---

① "长老——还有一个同样性质的比喻,它那一大段题外穿插格外惊人。荷马叙述墨涅拉俄斯怎样受了伤。立刻,黑色的血,他说,从伤口流出了,就像一位麦奥尼或卡利地方的妇女把象牙染成朱红,为了做马缰上的勒子。这块象牙摆在她的房间里,好几个骑士都想要;但是人家要把这个装饰品留给国王,它应该是能显扬马,并且显扬骑马人的。这个比喻的开始好极了:毫无疑义,没有比象牙上染着朱红更像美丽的肌肤上糊着鲜血了;但是赘语坏到极点。然而,荷马之获得神妙诗人的称誉,获得华丽、丰赡、庄严诗人的称誉,正由于这一点,正由于那些说不完的定语,这种定语我们待会儿再谈。"(《古今之比》,第三卷,页59)

② "骑士——我们去年在乡下也曾想起学着神妙的荷马,说出这一类长尾巴比喻来寻开心。一个说:我那牧羊女的颜色呵,就像草场上的花朵,很肥的乳牛就是在这草场上吃草的,它们产出雪白的奶浆,人们就用这奶浆制成绝妙的奶饼。另一个说:我那牧羊女的眼睛呵,就像太阳,这太阳射出光线,在满盖着树林的山上,树林里狄安娜(Diane)手下的仙女猎着野猪,野猪的牙是很危险的。另一个又说:我那牧羊女的眼睛呵,比星星还亮,这些星星是在夜里点缀着天之穹窿的,夜里所有的猫都呈灰色。

院长——你们倒是不费什么事就作起乐儿来了;因为像这样东拉西扯,没休没了,倒不是什么难事。"(同上)

要说,荷马主要擅长的就在此,不但他的所有比喻,连他的全部文词都充满了自然界的形象,这些形象,既是那么真切,又是那么多变,以至于他时时如此而又时时不同;不断地教育读者,使读者从天天近在眼前的事物中,看出一些从来没有想到去体察的意义;只要说,在诗里并不需要比喻的各点都一一针锋相对,有一般的关系就够了,太准确反使人感到匠气,这是个被普遍承认的真理。

这样的话是一个明理的人所不难对长老先生和骑士先生说出的;而院长先生却不如此推论。他先衷心地承认,若是我们现代诗人把这种漫长的比喻放在他们的长诗里,是会引起人们讥笑他们的,他原谅荷马,只是因为荷马有东方人的好尚。说到这里,他就解释①什么是东方人的好尚了,东方人,他又说,由于他们想象力的热烈和才思的敏捷,总是要人家对他们同时说两件事,不容许在一番话里只有一个意思;而我们欧洲人呢,我们只满足于一个意思,很欢喜人家对我们一次只说一件事。真是些妙论呵,是院长先生从自然界观察出来的,而且也只有他一人能观察出来,既然根本没有东方人比欧洲人,特别比到处以领会力灵敏而迅速称著的法国人,更加才思敏捷那么一回事;既然今天在小亚细亚及其邻近地区盛行的那种华丽的风格以前并不盛行,它只来自阿拉伯人和其他蛮族的入侵,是阿拉伯人和这些蛮族在赫拉克洛纳斯②后不久,泛滥了这些地域,才把这些铺张扬厉的说话方式,连同他们的语言和宗教,带到这些地域里来了。可不是么,人们绝对看不到东罗马的希腊神甫们如圣·查斯丁③、圣·大巴西勒④、圣约翰·克里索斯托⑤、

---

① 《古今之比》,第三卷,页62—63。
② 赫拉克洛纳斯(Héraclius,610—641),东罗马皇帝。
③ 圣·查斯丁(Saint Justin Martyr,约100—约165),基督教早期教父。
④ 圣·大巴西勒(Saint Basil Le Grand,约329—379),古代基督教希腊教父。
⑤ 圣约翰·克里索斯托(Saint John Chrysostom,约347—407),古代基督教希腊教父。

圣·格利高利①在他们的作品里用过这种风格;不论希罗多德②、德尼③、卢奇安④、约瑟夫⑤、菲洛波努斯⑥或任何希腊作家也都不曾说过这种言语。

但是,再回到长尾巴比喻上来罢,院长先生使尽平生之力要推翻这个名词,因为这名词构成长老先生的论据的全部实力,最后他回答说,已如在大典之中,如果后妃的礼服尾巴不一直拖到地上,人家就会有所批评,同样地,在史诗里,如果比喻不拖些很长的尾巴,也就会被人谴责。这种回答,也许要算得未曾有的荒天下之大唐;因为比喻与后妃之间有什么关系呢?然而骑士先生直到那时为止,对院长先生所说的一切都绝不首肯,现在却被这个回答的充分理由弄花了眼了,并且开始替长老先生担心,而长老先生也被这番话的大道理弄愣住了,然而却还能相当吃力地应付过去,他一反他的最初意见,承认着说,果然,人们是可以把比喻装上长尾巴,不过,他又认为,正如后妃们的礼袍一样,必须这些尾巴和袍子是一样的料子;而这一点,他说,正是荷马的比喻所缺乏的,在荷马的比喻里,尾巴的料子是和袍子不同的;因此,万一在法国,这当然也是很可能的,万一在法国,风气一转,在后妃的礼袍后面缀上料子不同的尾巴,那么院长先生关于比喻所持的论点就算完全胜利了,这三位先生彼此之间就是这样运用着人类的理性:一个是始终做着绝不应该做的反驳,另一个是赞成着绝不应该赞成的理由,还有一

---

① 圣·格利高利(纳西昂的)(Saint Grégoire de Nazianze,约330—约389),古代基督教希腊教父,在捍卫上帝三位一体教义方面起了重要的作用。
② 希罗多德(Hérodote,约前484—约前425),希腊的"历史之父"。
③ 德尼(哈利卡纳苏斯的)(Denys d'Halicarnasse,约公元前一世纪),希腊文学家,曾在罗马执教。
④ 卢奇安(Lucien),二世纪希腊作家。
⑤ 约瑟夫(Flavius Josèphe,37—95),犹太历史学家。
⑥ 菲洛波努斯(Philoponus,活动时期六世纪),希腊基督教哲学家、神学家和文学研究家。出生在埃及。

个回答着绝不应该回答的话语。

如果院长在这里对于长老算占了若干上风，不一会儿长老谈到荷马的另一个地方又翻过身来了。这地方是在《奥德赛》的第十二章，在这章里，按照贝洛先生的翻译，荷马叙道，"乌利西斯正当水涨的时候巴在他的断桅流向卡律布狄斯①，他唯恐水一下落就要沉到涡底，因而抓住从岩顶伸出的一棵野无花果树，就像蝙蝠一样吊着，悬着空，等沉到水底的桅杆再浮上来"；下面又说，"当他看见桅杆又回来的时候，高兴得像一个审判官从坐席上站起来要去进餐一样，并且是在审了好几件案子之后。"长老先生抓住审判官要去进餐这个离奇的比喻，就直攻院长先生，并且看到院长在为难，他又逼一句："难道我不曾忠实地译出荷马的原文吗？"这一点，那位伟大的古人辩护士简直不敢否认。立刻，骑士先生反攻上来了，一听到院长回答说诗人把这段话说得太动听了，以至于人们不能没有心旷神怡之感。"你开玩笑呵，"骑士顶道，"只要荷马，尽管他是荷马，只要他是想在一个人看见桅杆漂回而感到庆幸，和一个审判官在审了几个案子之后站起来要去进餐，这两件事之间找出相似点来，他就只能是说出了不伦不类的话语。"

这一来，那可怜的院长就十分尴尬了；而其所以如此，就是因为他不知道长老先生在这里犯了个未之前闻的天大错误，他把时间当作比喻了。因为，可不是么，在荷马的这个地方并没有任何比喻。乌利西斯叙述说，他看到他的船桅和船龙骨——是他遇险后趴在上面的——正要沉没到卡律布狄斯漩涡里了，便和一个夜飞的鸟儿一样，巴到从岩上垂下来的一棵大无花果树上，在树上吊得很久，希望潮流回涨时，卡律布狄斯漩涡可能把他的船的残余再吐出来；果然，他希望的事实现了；大约在官员审案后退席用餐的时

---

① 卡律布狄斯（Charybde）是一个急流的漩涡，紧靠斯库拉礁（Scylla），是墨西拿海峡（Messine）著名的险滩。

候,就是说大约在下午三点钟,那些破船板又从卡律布狄斯漩涡里浮出来了,他又跳了上去。这个时间特别准确,因为尤斯塔修斯①肯定说,那正是卡律布狄斯漩涡一次涨潮的时间,而这种涨潮每二十四小时有三次;他又肯定说,以前在希腊,人们计算每天的时间,通常都以官员到公、办公和退公为标准。这个地方从来没有一个注释家作过别样的理解,而这位拉丁文译者也译得非常之对。由此可见所谓比喻之不伦不类该由谁负责了,是根本没有作这个比喻的荷马负责呢,还是那么胡说荷马作了这个比喻的长老先生负责呢?

但是,在丢开这三位先生的谈话之前,长老先生总会不怪我不同意他对骑士先生所作的那个决定性的回答,骑士对他说:"可是,谈到比喻,有人说荷马把在床上展转的乌利西斯比作在炉条上烤的灌肠哩。"长老先生回答道:"那是确实的。"我却要回答说:那是太不确实了,就连指"灌肠"的那个希腊词在荷马时代都还没有发明出来哩,②那时代既没有什么灌肠,也没有什么肴肉。事实是在《奥德赛》的第二十章里,他把在床上翻来覆去,如尤斯塔修斯所说,急于要喝追求珀涅罗珀③的人们的血的乌利西斯比作一个饿极了的人忙着在大火上烤充满血和脂肪的兽肚子,因为急于要吃,所以不断地把兽肚子翻过来转过去。

可不是么,大家都知道,在古代,某些兽类的肚子是人们最欣

---

① 尤斯塔修斯(Eustathius),十二世纪的教士,研究荷马诗的专家,曾用拉丁文译荷马诗。
② 据法国名考古学家埃热(Egger)考证,此处的希腊文可能是指灌肠,埃及石刻图画上也有形似灌肠的菜肴。时间都在纪元前三千年左右。
③ 珀涅罗珀(Pénélope),乌利西斯的妻;乌利西斯远征特洛依回国的时候,在海上漂流了二十年,许多人都以为乌利西斯死了,拼命追求珀涅罗珀,珀涅罗珀被逼得没有办法,只好答应说候她把手里一幅画布绣完了再改嫁,而实际上她白天绣,晚上拆,永远绣不完。这样才把乌利西斯等回来了。这里是说乌利西斯回来后急于报仇。

赏的美味之一;所谓 Sumen,即母猪肚子,在古罗马人中间是被称为无上妙品,甚至于还有戒律禁止人家吃它哩,因为这太奢华了。"充满血和脂肪"这几个字,荷马是用来形容兽肚子的,而实际上兽类身体的这一部分也是特别肥,①这几个字却使得当年拿《奥德赛》译成法文的一个鄙陋的翻译家设想着荷马在那里说的是灌肠,因为用猪大肠做灌肠一般都是把血和脂肪灌进去的,于是他就这样在他的译文里愚蠢地译出来了。② 就是因为相信这个翻译家,所以若干无知之徒以及对话中的长老先生才以为荷马把乌利西斯比作灌肠了,虽然希腊文和拉丁文都绝对没有这样说,而任何解释家也从来没有犯过这种可笑的错误。这就正好表明着不懂某一语言而硬要谈这个语言的人们所遭遇到的那种离奇的弊害。

---

① 据希腊文专家达西埃夫人(Mme Dacier)考证,所谓"充满血和脂肪",在布瓦洛认为是生成的,而希腊原文是说人工"灌满的"。
② 译《奥德赛》的是布瓦泰尔·得·弗朗维尔(Clande Boitel de Franville,1570—1625)。这段译文是:
"正如一个人烤充满血和脂肪的灌肠,在炉条上四面翻转着,要把它烤熟;同样地,愤怒与焦躁使他在床上展转反侧……"

151

读朗吉努斯感言第七

> 应该想到整个的后世将对我们的作品作何评价。
> （朗吉努斯语，第十二章）

可不是么，只有后世的赞许才能够确定作品的真正品质。不论一个作家在世时焕发出什么样的光彩，不论他受到什么样的赞扬，人们都不能因此而就万无一失地结论说他的作品是绝妙的。假的光泽，风格的新奇，时髦的情致都可能使这些作品名噪一时，也许到下一世纪人们就会睁开眼睛，鄙视他们曾经赞赏的东西了。我们在龙沙和他的摹仿者如居·拜莱①、巴尔塔斯②、德波尔特③诸人身上就看到有这样一个很好的例子，他们在前一世纪曾被大家赞赏，而今天甚至于连读的人也找不到了。

同样的事也发生在古罗马时代的内维乌斯、利维乌斯和恩尼乌斯④身上，他们在贺拉斯时代，据这位诗人告诉我们，还找到很

---

① 居·拜莱（Bellay, Joachim du，约1522—1560），法国诗人，与龙沙同为七星诗社的代表。
② 巴尔塔斯（Bartas, Guillaume de salluste, Seigneur du，1554—1590），法国作家，叙述上帝创造世界的著名长诗《创世的六天》(1578)的作者。
③ 参见《诗的艺术》第一章，第123—130句及注。
④ 内维乌斯（Naevius）,利维乌斯（Livius）,恩尼乌斯（Ennius）都是公元前三世纪到前二世纪的拉丁诗人，用朴素的古拉丁语写诗。

多人赞美他们①哩,但到最后,他们完全被人鄙弃了。而我们绝不要以为这些作家,不管是法国的也好,拉丁的也好,跌落的原因是由于他们各自国家的语言起了变化。他们的跌落,只是由于他们在这些语言里没有达到坚实与完美的程度,而这种坚实与完美的程度是使作品传之永久、流芳弗替所不可缺少的东西。可不是么,西色罗和维吉尔所写的拉丁文,比方罢,在昆体良时代已经变得很多了,在奥卢-格勒②时代变得更多。然而西色罗和维吉尔在昆体良和奥卢-格勒的时代,比在他们自己的时代还更受人重视,因为他们的作品达到了我所说的那种完美的程度,他们仿佛用他们的作品固定了语言。

因此,绝不是龙沙作品里字与词的古旧使龙沙失掉了价值,而是因为人们突然发觉到过去在他的作品里以为看到的那些美却一点也不是美;这一点,是继起的白陀,马莱伯,得·兰让德③和拉康④大大地帮助了人们认识到的,这几个人在严肃的体裁里掌握到了法国语言的真精神,而法国语言,在他们时代,远不如帕基耶⑤所错误深信的那样,有在龙沙时代的那种成熟程度,它甚至于还没有走出它的幼稚时期哩。相反地,箴铭诗、循环歌和自然流露的赠诗这三种诗的真正格局,早在龙沙以前就已经被马罗⑥、圣·日来⑦以及其他诸人掌握到了,此所以马罗诸人在这一门类里的

---

① 大诗人维吉尔还不惜借用恩尼乌斯的诗句。
② 昆体良,公元一世纪的拉丁辞师,奥卢-格勒(Aulu-Gelle,约公元130年),拉丁语法家;而西色罗和维吉尔则都生在公元前一世纪。
③ 得·兰让德(Jean de Lingendes,1580—1616),法国诗人。
④ 白陀,马莱伯,拉康均见《诗的艺术》第一章。
⑤ 帕基耶(Pasquier,1529—1615),著有《法兰西之研究》,布瓦洛所指的"深信",即见该书第七卷,第六章。
⑥ 马罗,见《诗的艺术》第一章,第96及119句。
⑦ 圣·日来(Saint-Gelays,1491—1558),法国的才子诗人,以擅长循环歌驰名一时。

作品不但不曾落得人家的鄙弃，并且到今天还一般地受到人家的重视；甚至于人们有时还乞灵于他们的风格以便在法国语言中找到天真自然的韵致哩；而这一点，著名的拉封丹先生做得太成功了。因此，我们结论说，只有悠久的岁月才能确立一个作品的价值和真正品质。

但是，如果某些作家在很多很多的世纪中都一直被人赞赏着，而只被几个美感怪异的人所鄙视，（因为败坏的美感经常是有的，）那么，在这种时候，你若是想怀疑这些作家的品质，你就不但是冒昧，并且是疯狂了。如果你看不出他们的作品的美，你就不应该断定在这些作品里没有美，只能断定你是瞎子，你毫无美感。绝大多数的人，在长久的时期里，对于才情之作是不会看错的。到了我们现在的年代，不能再提出问题说，我们要研究一下荷马、柏拉图、西色罗、维吉尔是不是奇才；这已经是无可辩驳的事，既然二十个世纪都一致同意了这一点，现在的问题只在于要知道使他们受这么多世纪赞美的奇，究竟奇在哪里，应该想办法看出它来，否则你就只有放弃美文，你应该相信你对于美文既无美感，又无天才，既然所有人都感觉到的，唯独你一点也感觉不到。

不过，我说这话的时候，我是假定你懂得这些作家的语言的；因为，如果你不懂得他们的语言，如果你没有把它摸熟，我就不怪你不懂得他们的美，而只怪你不该瞎谈他们。而人们责怪贝洛先生，严斥之而不嫌太过的，也就在这一点，他一点也不懂得荷马的语言，却根据译荷马的人们的鄙陋之处来大胆地批驳荷马，并且对在那么多世纪里都一直赞美着这位大诗人作品的全人类说：你们赞美了许多蠢话。这差不多就像一个生而盲目的人跑去满街叫道：先生们，我知道你们觉得你们看到的太阳很美，但是我么，却从来没有看见过太阳，我向你们宣布说它很丑。

但是，再回到我原来的话题罢。既然只有后世人才能给作品订定真正的价格，那么，不管你觉得一个现代作家是怎样地可佩，也不能轻易地把他拿来跟那些已被那么多世纪赞美的作家们相提并论，因为他的作品能否光荣地传到下一世纪都还靠不住哩。可不是么，我们不要去找很远的例子，有多少本世纪被赞美的作家，我们已经看到他们不到几年就黯然无光了呵！三十年前巴尔扎克①的作品多么被人重视呀！人们不但说他是当时最雄辩的人，而且还说他是空前绝后的最雄辩的人。事实上他也是有些奇妙的本质。人们可以说从来没有一个人能像他把自己的语言掌握得那么好，把字的特质和句子的节拍懂得那么透彻；现在大家都还这样称赞他。但是人们却突然发觉到他终生致力的那个艺术正是他所最不了解的艺术，我是说写函札的艺术；因为，虽然他的函札封封都才气横溢，语语入妙，人们却在里面处处发现到与函札体最相反的两个毛病，即矫揉与臃肿；因而人们不再原谅他要把一切都说得与众不同的那种不健康的推敲了。以至于天天人家都把当年梅纳恭维他的那句诗转过来骂他：

　　　　绝没有一个常人会像他那样说话。
固然还有些人读他的作品，但是却不再有人摹仿他的风格了，因为摹仿他的人们都变成了大家的笑柄。

　　但是，再找一个比巴尔扎克更著名的例子罢，高乃依是我们所有诗人中在现时代曾经最煊赫的诗人；以前人们都不相信在法国还能有个诗人配和他相匹。诚然，没有一个诗人能比他更加天才卓越，写过更多的剧本了。然而，在此刻，他的全部成绩仿佛被时间放到烧杯里炼过了，只缩减为八、九篇受人赞赏的剧本，这八、九篇剧本，如果可以这样说的话，就仿佛是他的诗的日丽中天的时候，其东方和西方都黯然无存了。而且在这少数的好剧本里，除了相当多的语言错误外，人们还开始觉察到很多浮夸的地方，都是以前没有看出的。惟其如此，人们不但不觉得今天拿拉辛先生和他

---

① 参阅《自讼》第205句注。

比不算委屈他,甚至还有许多人宁爱拉辛先生而不爱高乃依。后世的人将会判别出两个人的优劣;因为我深信两人的写作都将传之于未来。但是,在此以前,两人之中,谁也不应该拿来和欧里庇德、莎芙克尔相提并论,既然他们两人的作品都还没有接受到欧里庇德和莎芙克尔的作品所已经接受到的那个印记,也就是说,没有接受到好几个世纪的称许。

此外,可不要以为我在这里要把那些年代诚然很古却只获得平庸评价的作者如利科夫龙,农诺斯①,和所作的几篇悲剧被人误认为出自色奈克手笔的西利乌斯·伊塔利库斯②,以及好几个其他诗人,也放在那些被一切世纪推许的作家之列;这些诗人,人们不但可以拿许多现代作家和他们相比,并且,我觉得说许多现代作家都比他们好,也是公平的。在那崇高的一级里,我只容许列入少数神奇的作家,如荷马,柏拉图,西色罗,维吉尔等等,他们都是人们一提到他们的名字就会赞不绝口的。而我也并不是依照他们的作品流传时间之长短而定他们的评价,却是依照人们赞美他们作品的时间之长短。这一点是值得特别提醒许多人注意的,他们很可能误信我们的挑剔大家的浸润之谮,说我们之赞美古人只因为他们是古,贬抑今人只因为他们是今;这完全是不确实的,既然有很多古人我们绝不赞美,有很多今人我们予以称扬。一个作家的古并不是他的价值的可靠保证;但是人们对他的作品所始终表示的那种悠久而恒常的赞美却是一个靠得住的、万无一失的证据,证明我们应该赞美他们。

---

① 农诺斯(Nonnus),公元四世纪的希腊诗人,著有长诗《酒神祭》(Dionysiques)。
② 西利乌斯·伊塔利库斯(Silius Italicus),公元一世纪的拉丁诗人,著有咏第二次《布匿战记》(Guerre Punique)的长诗。

读朗吉努斯感言第八(摘译)

> 班达尔和莎芙克尔就不如此;因为在他们的极度激昂之中,可以说,正当他们雷轰电掣的时候,常常他们的热情突然熄灭,他们就不妙地跌落下来了。(朗吉努斯语,第二十七章)

朗吉努斯在这里足够使人了解,他曾在班达尔的作品里看出些可指摘之处。但是他同时又宣称他所注意到的错误不能严格地说是错误,只是些小的疏忽,由于他那种仙才奔放,无力控制。最伟大而又最严厉的希腊批评家就是这样说班达尔的,尽管同时指摘着他。

贝洛先生靠得住的是不懂希腊文的人,他的论调就不如此。据他说,班达尔不但是充满了真实的错误,并且无美可言;专说些费解的支离灭裂之词,谁也不曾懂得,贺拉斯称之为摹仿不得的诗人是讥笑了他。总之,班达尔是个无价值的作家。在他的《对话录》里,他曾引大诗人第一首颂歌的发端为证,认为无法索解。以其所译,证其所言,真是太妙了。如果班达尔像他那样行文,必须承认他是集支离鄙陋之大成的。

为着了解这首诗的发端,必须知道班达尔是生在比毕达哥拉斯、泰勒斯、安那克萨哥拉、恩培多克勤等自然主义的名哲学家稍晚的时代,他们歌颂着作为万物之源的四元素,以及黄金等金属。

因此班达尔歌颂西西里王在跑马竞赛中获胜,很自然地就说:如果他歌颂自然界的神奇,就必然要和恩培多克勤一样,歌颂水和黄金;现在他既歌颂人的行为,他当然就要歌颂奥林匹克的竞技,如果说还有别的竞技比这种竞技还更伟大,那就等于说天上还有比太阳更灿烂的恒星了。[译原诗,加以解释和赞美]单凭这首颂歌的发端,我们就能体会到贺拉斯的赞美之词,班达尔如长江大河,奔腾澎湃,他的口像深邃的泉源,涌出无穷的宝贵和美妙的事物。[引贝洛的译文,指出其中种种错误,连"也不"都误译为"因为"]我敢正告贝洛先生,一个人想要批评像荷马和班达尔这样的伟人,至少要有语法上最基本的常识,很可能一个最多才的作家到了不了解他的无知的译者手里就变成荒谬的作家了。

读朗吉努斯感言第九（摘译）

> 鄙陋的字眼都是些可耻的疵瑕，玷辱着辞章。
> （朗吉努斯语，第三十四章）

这个见解在一切语言里都是正确的。一般说来，人们宁可容忍一个以高贵词语表达出来的鄙陋思想，也不能容忍一个高贵的思想用鄙陋的词语表达出来。理由是，不是大家都能判断思想的正确与力量，却没有一个人，特别是在活的语言里，不能感觉到字眼的鄙陋。① 鄙陋的字眼，虽大作家亦在所难免。唯独荷马没有；他尽量写得详细，并且不怕说出些渺小的事物，但用语却始终是高贵而和谐的。此所以朗吉努斯关于这一点指摘过不少的大作家，却没有指摘过荷马。而现代批评家不懂希腊文，只在鄙陋的拉丁文译本和更卑劣的法文译本里读荷马，于是就以译者的鄙陋算在荷马的账上了。须知不同的语言并非字字相当，往往一个很高贵的希腊字在法文里只能用一个很鄙陋的字译出。可不是么，每种语言都有其奇特可笑之处：但是法语对于字的雅俗，主要是凭一时高兴去确定的；虽然对于某些题材它很富于美的字眼，却也有许多题材，它的美的字眼就很贫乏；又有很多的小事物，它不能高贵地表达出来。我们能怪荷马和维吉尔没有能预料到他们原来那么高

---

① 参阅《诗的艺术》第一章，第79句以下。

贵悦耳的词语一旦译成法文就变得鄙陋粗俗,因而就说他们自己鄙陋么?而贝洛先生还不但不满足于用拉丁译文的鄙陋来指责荷马,他又自拉丁文译成法文;并且用他自己鄙陋地表达一切事物的绝技叙述着《奥德赛》的内容,于是就把古今最高贵的题材之一写成像《心情舒畅时的奥维德》一样滑稽的作品了。①

他还以卑劣、鄙俗的风格写那古代的、海肖德称为英雄时代的人们的风俗;那时代的人们是不懂软媚和侈靡的,他们吃饭是自己动手,穿衣是自己动手,就这一点也还是黄金时代的风味。贝洛先生作意要使我们看到这种简朴是多么远不抵我们的软媚和奢华,他认为软媚和奢华是上帝给人的最大恩赐之一,殊不知这正是一切罪恶之源。如朗吉努斯在最后一章论精神衰落时所说:他把精神衰落主要的都归咎于奢华与软媚了。②

贝洛先生就不想想,神话里的男女天神绝不是不妩媚可人的,虽然他们没有卫士,没有长随,没有侍女,虽然时常是赤身露体地出现着;他不想想奢华是从亚洲传到欧洲的,是从蛮族流到了文明民族,一到文明民族它就败坏了一切,在文明民族里,它就成了比瘟疫和战争还更危险的灾祸,如茹维纳尔所说,它腐败了胜利者,为被战败的世界报仇了。

贝洛先生在荷马用的定语里发现很多鄙陋之处,认为定语常常是冗赘的。殊不知,稍懂希腊文的人都知道,以前在希腊,父子不同姓,就是在散文里也很少称呼一个人而不加一个定语,或指某人之子,或谓某地之人,或称有某种特长,或称有某种缺陷。荷马称他的天神和英雄不仅给他们以这些散文的定语,而且还造些和谐悦耳的形容词,以突出他们的主要性格。这些定语已经不仅是定语,而是一种使人认识他们的称号,就是法文也有,如圣·保罗、

---

① 参阅《诗的艺术》第一章,第79句以下,及第三章,第171句以下。
② 参阅《诗的艺术》第三章,第117等句。

圣·斯蒂芬的"圣"字,何足为奇!

  所有多才的批评家都承认这些定语是绝妙的。而我们的挑剔大家却嫌其鄙陋;并且为了证明,他不但译得鄙陋,还按照字根和原意去译,如天后儒侬的定语是"眼大而开朗",他就译为"牛眼儒侬",他就不知道,即使在法文里,也有些字原义很鄙陋,一经假借引申就美了吗?他就是要人家根据这种翻译去评判古代一切的诗人和演说家;甚至于他还预告①,有一天他还要再出一本《古今之比》。在这本《古今之比》里,据他说,他把希腊、拉丁诗人最美的片段译成法文散文,以便和现代诗人最美的片段——也改成散文——互相对照:好个揶揄古今诗人的妙诀呵,特别是对于古人,当他用译文的乖谬和鄙陋装束了古人的时候!

---

① 这是在《古今之比》第三册里预告的;第四册在一六九六年出版,没有预告的这种译文了。

结　论(摘译)*

　　以上是贝洛先生想攻击古人的缺点时所犯的无数错误的一个小样品。我在这里指出的还只是有关荷马和班达尔的部分哩,而且都还只是朗吉努斯的话给我引起的。……

　　我不保证将来我不使他懊悔没有更好地接受人家当年曾引给他哥哥①听的昆体良这句话的教训,"谈这些伟人,应该很谦虚,很审慎,你该怕和好几个人犯过的毛病一样,诋毁了你所不懂的东西。"贝洛先生也许会回答说,他是保持了谦虚态度的。他这样说,是在骗人,因为他晓得人家不看他的《对话录》。

　　他诚然欲抑先扬,承认荷马或许是古今来最大的才子。但这种不得已的夸美是在牺牲的头上插花,他就要把这牺牲牵去宰杀掉,以献祭于他的荒谬之神。他无话不骂,直至发出这种不通之论,说荷马并无其人,《伊利亚特》和《奥德赛》并非一人所作,只是几个可怜的瞎子沿门卖唱,随便诌出一些小诗。然后以书的一半篇幅证明这伟人的著作无层次,无理性,无结论,无脉络,无礼义,无风俗的富贵,尽是些鄙陋的字眼,拼凑的话语,粗俗的词句,说作者不通地理,不懂天文,没有博物常识;最后由他的骑士用这样一句话作结:"一定上帝不重视才子之名,既然他容许把这个称号不给全人类其他的人,而给了像荷马和柏拉图那两个货色,一个是白日做梦的哲学家,一个是胡言乱道的诗人。"而长老先生也就黯然

---

* 前九则《感言》的小结,一六九四年作。
① 拉辛在《依菲日妮》序里引这句话给克罗德·贝洛听的。

认可了。

　　他说伊拉斯谟①和培根②谈古人时都不很尊敬古人。这话绝对不确,尤其关于伊拉斯谟,他是最大的崇古者之一。贝洛先生所能引以为据的只有斯卡利杰③一个特例。斯卡利杰诚然有些外行地谈过荷马,但是那只是他拿荷马跟维吉尔作比的时候,而且是在一本叫作《超批评》的书里,所谓"超批评",也就是说超出普通批评的一切限度之外。这部书不曾构成作者的光荣,既然这位有学问的人竟变成了一个贝洛先生,落入极粗鄙的无知,成为一切文人,乃至他自己的儿子④的笑柄。

　　为了不使我们的挑剔大家认为只有我一人觉得他的《对话录》是那么怪诞,最好的方法是引当今一个极伟大的亲王⑤的话作结。这位亲王也和他的叔父⑥一样,无书不读,所以连贝洛先生的作品他也读了,他读到贝洛先生的最后作品《对话录》时显得很愤慨,有人从旁问他为什么,他说:"这部书,凡是你曾听到人家赞美的一切,它都诋毁了,凡是你曾听到人家诋毁的一切,它都赞美了!"

---

① 伊拉斯谟(Erasme Didier,1469—1536),荷兰人文学者。
② 培根(Bacon Francis,1561—1626),英国政治家、学者、哲学家,著有《新工具》。
③ 斯卡利杰(Julius Caesar Scaliger,1484—1558),出生在意大利里瓦的古典学者。
④ 约瑟夫·斯卡利杰(Joseph Scaliger,1540—1609),希腊、拉丁古典作家的著名的考证者。
⑤ 指孔迪亲王(Prince de Conti)。
⑥ 指孔代亲王(Prince de Condé)。

读朗吉努斯感言第十(摘译)

驳勒·克莱尔先生反朗吉努斯的一篇论文

> 也就是这样,那位犹太人的立法者①——他不是一个寻常人——在很清楚地意识到上帝的威力和伟大之后,就在他的戒律的开端,以下面的这些话,把它极其庄严之致地表达出来:上帝说:要光明形成,光明就形成了;要大地形成,大地就形成了。(朗吉努斯语,第七章)

约当三十六年前我第一次印行我译的朗吉努斯《论崇高》的时候,我觉得为防止人家对崇高②一词的误解,宜于在我的序文里写出下面的这几句话,这几句话现在还在序文里,并且,经过时间的证明,它们在序文里太必要了:"应该知道,对崇高一词,朗吉努斯并不理解为崇高的风格,而是理解为使一个作品能震撼人心、夺

---

① 指摩西,引语见《圣经·创世纪》。
② 崇高(Sublime),来自拉丁文 Sublimus,意为"高高在天空里"。《法兰西学院大辞典》译为"超逸,伟大,高贵,美的最高程度,仅用于精神范围"。法国的传统修辞学分文章风格为"崇高的 Sublime"、"中和的 tempéré"及"简朴的 Simple"三种,"崇高"似为"壮丽",有"铺张扬厉"之义。有些哲学家又把美分为三种:"崇高 le sublime"、"和美 le beau"与"优美 le gracieux",这里的"崇高",通常译为"壮美",有"雄伟壮烈"之义。"铺张扬厉"与"简朴"相反,而"雄伟壮烈"并不一定就"铺张扬厉",因此,非与简朴不能相容。

人之魄、移人之情的那种非常的、神奇的东西。崇高的风格总是要求夸张的言词，而崇高却能存在于仅仅一个思想，一个辞藻，一个语法之中①。一件事可能写在崇高的风格里而并不就是崇高。比方：大自然的至上主宰用一句话就造成了光明。这就是用崇高的风格写的，然而这并不崇高，因为其中并没有任何很神奇的，人们不易想到的东西。但是上帝说：要光明形成，光明就形成了。这种表达的非常语法，把造物界对造物主命令的那种服从标示得太好了，这才真正是崇高，并且有点神的意味哩。由此，在朗吉努斯里，崇高一词应该理解为非常的，惊人的，并且，如我所译的那样，理解为言词中的神奇之处。"

我那么适时作出的这个事先预防的说明曾被大家一致赞同，但主要的还是被真正充满圣书之爱的人们一致赞同；因而我不相信我会有一天需要为它作辩护。不久以后，有人在当时充太子少傅的那位著名的许艾先生所写的名为《福音证义》②的那本书里，

---

① 朗吉努斯说："我们有时赞美于一个人的，仅仅是他的一个思想，哪怕他一言不发，因为我们看出了那种英气的伟大：比方罢，《奥德赛》里所叙的埃阿斯（Ajax）在地狱里的沉默就是这样；因为这个沉默有比他所能说的一切都更伟大的一种无以名之的东西。"（第七章）又说：崇高与铺张有别，"崇高在于高度与超逸，而铺张也在于言词的繁缛。此所以崇高有时存在于一个简单的思想里，而铺张则只能存在于华丽与丰赡里。"（第十章）
② 《福音证义》（Démonstration Evangelique）里有关的一段是这样："朗吉努斯，这位批评家之王，在他所写的关于崇高的那部绝妙的作品里，给了摩西一个很好的赞扬；因为他说摩西曾在他的戒律的开端写道，上帝说：'要光明形成，光明就形成了；要大地形成，大地就形成了。'这就是摩西认识了并且极其庄严之致地表达出了上帝的威力。然而朗吉努斯在这里所引的摩西的话，作为崇高的，绚丽的表达法，来证明摩西的言词超逸，我倒不以为然，我觉得这句话十分简朴。诚然，摩西是叙述了一件确实伟大的事，但是他表现这件事却用了毫不伟大的方式。就是这一点，使我深信朗吉努斯不是从原文里取出这几句话的；因为，如果他取自原文，如果他读过摩西的原书，他一定会处处发现一种很大的简朴；而且我相信摩西之着意求简朴，是由于内容的庄严性，这种庄严性，赤裸裸的陈述就足够使人感到，用不着再用揣摩出来的辞藻予以提高。虽然在别的地方，由于他写的那些《颂主诗》，由于我相信也是他写的那个《约伯篇》，人们都很知道他在崇高方面也是很擅长的。"

指出一段给我看,在这一段里,他不但不赞成我的意见,并且还极言朗吉努斯以为在上帝说等等那几句话里有些崇高的意味是朗吉努斯自己弄错了。当时我的惊讶非同小可。我承认,有人这样高亢地对待古代一位最驰名、最博学的批评家;我心里对此很难消化下去的。因而在几个月后我的作品出新版的时候,我就不由得不在我的序文里加上了这样几句话:"我曾引用《创世纪》的这几句话作为最能表明我的意思的表达法,我特别乐意援用这个表达法,因为它曾被朗吉努斯本人援引出来,加以赞美;朗吉努斯在异教的那种黑暗当中,就已能认出《圣经》的这几句话里所具有的神的意味了。但是本世纪最有学问的人之一,深明'福音'的真理,竟然不曾看出这地方的美;他竟敢,我说,他竟敢在他为阐明基督教而写的那部书里,提出这样的论调,说朗吉努斯以为这些话崇高,是朗吉努斯自己弄错了,对这样一个人,我们还有什么可说的呢?"

因为这个诘责稍微厉害一点,甚且我还要承认,太厉害了一点,我预料不久就会看到从许艾先生方面出来一个很激烈的辩驳——许艾先生大致也就是在这个时候被任命为阿弗朗什区(L' Avranches)的主教了——同时我也准备给这辩驳来一个答复,尽可能不要答的太坏,尽可能答的最谦虚。但是,也许是这位渊博的教长改变意见了,也许是因为他不屑于同像我这样一个凡俗的辩论人打擂台,他一直保持着沉默。我们这段纠纷似乎平息了,直到一七〇九年以前我都没有听到任何声息。可是一七〇九年有个朋友拿出日内瓦著名的新教徒、在荷兰遇难的勒·克莱尔先生的《图书选辑》(Bibliophique choisie)第十卷,指出长达二十五页有余的一章给我看,在这一章里,这位新教徒很盛气凌人地驳斥了朗吉努斯和我,说我们两人都是瞎子,都是浅薄之徒,因为我们曾相信那段书里有若干崇高性。为着给我们来这样一个马后炮的侮辱,他抓的机会就是那博学的,今天称为"前阿弗朗什主教"的许艾先生的所谓之一封信,①这封信,据他说落到了他的手里了,并且为着要把我们一棒打死,他把这封信全部刊载出来,又为着使这封信更加突出,他在信后加上自己写的好几条按语,几乎和原信一样长,这样就仿佛是两篇类似论文的东西集在一起,构成了一部完整的著作。

虽然这两篇论文写得颇带些尖刻和辛辣,我读着却并不很感动,因为我觉得文中所持的理由极端薄弱;因为勒·克莱尔先生在他所摆出的那一大套夸夸其谈之中,可以说并没有接触到问题;因为他在论文里所提出的一切只来自崇高一词的歧义,他把崇高和崇高的风格混淆起来了,以为崇高与简朴的风格完全对立。我已经算是决定置不作答了。然而近些时候,我的好几个出版人老是来麻烦我,终于使我同意了把我的作品再出一个新版,我就觉得这个版本会是有缺陷的,如果我对这样著名的一个对手的攻击连气儿也不吭一声。所以我终于又决计答复了,并且觉得我可能采取的最好的办法,就是在我关于朗吉努斯所已经写过的,并且我相信曾叫贝洛先生相当尴尬的那九则《感言》之后再加上一个《感言第十》来回答新近发表的那两篇攻击我的论文。我在这里所要执行的就是我这个想法。不过,因为并不是许艾先生自己印出了别人说他写的那封信,因为这位大名鼎鼎的教长,我在法兰西学院里也忝属同事,有时也见到他,他并没有对我提过这封信,我请勒·克莱尔先生容许我单拿勒·克莱尔先生作为对手,这样就免了我因为要写文章反驳像许艾先生那样伟大的一个教长而感到歉疚,作为基督徒,我十分敬重许艾先生的尊严,作为文人,我极端钦仰许艾先生的成就和博学。就这样罢,我将单对勒·克莱尔先生说话,请勒·克莱尔先生容许我这样说:

你是相信,先生,并且你是实心实意地相信,在《创世纪》的

---

① 这封信确实是许艾写的,因布瓦洛要撇开许艾,所以说"所谓之"。

"上帝说:要光明形成,光明就形成了"这几句话里,一点也没有什么崇高了。对于这,我很可以一般性地,不必深入讨论,就回答你说,崇高在本质上不是一个可以证明,可以演算的东西;却是一种神奇的东西,它夺人之魄,惊人之心,使人感觉到它。比方,既然谁都不能听到人家把"要光明形成等等"这几句话读得稍微庄严一点,而不在他心里激起一种灵魂的升腾,使他感到愉快,那就不会再有什么要知道这几句话里有无崇高的问题了,既然这里面毫无疑问的是有崇高的。如果竟有那么一个怪人,在这里面找不到一点崇高,那就不应该去找理由,给他证明这里面有崇高,只有怜悯他领悟力不够、美感不够,使他感觉不到大家一听就都能感觉到的东西。我很可以就只回答你这几句话,先生,并且我深信,凡是明情达理的人都会承认,我用这寥寥数语就把所有应该回答你的话都回答了。

然而,既然与人为善之谊要我们不秘所知,以便把别人从陷入的错误中拉出来,我也就很愿意作一个较详细的论列,绝不吝惜我对于崇高所能有的一点知识,来把你从你那种盲目状态中拉出来,这种盲目状态是你自己投入的,因为你太信任你那宏广而高亢的博学了。

在往下说之前,请你容许我问你一下,先生,像你这样一个能干人,怎么会想写文章来驳我的序文里像你所攻击的那么重要的一段,竟不先费点气力去好好地读读这一段呢?这一段,你似乎连注意也没有注意一下呀。因为如果你读过了,如果你稍微仔细地考察了一下,你还会,像你现在这样,为了证明"上帝说等等"这些话里没有任何崇高,你还会来对我说这些话不是用崇高的风格写出的,因为里面没有伟大的字眼,话都说得非常简朴么?我在这篇序文里曾肯定朗吉努斯在这里对崇高一词,不是理解为我们所谓之崇高的风格,而是理解为最简单的词语里所常有的那种非常的、神奇的东西,而这种词语的简朴的本身有时就构成崇高性,我这样肯定着,不早就拦住你反驳的话头了吗?你太没有了解这一点了,以至于隔了几页,你不但不承认摩西在《创世纪》开端使上帝说的那些话里有崇高意味,并且还认为如果摩西在那里放进了崇高意味;他就是违反了艺术的一切规则,因为艺术要求发端简朴,不事矫饰:这个要求是极对的,但是这个要求丝毫不是说发端中不得有崇高意味,既然崇高绝不与简朴相对立,并且有时没有比简朴本身更崇高的东西;我已经明白告诉你这一点了,如果你还怀疑的话,我再来用四、五个例子说服你,量你不能再有所答辩。这些例子,我不到远处去找。朗吉努斯首先就在我抽绎出这第十则《感言》的那一章书里,给我们提供了一个绝妙的例子。因为他在这一章里论述着由思想的伟大而来的崇高,在说明只有伟人才真正能流露出伟大而非凡的话语之后,他又说:"比方吧,请看亚历山大是怎样回答大流士①的,当大流士向他请和,许给他半个亚洲并把女儿嫁给他为妻的时候。帕尔梅尼奥②对他说,如果我是亚历山大,我就接受这个条件。——我也会接受呀,那国王说,如果我是帕尔梅尼奥。"这话难道是口出大言么?还能说得比这话更自然,更简朴,更不做作么?亚历山大是张开大嘴说这话的么?然而,我们不应该一致同意亚历山大的整个的灵魂伟大都在这句话里表现出来了吗?在这个例子之后,还该加上同样性质的另一个例子,这个例子我在朗吉努斯最后一版的序文③里已经举出过,现在我照它在序文里的语句一字不改地移过来,以便大家更能看出,我说勒·克莱尔先生想攻击我的序文却并没有费点气力去读它一下,并不是说空话。可不是么,我的话是这样说的:在著名的皮埃尔·高乃依的悲剧《贺

---

① 大流士(Darius),指波斯王大流士三世,他愿以割地联姻为条件,与亚历山大媾和,亚历山大不许,最后灭了波斯。
② 帕尔梅尼奥(Parménion,约前400—前330),亚历山大手下的一个将军。
③ 指《论崇高》一七〇一年版的序文,就原序文补充了本文所引的一段。

拉斯》①里,一个女子曾亲眼看见贺拉斯三兄弟大战居里亚斯三兄弟,却走得太早了一点,没有看到最后结果,因而冒昧地跑来报告贺拉斯的老父亲说,他的两个儿子都战死了,第三个看见势孤不能抵挡,就逃了。顿时这个老罗马人,满怀祖国之爱,不去费时间哭他的两个儿那么光荣地战死,却痛心于最后一个儿子的可耻的遁逃,这个儿子,他说,以那么懦怯的行为,永远玷辱了贺拉斯的名声了。小贺拉斯的妹妹当时在场,插嘴说:

他一对三,你还要他怎么办?

他脱口答道:

要他死。

这是些很简单的词语;然而没有人不感到"要他死"这三个字里所具有的伟大精神,这情感越是简朴、自然,就越发显得崇高,并且由此人们就能看到这位老英雄是从心坎里说出话来,是带着真正罗马人怒气的冲动说出话来。的确,如果不说"要他死"而说"要他学他的两个哥哥的榜样",或者说"要他为祖国的利益和光荣而牺牲他的生命",意思就会大大地失掉它的力量了。可见就是这句话的简朴本身使人看出这句话的伟大。我作出这个论断的时候,先生,不是早在你提出反驳之前就把你驳倒了么?我那时不就很明显地证明了崇高有时存在于最简单的说法里么?也许你会回答我说,这个例子是个别的,人们举不出很多这样的例子来。然而,这里又有一个,我一打开书就在同一个皮埃尔·高乃依的悲剧

---

① 《贺拉斯》(Horace)是高乃依的悲剧杰作之一,演述罗马初期与阿尔尼城争霸故事。在两军对垒的时候,双方约定各选三人决斗,以三人的胜负为两军的胜负。罗马选了贺拉斯三兄弟,阿尔尼选了居里亚斯(Curiace)三兄弟。贺拉斯三兄弟已有两人为居里亚斯所杀,余下一个贺拉斯估计不易取胜,乃定个别击败之计,伪为逃走,使居里亚斯三兄弟因受伤程度不同而先后追来,乘机一一杀之。结果这计划成功了,胜利属于罗马。这里所引的是最后一个贺拉斯诈逃时他的老父不知是计,以为真的临阵脱逃,恨儿子辱没家门的表情。

《美狄亚》里找到的,在这篇悲剧里,这个赫赫有名的女魔术家自夸说,她尽管是孤独的,为一切人所遗弃,却还能有办法报复她所有的仇人。侍女内里娜对她说:

> 丢开盲目错误罢,你迷惑而不自知,
> 要看看命运把你逼到了什么田地;
> 你的国人都恨你,丈夫又是无情货,
> 对付那么多仇人,你还靠什么呢?

对这一问,美狄亚回答说:

> 我:
> 我,告诉你,就够了。

人们能否认在"我"这一个单音字里没有崇高,并且是最卓越的崇高吗?在这一段里是什么东西震动人心呢,如果不是那女魔术家的大胆的豪情和对自己法术的信心?你该可以看见了,先生,在文辞里经常构成崇高的绝不是崇高的风格,因而也不是宏伟的字眼,朗吉努斯和我都从来没有这样主张过;这一点,在朗吉努斯方面也是再真实不过了,以至于在他的《论崇高》里,在他为说明他所谓之崇高而征引的那许多文章之中,找不到五、六段以上崇高里含有宏伟的字眼。相反地,大多数崇高的例子里面全是以很简朴,很平常的话语构成的,比方,像狄摩西尼①的这一段,是大家所极端钦佩,极端欣赏的,这位大演说家这样诘责雅典人说:"你们就不想做别的事吗,专门满城跑着,你问我,我问你:有什么新闻?别人还能告诉你们什么比你们亲眼见到的还更新鲜的事呢?一个马其顿人统治着雅典人,并且控制着整个的希腊。——这个人问:腓力二世死了么?那个人答:没有死,只是病了。呃!诸位先生,他活,他死,与你们有什么关系呀?就是老天把你们从他手里解放

---

① 狄摩西尼,希腊最大的演说家,终生为祖国——雅典的自由而奋斗,猛烈抨击希腊的统治者马其顿王腓力二世及其子亚历山大。

出来了,你们不久又会给自己搞出一个腓力二世呵。"有比这些质询的话更简单,更自然,更不夸张的么?然而,谁又不感到这些话的崇高呢?也许你不,先生,因为你在这里面既看不到宏伟的字眼,又看不到你认为崇高之所在,而实则崇高丝毫也不在其中的那种浮夸的辞藻(ambitiosa ornamenta),因为你不懂得,没有任何东西能比放得不是地方的宏伟字眼更能使文辞僵冷而冗懒。请你不要再像你在你那篇论文里好几个地方所说的那样,说《圣经》风格之没有崇高的证据就是里面的一切都说得不夸张。太简朴了,既然就是简朴的本身构成了《圣经》风格的崇高性。可不是么,据能干的内行人看,宏伟的字眼太不能构成崇高的全部要素了,以至于在许多好作家里,甚且有些崇高的地方,其伟大正来自言词中的那种沉毅的渺小,在朗吉努斯所引的希罗多德的这一段话里,就可以看出:"克莱奥梅尼(Cléomène)疯狂了,拿起一把刀,把自己肉砍成碎块,这样把自己细割细切之后,他就死了;"因为谁也不能聚集到比"把自己的肉砍成碎块……把自己细割细切"这些字更鄙俗、更渺小的字眼了。然而,人们却在里面感到某种沉毅的力量,这种力量表现出所叙情节的可怖性,有一种莫名其妙的崇高。

  但是,为着给你说明在文辞里简朴与崇高绝对不是对立的,例子举得够多了。现在我们来研究一下构成我们论争主题的那几句话;并且,为着更好地来评判它,我们把它结合上文,联系上文来研究。全文是这样:"在开始——摩西说——上帝创造了天和地。地是不成形的,并且赤裸裸的。阴影覆盖在深渊上面,而上帝之灵在水波上浮着。"①你一定说,有比这个发端更简朴的么?它是很简朴的,我承认,然而有个保留,就是"而上帝之灵在水波上浮着"这几个字,这几个字有雄伟的意味,其雅洁庄严的隐晦,我们

---

① 引文均见《圣经·创世纪》第一章,首段。

通过它们体会到许许多多的东西；不过问题并不在此。再看下文，既然问题是在下文。摩西在这里用一段既简短而又高贵的陈述说明了造物的神奇之后，就立刻想到要叫人们认识这些神奇的创造者。因此，为达到这个目的，那位伟大的先知深知要使人认识所介绍的人物，莫如让这些人物行动起来，所以他就让上帝行动起来了，让他说起话来了。他让上帝说出什么话来呢？一句平常的话吧，也许！不然，是从未曾有的最伟大的，尽其可能的最伟大的，从来只有上帝才能说出的一句话："要光明形成，"然后，突然，为着表明使一个东西形成，只需上帝要它形成就够了，他就以赋予他的话语本身以灵魂与生命的速度，接着说道："光明就形成了；"以这句话表明着上帝一开口，一切都动起来，一切都感动起来，一切都服从起来。也许你会拿你在所谓许艾先生的信里回答我的话来回答我，说你看不出在要光明形成等等这种说法里有什么了不起的崇高之处；既然，你说，这种说法在希伯来语言里是很家常，很普通的，随便什么话都这么说。可不是么，你还会说，如果我说："我出门的时候，我叫我的仆人跟我走，他们就跟我走了；我请我的朋友把他的马借给我，他就借给我了。"人家可能认为我这样就说了点什么崇高的东西呢？当然不能呵，因为这种话一定是在很无所谓的场合说的，关于很细微的事物的。但是，先生，以你那样的博学，还要去学学连最小的修辞班学生都不会不知道的东西，那是可能的吗？你还能不知道为着很好地判断言词里的美，言词里的崇高、神奇，不能单看所说的是什么，还要看说话的人是谁，说的方式如何，说的时机如何，总之，还要看不是什么东西，而是在什么环境（non quid sit, sed quo loco sit）吗？可不是么，谁能否认某件事在某处说出，将显得卑微渺小，而换一个地方说出，同样一件事就变成伟大、高贵、崇高，并且超过崇高了呢？比方，一个人教人舞蹈，告诉他教的小男孩说走哪边，回来，转，停，那是很幼稚的，甚至于叙述出来似乎可笑。但是如果是太阳之神看到他的儿子法厄同①在他糊涂冒失、要求独驾的日车之上，迷失在云霄里，远远地对他的儿子叫着差不多同样的或类似的话，那就变成很高贵、很崇高了，正如人们在朗吉努斯所引的欧里庇德的这几句诗里可以看出：

> 这时候那位慈父内心里急得要死，
> 从远处望着儿子在天之原上奔驰；
> 还给他指着路程，并从云霄最高处，
> 眼睛盯着，口叫着，尽力照顾他驰骤：
> 走哪里呀，他教他；再回来；转弯；停下。

我还可以给你举出千百个像这样的例子，到处都有，俯拾即是。然而，我觉得，我不能给你拿出比我们正在争论着的这个例子更有说服力、更有证明力的了。可不是么，要是一个主人对他的小厮说："把我的大衣拿来，"然后别人接着说："他的小厮就把他的大衣拿给他了。"这是很渺小的，我不但说在希伯来语言里，在你认为这种说法是很普通的那个希伯来语言里是很渺小，我还要说在任何语言里都是很渺小。相反地，假使是在像创造世界那样伟大的场合下，上帝说："要光明形成，"然后别人接着说："光明就形成了；"这就不单是崇高，并且，因为这些词语既然都极简朴，是从平常说话中取出来的，它们就绝妙地使我们懂得，而且比所有最宏伟的字眼都更能使我们懂得，上帝之创造光明与天、地，所费的气力并不大于主人对他的小厮说："把我的大衣拿来，"这就格外崇高了。那么，为什么这就一点也不能使你惊奇呢？我告诉你罢。那是因为你在这些话里既看不到宏伟的字眼，也看不见华丽的藻饰，并且

---

① 希腊神话：太阳神的宠儿法厄同（Phaéton）要求父亲让他独驾一天日车，由于不娴驾车的技术，几乎把整个的宇宙都烧掉了。结果宙斯震怒了，殛之于厄里达诺斯河（Eridan）之渊。下面引的一段诗见《论崇高》第十三章。

又像你那样深怀成见,认为简朴的风格绝不能表达崇高,所以你就以为在那些话里不可能有真正的崇高性了。

但是,关于这个错误,我把你说得够多了,到了此刻,不可能你不承认错误了。现在来谈谈你的其他证据罢:因为你,突然拿出辞章艺术老手的架子来转头攻击,想更好地难倒朗吉努斯和我,把我们一棒打死,你负起责任来教训我们,告诉我们俩崇高是什么东西。有四种崇高,据你说,词语的崇高,表达手法的崇高,思想的崇高和事物的崇高。关于这种划分和你在后面给你这四种崇高所下的定义,我会很容易难倒你的,既然这种划分和这些定义不像你所想象的那么通顺,也不那么正确。不过,今天,为了不浪费时间,我很愿意全部接受它们,不予以任何限制。我只请你容许我告诉你,你在事物的崇高那句话后面,提出了世界上最站不住脚,最粗鄙的一句话;因为,你先假定,很有根有据地假定,像无人不同意的那样假定,伟大的事物自身就伟大,以其自身而伟大,它们不依靠辞章艺术就自能使人赞美;忽然话头一转,你又认为要把这种事物放到言词里来,并不需要任何天才,任何技巧,一个人不论怎样无知,怎样粗鄙,这是你自己用的字眼,如果他叙述一个伟大的事物而不稍予隐晦,就能很公平地被许为雄辩的,崇高的。诚然,你又补充一句,"不是朗吉努斯在这里所谈的崇高。"我不知道你这句话是什么意思,将来你高兴的时候,你再给我们解释解释罢。

不论如何,从你的推理里可以得出这样一个结论,就是要做一个好的历史家(呵! 好个新发现呵!)不需要别的才具,只要德来特里①假定给画家尼西亚斯②的那点才具就够了,这个才具就是

---

① 德来特里(Démétrius Phalérius),公元前四世纪的希腊政治家兼演说家,一度掌雅典政权,颇受人民爱戴;著述甚富,兼及政治、哲学、文艺及批评;但批评见解甚为浅薄,其评画家尼西亚斯即为一例。
② 尼西亚斯(Nicias),公元前四世纪的雅典大画家,初用硃砂作画,并改进了蜡画法;名作甚多,罗马人视为珍品。

永远只选择伟大的题目。然后，不，似乎正是相反，要把一个伟大的事物叙述得好，所需要的才能比叙述平庸事物所需要的还更多得多么？可不是么，先生，不管你那位无知而粗鄙的人是如何实心实意地要把一个伟大的事物叙述得好，他想做到这一点，能那么容易找到与他的题目相称的话来说吗？甚至于就把这些话结构起来，他会不会呢？我说结构，因为这不是一般人所想象的那么容易的事呵。

再说，这个人，哪怕他是个好语法家，他叙述一个神奇的事实，是不是因此就能在他的言词里放进全部的明晰、全部的精细、全部的庄严，以及，这还更重要些，以及一个好的叙述所不可缺少的那种全部的简朴呢？他会不会选择伟大的情节呢？会不会扬弃冗赘的情节呢？他纵马跨过红海，能不像我在我的《诗的艺术》里所说的那位诗人一样，耽误于描绘一个小孩

"……跳跃着来来往往，

手里拿个小石子快乐地献给他娘①"吗？总之，他知道不知道应像摩西一样，说全部应说的话，并且只说应说的话呢？然而，你会回答说，尽管如此，人家永远不能叫我相信摩西写《圣经》时曾想到所有这些风趣，所有这些书房气的小纤巧：因为，你是这样称呼辞章艺术上的一切伟大的辞藻的。当然啰，摩西一点也不曾想到这些东西；然而，感召他的那个神灵却替他想到了，把这些东西运用起来，特别因为人们看不出有什么艺术而具有无上的艺术；因为，人们在这里面绝看不到什么虚饰，一点也感不到夸诞者的臃肿与浮华，这种臃肿与浮华往往比最庸劣字眼的卑陋还要更不能与真正的崇高相容；但是《圣经》里面一切都是充满了意义、理性和威严的。以至于摩西的书是一切书中之最雄辩、最崇高，同时又是最简朴的。然而，我们也应该同意，就是这种简朴，尽管是那么可佩，再加上拉丁译本里几个微嫌蛮气的拉丁字，就使得皈依之前的

---

① 见《诗的艺术》，第三章，第265、266句。

圣·奥古斯丁憎恶这部圣书的阅读了,不过,后来,更仔细地、用较清明的眼光看了一下之后,他就把这部圣书当作他的赞美和永远诵读的最主要的对象了。

但是,反驳你这位新演说家,把我们耽误得够久了。再言归正传罢,看看你拿出的那四种崇高的假定,用意何在。你问,人们要把朗吉努斯认为在《创世纪》里看出的那种崇高归到哪一类呢?归到词语的崇高么?但是这个主张有何根据呢,既然在这一段里没有一个宏伟的字眼?归到表达的崇高么?这段书的表达法很平常,并且应用得很普通,很家常呀,特别是在希伯来语言里,人们不断地重复着这种表达法。是不是把它列入思想的崇高呢?但是,这里不但远谈不上什么思想的崇高,甚至于根本就没有思想呀。人们只能,你结论说,只能把它归到事物的崇高那一类,对这种崇高,朗吉努斯是无能为力的,既然在这种崇高里,艺术和辞令都没有一点份儿。至此,由于你这种美妙而渊博的论证,《创世纪》里上帝的最初几句话就完全被剥夺掉一切人直到现在都以为在里面看到的那种崇高了;《圣经》的发端被肯定为冰冷的、枯燥的、无任何伟大之处的。然而,请你看看评判的方式是如何的不同罢;既然,如果有人要向我提出你向自己所提出的那些同样的问题,如果有人要问我在我们争论的这一段书里究竟有哪一种崇高,我将不回答说,这里面有你所说的那四种崇高中的某一种,而要说,那四种崇高在这里面都有,都达到了最高的完美程度。

可不是么,来证明罢,从第一种崇高开始,尽管在《创世纪》这一段里也没有什么宏伟的,也没有什么夸张的字眼,既然那位先知所用的词语虽简朴而却是充实的、庄严的,恰合题材的,那么,这些词语就不能不是崇高的,崇高得使你如果代之以别的词语,文气就会因之大为减弱,比方罢,你不说:"上帝说:要光明形成,光明就形成了;"而说:"万物之至上主宰命令光明形成,而顿时,这神奇的作品,人们称之为光明的,就形成了。"在这些宏伟的字眼里,跟

"上帝说要光明形成"等等字眼比起来,人们又感觉到如何的渺小了吗?关于第二种,我是说表达手法的崇高,人们在哪里能看到一个表达手法能比"上帝说:要光明形成,光明就形成了"这些话更崇高呢?这些话的那种肃穆温和之致,就是在希腊文、拉丁文和法文的译本里,也使任何稍微细致、稍具美感的人都感到太悦耳动听了。如果是用它们原来的语言说出来,说的人既会说,听的人又会听,它们会有什么样的效果不能产生呢?关于你就思想的崇高方面所表示的意见,说在朗吉努斯赞美的那一段里,不但没有任何思想的崇高,甚且连思想都没有:你说这种话的时候,一定是丧尽良知了。怎么!先生,上帝在创造天地之后立刻动起的那个念头,因为,这里是上帝在说话呀,那个思想,我说,他想到并创造光明的那个思想,你就觉得不是一个思想了!究竟什么是思想呢,如果这不是上帝自身,假使说到上帝也能用这种词语的话,如果这不是上帝自身所能想起的最崇高的思想之一?这思想特别重要,因为如果上帝不这样想起的话,造物的功业就会一直是不完善的,大地就会一直是不成样子,空无所有(Terra autem erat inanis et vacua)。现在,你该要坦白承认了,先生,你的崇高的前三种都绝对包括在摩西的这一段话里了。至于事物的崇高,我不必再对你说了,既然你自己承认这一段里所说的是可能做出的、将来曾有的最伟大的事物。① 我不知道我有没有弄错,可是,我觉得我已经够准确地答复了你从四种崇高里所抽绎出来的那一切的反驳了。

你不要期望,先生,我在这里会以同样的准确来回答你在你那篇长文的后段,特别在假定阿弗朗什主教先生所写的那封信的最后一项、所对我说的那一切空泛的推论和那一切无谓的叫嚣,在这些推论和叫嚣里,你不能自圆其说地讲来讲去,使读者可以想到你是

---

① 法国道德学家儒贝尔(Joubert,1754—1824)也说:"崇高是伟大的峰极。"(《思想集》)

深信摩西和所有的先知表达着对上帝的赞美,都不能宣扬上帝的伟大,却把上帝,这是你自己用的词语,却把上帝可以说是作践了,玷辱了;所有这一切,都是由于你没有能够辨别清楚一个很粗浅的含糊的词义,而这一个含糊词义要完全搞清楚,只需想起一个大家公认的原则——就是一个事物,在人的眼光里是崇高的,并不因此在上帝的眼光里也就是崇高的,在上帝的面前,真正的崇高只有上帝;因此,那些先知和那些圣书作者用来赞美上帝的所有那些象征的说法,当他们赋予上帝以面容、以目、以耳的时候,当他们使上帝行走、奔跑、坐下的时候,当他们说他乘着风的翅膀的时候,当他们赋予他本身以翅膀的时候,当他们假设给他以词语、以行动、以情欲,以及千千万万其他类似的东西的时候;所有这一切在上帝面前都是渺小的,然而上帝却容忍、却领受这些东西,因为他深知道人类的荏弱不能够别样地赞美他。同时,我们必须承认,就是这些东西,通过摩西和其他先知的那种象征和话语表达到人的眼前,不但不是鄙陋,却变得高贵了,伟大了,神奇了,可以说配得上神的威严了。由此可见,你认为我们的观念在上帝面前是渺小的那种想法,在这里放得很不是地方,你对于《创世纪》里那些话的批评是很没有道理的,既然,当朗吉努斯说,摩西在他的戒律的开端完全意识到了上帝的威力,并且以上帝说等语把这威力极其尊严之致地表达了出来,他所想说的,他所应该指的,就是这种表现在人的眼光里的崇高。

因此,相信我罢,先生,睁开眼睛罢。不要再这样顽固下去,拥护着像你那样一个可恶的论点、一个只能用些模棱语和虚妄的诡辩来支持的论点,去反对摩西、反对朗吉努斯、反对整个的世界了。你读圣书,少自作聪明点罢,摆脱那种加尔文派和索齐尼派①的骄矜罢,这种骄矜使你以为在你是一个荣誉问题,必须阻止人们不要

---

① 索齐尼(Socin,1525—1562),意大利宗教改革家,否认"三位一体"说,被天主教目为"邪教"。指勒·克莱尔为索齐尼派比指之为加尔文派是一个更大的侮辱;所以勒·克莱尔在答复中坚决否认:"我既不是加尔文派,更不是索齐尼派。"

太轻率地赞美这书的发端,而这本书,你自己又不得不承认是一字一音都应该崇拜的,是可能崇拜得不够,但不可能崇拜得太过的。关于这,我不跟你多说了。因此,现在也就是结束这第十则《感言》的时候了,它已经嫌太长一点,我原来不相信会这样越写越多。

不过,在搁笔之前,我觉得我不应该把你的一个相当合理的反对意见略而不谈,这是你在你那篇论文的开始时给我提出的,我把它丢到一边了,为着留在我这一番话的末尾来答复。你在这个反对意见里问我为什么在我译朗吉努斯引《创世纪》的那段文章里,一点也没有把 Tí(什么呢?)这个单音字表达出来,既然这个字是在朗吉努斯的原文里存在着的,原文不仅说:"上帝说:要光明形成,"而且说:"上帝说,什么呢,要光明形成。"对于这一点,我回答说,第一,毫无疑义,这个单音字绝不是摩西说的,是完全属于朗吉努斯的,他要替上帝行将说出的那件事的伟大作一准备,所以在上帝说这句话之后,这样先自问一声,什么呢?然后突然加上要光明形成。第二,我说,我没有译出这个什么呢,因为我觉得译出来在法文上会毫无韵味,不但会有点损害《圣经》的语句,并且会使某些像你一样的学者,抓住机会来,像事实上已经发生过的那样,不适宜地认为朗吉努斯没有在世称《七十家译本圣经》①里读过《创世纪》的那一段,而是在某一个又有讹误的译本里读到的。这同一个朗吉努斯在原文里还插进了别的话,当他在"要光明形成……"这几个字之后又加上"要大地形成,大地就形成了。"关于这些话,我就不曾有同样的顾虑了,因为这些话毫不损害文义,是由于惊赏至极而说出来的,大家都感觉得到。不过,有一点也是真,就是,照规矩,我今天所作的这个小注,原是我早该作出的,我承认,我的译文缺少了这个小注。但是,现在总算补上去了。

---

① 公元前二百五十年左右,埃及王托勒密二世(Ptolémée Ⅱ,前308—前246)命埃及的七十二个犹太人将《旧约》译成希腊文,是为希腊文《圣经》的最古、最著名的译本。

读朗吉努斯感言第十一（摘译）

> 不过亚里士多德和泰奥弗拉斯托斯觉得，为了使人原谅这种形容语的大胆，宜于加上"可以这样说"，"如果我敢这样说"，"更大胆地说"等等一类的缓和词句。（朗吉努斯语，第二十六章）

这两个哲学家的劝告是极好的，但是只能在散文里应用到；因为这种求谅解的声明是很少容许放在诗里的，它们用在诗里就会有点枯燥而松懈的味道了，因为诗本身就有使人原谅的理由。此所以我觉得，要判断一个形容语在诗里是不是太大胆，最好是把它放到散文里、加上一个这类的缓和之词，可不是么，如果凭这个缓和之词，它就不再有任何使人感到不妥之处，则它在诗句里去掉这个缓和之词，也就绝不致使人感到不妥。

因此，大作家拉辛先生在他的悲剧《菲德尔》里，写希波立特的太傅描述泥浦君为了惊吓那不幸的青年王子的马匹而派来的那个狰狞怪物的时候，用了这样一个夸大的语法：

　　把它涌来的波涛都吓得往后倒退；

而我在法兰西学院的同事拉莫特先生则在所著的《颂歌论》指责他表达得过于大胆了，他这样指责是没有道理的，既然这个夸大语法纵然是在散文里，凭着'可以这样说'或者'如果我敢这样说'一个插语,也都可以说得过去。

而且朗吉努斯在我上引的一段之后,还说:"要求谅解的插语,照这两位哲学家的意见,是补救言词中措词过于大胆的万无一失的法门;我也同意;然而,我总是坚持我刚才说过的那个意见,即补救比喻太多太大胆的最自然的办法,莫过于把它们用在很恰当的地方,就是说,要用在崇高境界和大的激情之中。"如果朗吉努斯的话是对的,拉辛先生就完全站住脚了:大胆设譬还有比狰狞怪物突然出现更重大,更崇高的境界吗?还有比那不幸的太傅看到怪物时更强烈的激情吗?此所以,每逢《菲德尔》演出,观众不但不觉得这句诗有不合之处,并且是一片惊赏之声,这是真正崇高的不可否认的标志,……如朗吉努斯在第六章末尾所说:"因为,当许许多多职业不同,年龄不同的人,性情和趋向都无任何相似之处,当所有的人都被某一段言词所震动的时候,那么多的人,精神又那么参差不齐,所作出的这种异口同声的品评与赞许,就是一个可靠的、无可怀疑的证据,证明这段话里是有神奇和伟大的。"

拉莫特先生忘记了他和我都历次亲身体验过的观众对这句诗的那种惊呼,竟敢说人们不能忍受这句诗!而他所谓妨碍人家赞成这句诗的理由之一,恰好就是使人赞成这句诗的理由,也就是说,那太傅的极度悲痛。他说,一个人像太傅那样的悲不自胜,还那么注意描写、揣摩辞藻,人们总是觉得不妥当的。其实,在拉辛先生这句诗里可有一个词语不是极普通、极常用的呢?若说波涛看到怪物也感到惊骇,这便是赋予波涛以情感,因而也便是做作,便是太大胆,这种反驳就更没有道理了,既然使无生物人格化,赋之以感觉、生命和热情,在诗里是再普通不过的辞藻。有无数的例子可以叫拉莫特先生睁开眼,叫他记住:当一段言词使大家都震动的时候,不要找些理由,或者宁可说不要找些无意义的诡辩,来阻止自己受到震动,相反地,却要努力去使我们自己找出理由来,说明为什么这段言词使我们拍案惊奇。

读朗吉努斯感言第十二

> 因为真正崇高的东西有这么一个特点,就是人们听到它的时候,它提高灵魂,并使灵魂对自己有一种较高的评价,因为它使灵魂充满喜悦与一种莫名其妙的高贵的骄傲,仿佛灵魂方才听到的那些事就是自己做出来的一般。(朗吉努斯语,第五章)

这真是崇高的一个很美妙的描写,并且因为这描写本身就很崇高,所以越发美妙。但是,这还只是一个描写;似乎朗吉努斯在他的全部《论崇高》里并没有想到要给崇高下个准确的定义。其理由是,他是在切奇柳斯①之后写作的,而切奇柳斯,如朗吉努斯自己所说,把他整个的一部书都用来给崇高下定义,说明什么是崇高了。但是,切奇柳斯的书既已失传,我想人家不会怪我为补朗吉努斯的不足而在这里来冒昧地以我的方式给崇高下个定义,这个定义使人至少对崇高有个不完善的概念。我相信人们可以这样界说崇高。"崇高是言词的某一种力量,专能提高灵魂,夺去灵魂,它或则来自思想的伟大与情感的高贵,或则来自词语的壮丽,或则来自表达的那种和谐、活泼而生动的圆转;也就是说,它来自分别看待的这三件东西中的一件,或则,为构成完美的崇高,来自合在

---

① 切奇柳斯(Cécilius),公元前一世纪的希腊语法家,作品已全部失传。

一起的这三件东西。"①

照规矩,我似乎应该给这三件东西中的每一件都举出一些例子来;但是,在朗吉努斯的《论崇高》和我的第十则《感言》里,举的例子都太多了,我觉得最好还是请读者去看看这两个作品,以便自己选择他所较为喜爱的例子。然而我相信我还是不能不举出个把例子来说明这三件东西都完美地结合在一起;因为这种例子并不很多。可是,拉辛先生却在他的《阿妲丽》的第一场里就给我提供了绝妙的一个,在这一场里,犹太朝廷上主要官员之一,阿布内(Abner),告诉大祭师若亚德(Joad)说,女王阿妲丽对他,以及对所有的利未人②是如何的愤恨,并且说他不相信这骄傲的女王还会等待多久而不一直跑到神坛里来攻击上帝。对于这一番话,那大祭师毫不畏葸地回答说:

> 能对波涛的狂怒予以控制的神灵,
> 对那恶人的阴谋自也会使之不逞。
> 我恭敬地服从着他的神圣的意旨,
> 我畏上帝,阿布内,其他的一无所畏。

可不是么,一切可能有的崇高都仿佛聚集在这四句诗里了;思想的

---

① 与布瓦洛同时的另一个批评家,《品性论》的作者拉布吕耶尔说:"什么是崇高呢?似乎人家不曾给它下过定义;是一个辞藻(Figure)吗?它是从一些辞藻里产生出来的吗?或者至少是从某几种辞藻里产生出来的吗?任何文体都能接受崇高吗?或者只是大题目才能有崇高呢?在农牧小诗里就不能闪烁着别的东西,只能闪烁着一种妍美的自然吗?在家常函札里和在谈话里,也只能闪烁着一种高度的精细吗?或者宁可问,在以自然与精细为完美的那些作品中,自然与精细不也就是崇高吗?什么是崇高呢?在哪种文体里能有崇高呢?"(见《论作品》)
② 利未人(Les Lévites)是利未(Lévi)的后裔,在希伯来各族中独有奉事天主的特权。这里是指全体奉事天主的祭师;因为,阿妲丽是奉多神教而仇视天主教的,她篡夺了犹太王位,杀尽了犹太王族,并想消灭一切天主教徒,而大祭师若亚德却忠于天主,忠于犹太王,在教堂里藏匿了犹太王的一个遗孤,所以阿妲丽怀疑他,恨他入骨。

伟大,情感的高贵,言词的壮丽,表达的和谐,以

> 我畏上帝,阿布内,……

这最后一句诗那么妙地收束住。由此我得出一个结论,那些过分赞美高乃依先生的人们想使人相信拉辛先生在崇高方面比他差得多,这是很缺少根据的。既然,反面的证据我可以举出的很多,在这里都不必举了,单说这位真正虔诚、伟大、明智、勇敢的以色列人的这种超英雄的刚毅之气和他对上帝的这种绝对的信心,我不相信高乃依先生在他的若干剧本里以妙手表现出来而构成他的过实之誉的那种罗马品德的全部伟大性还能驾凌而上。

附 录

(一)朗吉努斯《论崇高》法译本序

这本小论文,我现在以译本公诸社会的,是全部散佚的朗吉努斯多种遗著中幸存的一种。它还不是完整地传到我们手里的;因为书不算很厚,残缺就有好几个地方,而《论热情》一书,似为本书自然的续编,经作者定为独立的一本的,我们也丧失了。然而这本书尽管缺误失真,它还剩下足够的内容,使我们意识到作者的很伟大的思想,并对其他著作的散佚感到真正的遗憾。这些散佚的著作的数目不算小。瑞达斯①一直数到九种,都仅存相当模糊的书名。那些书全是批评的著作。毫无问题,这些绝妙的原本的散佚是万分可惜的,据本书去推测,它们都一定是良知、博识与雄辩的杰作。我说雄辩,因为朗吉努斯不像亚里士多德和埃莫赫内斯②,都只满足于给我们一些枯燥无味、毫无润色的规程。他不愿意犯他所指摘于切奇柳斯的那个缺点,写崇高而用鄙陋的风格。他论修辞之美,就使用着修辞上的一切精微奥妙,时常他写出的就是他所讲解的那种辞藻,谈着崇高,他自己也就很崇高。然而,他这样做着又做得那么恰当、那么有艺术,以至于人们找不到一个地方能说他超出了讲授体的范围。这就赋予了他的书以他在学术界所获得的那种高度的声誉。学术界都把这本书看作修辞范围里的最宝贵的古代遗留之一。卡索邦③称此书为金质的书,意谓此书虽小,

---

① 瑞达斯(Suidas),公元十世纪的辞典学家,所编辞典载古作家佚文佚事甚多。
② 埃莫赫内斯(Hermogène),公元二世纪的希腊修辞学家,著有《修辞学五种》,称为古代修辞学全书。
③ 卡索邦(Casaubon,1559—1614),瑞士的希腊文专家,渊博的批评家。

其质量足与最钜帙的著作相当。

此所以从他在世时起,从来就没有一个人能比朗吉努斯更受人钦仰。哲学家波菲利①曾为朗吉努斯的弟子,每谈到朗吉努斯总是奉之若神明。据他说,朗吉努斯的意见就是良知的准绳;朗吉努斯在著作界的评语都被认为是无上的定论,一切的美、恶都只看朗吉努斯的褒贬如何。欧纳皮奥斯②在《诡辩派哲学家传》里称誉更甚。为了表达他对朗吉努斯的钦敬,他不仅使用漫无止极的夸大语法,③简直无法下决心用合理的文笔去描写像朗吉努斯那样非凡的才学。但是朗吉努斯还不只是一个工巧的批评家,他还是一个重臣,只要说他曾为芝诺比阿(Zénobie)所敬重,就够成为对他的赞颂了。芝诺比阿就是那位赫赫有名的帕尔米拉(Palmyre)王后,在丈夫奥登纳图斯(Odenat)死后,胆敢自称为东方(Orient)女王。④ 她先延聘朗吉努斯为侍讲,以便跟他学希腊语言;但最后把他由希腊文教师,擢升为主要的大臣之一。就是朗吉努斯鼓励着这位女王坚持东方女王的名位,并在患难中激励着她的勇气。并且当罗马帝奥勒利安⑤饬令她投降的时候,也就是他提供给她复书中的那些高亢的词语。这就使我们的作家丧了命;但是他的死构成了他的光荣,同样地也就构成了奥勒利安的耻辱。我们可以说朗吉努斯的被杀,永远是奥勒利安的英名之玷。因为这一个人的死,是当时历史上最轰轰烈烈的事件之一,我把弗拉维乌斯⑥的记述转引在这里也许读者不嫌我多事。这位作者叙道,芝诺比

---

① 波菲利(Porphyre,233—304),新柏拉图主义哲学家。
② 欧纳皮奥斯(Eunapius),公元四世纪的希腊作家,著有《哲学家传》及《历代恺撒史》。
③ 他称朗吉努斯为"活图书馆","流动的博物院"。
④ 公元二六九年,罗马帝加列努斯朝,在罗马分为东西两帝国之前。
⑤ 奥勒利安(Aurelien ,约212—275),二七〇年为罗马皇帝,重新统一帝国。
⑥ 弗拉维乌斯(Flavius Vopiscus),公元四世纪的拉丁历史学家。

阿和她的同盟者的军队在霍姆斯①附近被击溃之后；奥勒利安就去围攻女王退守的帕尔米拉城，他在那里遇到超过他所曾想象到的抵抗，他一定是认为一个女子的决心似乎不能有这样顽强的抵抗的。他久攻不下，就感到厌烦了，试图以和解取胜，因而他写一封信给芝诺比阿，信里保证她的生命安全，并提供给她一个退休之地，只要她在某一期限内投降。芝诺比阿，弗拉维乌斯又说，答复这封信，带着一种超过她的处境所能容许的豪迈程度，她以为这样可以震慑奥勒利安。她的答复如下：

东方女王芝诺比阿致皇帝奥勒利安。

"直到现在谁也不曾提出过像你这样的一个要求。在战争中应该决定一切的是道德呀，奥勒利安。你命令我托庇于你的手下，就好像你不知道克勒奥巴特尔②宁愿保持女王尊号而死，不愿以其他任何品位而生。我们正等候波斯人来援；撒拉逊人正在为我们出兵；亚美尼亚人也已经宣布支持我们了；在叙利亚一群盗匪尚且击溃了你的军队：想想吧，你应该期待的是什么，当所有这些兵力都会合起来的时候。你以主宰一切的专制之主的神气命令我投降，这种骄气，你将来自然会压下去的。"

这封信，弗拉维乌斯又说，给予奥勒利安的，愤怒犹多于羞惭，不几天后，帕尔米拉城攻下了，芝诺比阿在逃往波斯时被捕了。全军要求给她处死，但是奥勒利安不愿意以一个女子的处死来玷辱他的胜利；因此他把芝诺比阿留下来供凯旋时示众，只将为她划策的人们处死。在这些被处死的人中，这位史家接着说，哲学家朗吉努斯就极端被人惋惜地殉难了。他原先是被聘到这女王身边为着

---

① 霍姆斯（Emèse），叙利亚中部城市。
② 克勒奥巴特尔（Cléopatre，前69—前30），应指埃及女王克勒奥巴特尔七世与罗马两军事巨头之一安东尼（Antoine Marc，前83—前30）联盟，闻安东尼被恺撒消灭，自己用毒蛇啮死。

教她希腊文的。奥勒利安把他处死,因为他写了上引的那封信;因为这封信虽是用叙利亚文写的,人家都怀疑是他执笔。史家索西穆斯①肯定就是芝诺比阿自己供出是他写这封信的。"芝诺比阿,他说,一看自己被捕了,便把全部责任推到她的大臣们头上,是他们,她说,利用她的头脑软弱而害了她。她特别指出朗吉努斯,就是我们还保存着好几部这么有用的作品的朗吉努斯。奥勒利安命令把他送去行刑。这位伟大的人物,索西穆斯继续说,以可佩的坚贞之气接受着死亡,乃至临死时还安慰着为他的不幸而感到怜悯和愤慨的人们。"

由此可见,朗吉努斯不只像昆体良和埃莫赫内斯一样是工巧的辞师,却还是一个哲学家,足与苏格拉底和加图一流人物相提并论,他的书,没有一字一句否定我说的这句话。君子的性格在书里到处显出来,他的见解有一种莫名其妙的东西,不但标志一种崇高的才思,还标志出一个超群绝伦的灵魂。因此我绝不后悔用了几个晚上的时间去整理这样绝妙的一部著作,这部著作,我可以说,直到现在还只有很少数的学者了解它。缪莱是循马努斯②之请,着手把它译成拉丁文的第一个人;但他没有完成这个工作,或者因为畏难而退,或者因为未竣而卒。稍迟,加布里埃尔③较有勇气些,我们现在保有的拉丁译文就是出自他的手笔。还有另外两个拉丁文译本;但是都太不成样子,太粗糙,在这里提名都给予译者以太过的光荣了。就是加布里埃尔的译本,虽然在所有译本中是最好的,也还不是十分完善,因为,除了他常用拉丁文翻译希腊语

---

① 索西穆斯(Zosime),公元五世纪的希腊史家。
② 缪莱(Muret,1526—1585),罗马籍作家,写有拉丁文诗及拉丁名家笺释甚多。马努斯(Manutius,Paulus,1512—1574),意大利文艺复兴时期著名出版家,曾重印《论崇高》的希腊原文。
③ 加布里埃尔(佩特拉)(Gabriel de Pétra,? —1616),瑞士的洛桑大学的希腊文教授。

而外,还有好几个地方,可以说他还没有懂透原作者的意思。我并不是想指责这样一个有学问的人,说他无知,也不是想在他的声誉的废墟上来建立我的声誉。我知道第一个整理一个作家的人的难处,而且我还承认他的译本曾给了我很大的助益,朗拜因先生和勒菲弗尔①先生的注释也是如此;但是我很乐意拿拉丁文译本也有错误这个理由,来使人原谅我在法文译本中也可能无意犯出的错误。然而,我已经尽了我的一切力量使我的法文译本尽可能的正确了。老实说,我在这个工作里曾遇到不小的困难。一个拉丁文译者就是在他不懂的地方,也还容易应付过去的。他只要把希腊文逐字翻译出来,说出人家至少能怀疑是有意义的话,就成了。可不是么,读者每每对这些话一点也看不懂,却一般地都宁可怪自己,而不怪译者的无知。用现代通俗的语言所作的翻译就不如此了。凡是读者不懂的,就叫作胡说,只有译者一人要负责任,人们连原作者的错误,都要算在他的头上,有很多地方他都必须予以纠正而又不敢离开原文。

不论朗吉努斯的这本书是怎样的小,我却以为如果我用我们的语言作了一个良好的翻译,则对于社会倒不是一个无足轻重的贡献。我丝毫没有节省我的操劳和辛苦。然而,希望人们也不要期待着在这里对朗吉努斯所说的话,能找到一个胆怯的、顾虑多端的译文。虽然我曾努力不在任何一个地方离开真正翻译的规则,却也采取了一种适当的自由,特别是对于他所征引的片段。我曾认为,在这种地方,问题不在简单地翻译朗吉努斯,而在给大众一本《论崇高》的书,足供实用。不过虽然如此,将来也许有些人不但不赞成我的翻译,并且连原文也不予宽假。我预料到将来会有好几个人要否认朗吉努斯的权威,贬其所褒而褒其所贬。这就是

---

① 朗拜因(Langbaine)和勒菲弗尔(Le Févre),都是当时的希腊文权威,两人均曾出版朗吉努斯原文和加布里埃尔译文的注释本。

他所应期待于我们时代的大部分评鉴家的待遇。这些人习惯于现代诗人的绮靡与繁缛,并且,因为他们只赞美他们所不了解的东西,所以就认为,如果不是他们连影儿也望不见的一个作家就不能算是超逸,这些浅薄者,我认为,将毫无疑义地不会因荷马、柏拉图、狄摩西尼一类作家的正确的雄奇豪健,而深受感动。他们将时常在"崇高"里找崇高①,也许会讥笑朗吉努斯对某些片段所发出的惊叹,因为这些片段虽然很崇高,却仍然不失为简朴、自然,夺人之魄而不炫人之目。不论这些先生们如何自信鉴识清明,我要请他们注意,我贡献给他们的不是一个初学的作品,而是一个古代最渊博的批评家的杰作。如果他们看不见这些片段的美,那可能是由于它们不怎样光耀夺目,也同样可能由于他们自己目力不强,万不得已时,我劝他们还是怪我译得不好罢,既然我不曾达到,也不曾能够达到那些绝妙原文的完美程度,这是一个千真万确的事实;并且,我预先向他们声明,如果有若干缺点,它们都只能是从我的手里出来的。

  为了结束这篇序文,剩下来要说的,只是朗吉努斯如何理解崇高了;因为他是在切奇柳斯之后写这个题材的,而切奇柳斯已经用了差不多整个的他那本书来说明崇高是什么,他觉得不应当重述别人已经讨论得太多的东西了。因此,应该知道,对崇高一词,朗吉努斯并不理解为演说家所谓之崇高的风格,而是理解为在言词里,能感动人,使一个作品能震撼人心、夺人之魄、移人之情的那种非常的、神奇的东西。崇高的风格总是要求夸张的词语,而崇高却能存在于仅仅一个思想、一个辞藻、一个语法之中。一件事可能写在崇高的风格里,而并不就是崇高,也就是说,无任何非常或惊人之处。比方,大自然的至上主宰,用一句话就造成了光明。这就是用崇高的风格写的;然而这并不崇高,因为其中并没有任何很神奇

---

① 前"崇高"当指崇高的风格。见下文。

的,人们不易找到的东西。但是,上帝说:要光明形成,光明就形成了。这种表达的非常语法,把造物界对造物主的命令的那种服从,标示得太好了,这才真正是崇高,并且有点神的意味哩。由此,在朗吉努斯看来,崇高一词应该理解为非常的、惊人的,并且,如我所说的那样,理解为言词中的神奇之处①。

我曾引用《创世纪》的这几句话作为最能表明我的意思的表达法,我特别乐意援用这个表达法,因为它曾被朗吉努斯本人援引出来,加以赞美;朗吉努斯在异教的那种黑暗当中,就已能认出《圣经》的这几句话里所具有的神的意味了。但是本世纪最有学问的人之一,深明"福音"的真理,竟然不曾看出这地方的美;他竟敢,我说,他竟敢在他为阐明基督教而写的那部书里,提出这样的论调,说朗吉努斯以为这些话崇高,是朗吉努斯自己弄错了,对这样一个人,我们还有什么可说的呢?至少我有这样一点满意的,就是一些以虔敬不亚于以渊博令人敬重的人们②,不久前给予我们以《创世纪》的翻译本的,不曾与这位有学问的人意见相同,并且在他们的序文里,在他们为证明这本书出于圣灵口授而提出的好几个绝妙证据之中,他们就曾引证朗吉努斯的这一段,以说明基督教徒应当如何深信这样明显的一个真理——即使是一个异教徒,也曾单凭其理性之光而感觉到的这样一个真理。

此外,在人家正为我的书准备这最后一版的时候,达西埃先生,即不久前出版贺拉斯的"颂歌"的法译本的达西埃先生,曾把他关于朗吉努斯所写的一些很渊博的小注转给我参考,在这些小注里,他曾寻得许多直到现在还为注释家所未知的新义,我采用了几条,但是,因为我有几条小注与他见解不同,可能是我错了,所以宜于让读者去评判。就是为这个目的,我把那些小注都附在我的

---

① 一六七四年的序文止此,下为一六八三年版所增的一页。
② 指当时的御港修院的隐士们。

备考后面;达西埃先生不仅是一个学问很渊博、批评很精审的人,并且他那种很少与大学问并存的彬彬有礼的态度尤为难能可贵。他曾为著名的勒菲弗尔先生的弟子,而勒菲弗尔先生亦即出版阿那克里翁①的第一个法译本的那位才女②的父亲。她现正为我们用同样的语言译阿里斯托芬,莎芙克尔和欧里庇德。③

在所有其他各版里,我都让这篇序文完全保留二十多年前第一次印出时的那个原样,没有作任何补充;但是今天,正当我校稿并拟将所校之稿交给印刷人的时候,我觉得为着使人更好地认识朗吉努斯怎样理解"崇高"一词,在我征引的《圣经》那一段之后,再在这里加上个把从别处取来的例子,或许不算是坏事。下面就是我相当碰巧想起来的一个例子。它是从高乃依先生《贺拉斯》里取出来的。

这篇悲剧的头三幕,据我看,就是这位名家的杰作,剧中一个女子曾亲眼看见贺拉斯三兄弟大战居里亚斯氏三兄弟,却走得太早了一点,没有看到最后的结果,因而冒昧地跑来报告贺拉斯氏的老父亲说,他的两个儿子都战死了,第三个看见势孤不能抵挡就逃了。登时这个老罗马人,满怀祖国之爱,不去费时间哭他的两个儿子那么光荣的战死,却痛心于最后一个儿子的可耻的遁逃,这个儿子,他说,以那么懦怯的行为永远玷辱了贺拉斯家族了。小贺拉斯的妹妹当时在场,插嘴说:

他一对三,你还要他怎么办?

他脱口答道:

要他死。

这是些很渺小的话语,然而没有人不感到"要他死"这句话里

------

① 阿那克里翁(Anacréon,公元前六世纪),希腊抒情诗人。
② 后即为著名的希腊语专家达西埃夫人。
③ 一六八三年序文止此,以下为一七〇一年所增。

所含的英雄气概的伟大,这句话越是简朴、自然,就越发显得崇高,并且由此,人们就能看到这位老英雄是从心坎儿里说出话来,是带着真正罗马人怒气的冲动说出话来。实在地,如果不说"要他死"而说"要他学他的两个哥哥的榜样",或者说"要他为祖国的利益和光荣牺牲他的生命",意思就会大大地失掉它的力量了。可见就是这句话的简朴本身构成了这句话的伟大。而朗吉努斯所称为崇高的就是这些东西。如果他是与高乃依同时的话,他会在高乃依的作品里赞美这些东西,远超过在《庞贝之死》①的开端、托罗密(Ptolomée)为了夸大他不曾见到的一切溃败的虚妄情节而满口滔滔的那些大言。

---

① 《庞贝之死》(Mort de Pompée),高乃依的另一部悲剧。

（二）致法兰西学院院士贝洛先生函[＊]

先生，

既然社会上已经知道了我们俩的纠纷，最好也叫他们知道我们俩的和好，也让他们知道我们俩在巴那斯山上的论争，就和从前的那种决斗一样——经君王①的深谋远虑极端英明地予以禁绝了的那种决斗一样，决斗中双方先拼个你死我活，有时都受了伤，然后呢，又互相拥抱，诚恳地做起朋友来了。我们俩在语法上的决斗甚至还结束得更高贵些哩；我可以说，如果我敢在你面前引荷马的话，我可以说，我们俩所做的，就像《伊利亚特》里面的埃阿斯和赫克多②，他们俩在久斗之后，立刻当着希腊人和特洛伊人的面就五体投地地互相钦佩起来，互相馈赠起来。可不是么，先生，我们俩的争吵，还没有结束哩，你就把你的著作惠然赠送给我了，而我也没忘记把我的著作叫人致送给你。你所极不喜爱的那首长诗里的这两位英雄，我们俩效法得太像了，特别因为我们俩一面互相致敬，一面又和他们一样，还是各站一边，不改初衷，也就是说，你呢，老是坚决地不太赏识荷马和维吉尔，而我呢，也还永远是他们的热情赞美者，这一点，正是我们所宜于告知社会的；也就是为着开始

＊ 这封信是一七〇〇年写的，次年载入作者校订的全集版，作为"古人与今人之争"的一个持平的小结。

① 指路易十四，十七世纪初期法国贵族决斗之风极盛，经路易十四严禁，才渐趋歇灭。

② 埃阿斯（Ajax）是希腊英雄，赫克多（Hector）是特洛伊英雄，两人都武艺高强，打出了交情，互相敬佩，互相馈赠，但是始终互相敌对，各站一边。

使他们明了这一点,所以在我们俩和好不久之后,我就作了一首箴铭诗,这首诗已经不胫而走,很可能你已经读过了,原诗如下:

> 整个的诗坛风波
> 在巴黎行将终了:
> 反班达尔的贝洛
> 荷马派的布瓦洛
> 已同意互相拥抱。
> 尽管话说得尖锐,
> 只要是彼此之间
> 虽冲动还互敬佩,
> 和好就自然不难。
> 我为难的倒是问
> 卜拉东和观众们
> 将怎样才能休战。①

我在这几句诗里真诚地表达出了我的思想,你由这几句诗,就可以看出,先生,我在你和这位戏剧诗人之间所始终保持的区别了。我把这位诗人的名字特意拉出来以便给我的箴铭诗的煞尾添点谐趣,同时也足见他在世界上是与你最不相侔的人。

但是,现在你的气完全消了,我们俩之间没留下任何怨恨和愤懑的发酵因素了,作为你的朋友,我敢不敢问你一下,是什么理由,这样长久以来,竟会激恼了你,使你写文章攻击古代所有最著名的作家呢?是因为你觉得我们一般人对现代的好作家没有足够的重视么?有哪一个时代人比现在更乐意地激赏着新出的好书呢?笛卡儿先生,阿尔诺先生,尼科尔先生的著作,还有法兰西六十年来

---

① 参阅赠诗第七,赠拉辛《从批评中求进益》,题下注。结尾几句意思是说大众始终嫉视卜拉东,而卜拉东又始终不度德不量力,拿坏的剧本激怒观众,所以他和观众不能休战。

所产生的那许许多多可佩的哲学家和神学家,他们都是著作等身,单提书名就足以构成一个小册子,所有这些人的著作,人们对之曾吝惜过哪种赞美呢？我们在这里只谈跟你我更有密切关系的作家罢,就是说只谈诗人罢,像马莱伯、拉康、梅纳①一流的作家,在我们的时代,他们有什么光荣不曾挣得呢？瓦居尔、萨拉森和拉封丹的著作还没有受到什么样的捧场呢？人家还有,可以这样说,还有什么样的尊荣没有致送给高乃依先生和拉辛先生呢？谁还没有赞美莫里哀的喜剧呢？就是你自己,先生,你能说人家对于你的《爱神和友谊对话》、你的《丹青引》,对于你的《论昆蒂尼先生》的赠诗,以及许许多多出自你的手笔的绝妙好辞,你能说人家没有说公道话吗？诚然,当代咏英雄的史诗,人们是没有很加以重视；然而,这是不是就错了呢？你自己在你那些《合论》的某一地方不也曾坦白地承认过这些长诗中最好的一首②也太生硬、太不自然、令人不能卒读么？

那么,究竟是什么动机使你对古人叫嚷得那么凶呢？是怕人家学古人学坏了文笔吗？然而,你能否认不是正相反,我们最伟大的诗人们全凭了这种仿效才获得了他们作品的成功？你能否认高乃依先生不是在李维③,狄翁·卡修斯④,普卢塔克⑤,吕刚⑥和塞内加⑦里采取了他那些最雄奇的事例,汲取了那许多伟大的思

---

① 梅纳,见《诗的艺术》第二章第 97 句,他与拉康同为马莱伯的弟子,长于《颂歌》。
② 指《处女吟》。
③ 李维(Tite-Live,前 59—公元 17),罗马历史学家,著名的《罗马史》作者。
④ 狄翁·卡修斯(Dion Cassius,约 155—约 235),历史学家,著有希腊文《罗马史》。
⑤ 普卢塔克(Plutarque,约 45—约 125),希腊历史学家,著有《希腊罗马名人合传》,经阿米欧(Amyot Jacques,1513—1593)译成法文后,影响法国古典文学甚大。
⑥ 吕刚(Lucan,39—65),罗马诗人。
⑦ 塞内加(Sénèque,约 4—65),罗马的斯多葛派哲学家,除哲学函札外,另有悲剧多种,相传也是他的手笔。

想,才使他发明了悲剧的、连亚里士多德都还不曾知道的一种新体裁么?因为我觉得,对他的许许多多最佳的剧本,人们都是应该从这个立场去着眼的。他在这些剧本里超越了那位哲学家所定的规则,他不蹈袭旧悲剧界的那些诗人的蹊径,他一点没想到用怜悯和恐怖去感动人①,却用思想的崇高,用感情的美,在观众的心灵中激起某种赏叹,而对这种赏叹,有好几个人,特别是年轻人,常常比对真正的悲剧热情还更易体会得多。最后,先生,为了结束这句稍嫌太长的话,为了不离开我的话题,我请问:你能不同意是莎芙克尔和欧里庇德培养了拉辛先生吗?你能不承认莫里哀是在普劳图斯②和特朗斯③的作品里学到了他的艺术的最湛深之处吗?

那么,你对古人的那股火气,究竟是哪里来的呢?如果我没有误解的话,我开始看出来了,你很久以前,很可能在社会上遇到过几个假学者,像你的《对话录》里的那位院长一样,他们食古不化,而且他们既无慧心,又无识力,更无美感,只因为古人之古而尊重古人;他们不相信理性在希腊语和拉丁语以外还能用别的语言说话,一见任何用通俗语言写成的作品,就把它打下十八层地狱,唯一的理由就是它用的是通俗语言。这种可笑的崇古者激怒了你,使你对古代一切神奇的东西都持反对态度了:纵然在他们拥护得对的事物上,你也不能跟那班荒谬绝伦的人们表同感了。从各方面看来,这似乎就是使你写你那些《古今之比》的根由,你曾深信,以你所富有的而那班人所绝对没有的那种才华,用若干的论证,就能很容易地使那班无能的手方摇唇鼓舌也无能为役;而你做得也的确太成功了,要不是我挥刀上马,战场上——如果应该称作战场

---

① 参阅《诗的艺术》第三章,第18—19句。
② 普劳图斯(Plaute,约前254—前184),罗马喜剧诗人。普劳图斯常取材于希腊的新喜剧(如希腊剧作家米南德),莫里哀常取材于普劳图斯:他的《吝啬鬼》就是取材于普劳图斯的《砂锅》(L'Aululairea)的。
③ 特朗斯(Térence,前186—前161),古罗马最著名的喜剧作家。

的话——会只见你一人在纵横驰骤了,因为那些假学者是无力答复你的,而真学者呢,又太装得高傲一点,不屑于答复你。然而,请容许我提醒你一下,古代大作家之所以有其光荣,绝不是靠那些假学者或真学者的嘉许,而是由于一切时代的一切明情达理、鉴识精微的人们,恒常而一致的赞佩;在这些人中间,我们还可以数到不止一个亚历山大,也不止一个恺撒哩。还请允许我告诉你,就是今天,也绝不是如你所想象的那样,只是施勒弗里乌斯、佩拉勒特乌斯、梅纳日乌斯①之流,用莫里哀的话来说罢,只是"乌斯"专家们,最能欣赏荷马、贺拉斯、西色罗、维吉尔。据我所经常看到的,读这些伟大人物的作品而最受感动的,都是第一流的才智之士,都是最崇高的人,如果一定要我在这里举出几个来,我会在纸上写下些赫赫之名,你看了也许会大吃一惊;你会不仅看到些特洛瓦维尔、拉牟阿宁、达盖索,还会看到些孔代、孔迪和蒂雷纳。②

因此,先生,像你这样的一个风雅之士,人家就不能使你和那么多的大雅之人具有同感吗?当然是能够的,毫无疑义,并且在你我之间,甚至于意见还并不像你所想象的那样背道而驰哩。是啊,你用那么多论古人和今人的长诗、对话和论文,所要证明的究竟是什么呢?我不知道我是否确实掌握了你的思想,但是,我觉得你的思想是这样:你的用意是想证明在知识,特别在美术知识方面,在美文的成就方面,我们的时代,或者更正确地说,大路易时代,不但能与过去的一切最著名的时代,乃至奥古斯都③时代相比,并且等

---

① 施勒弗里乌斯(Schrevelius),佩拉勒特乌斯(Peraredus),梅纳日乌斯(Menagius),都是时人的名字加以拉丁化,笑他们是食古不化的学者,即下文所谓"乌斯"专家,因为拉丁名词,以"乌斯(us)"为明显标记。梅纳日乌斯显然是语法家梅纳日(Ménage),其他二人无可考。
② 特洛瓦维尔(Troisville),拉牟阿宁(Lamoignon),达盖索(Daguesseau),都是当时的名宦兼学者。孔代亲王,是名将,元老重臣,见《前言》;孔迪亲王是他的侄子,见《感言》的《结论》;蒂雷纳是名将,见《赠诗第九》第22句注。
③ 奥古斯都(Auguste,前63—公元14),罗马帝,罗马大诗人维吉尔、贺拉斯、奥维德、大史家李维都生在奥古斯都朝,称黄金时代。

而上之。你一定会很惊讶的，如果你听到我说，我在这一点上意见完全和你相同；甚至于，如果不是因为我衰病之身，又有些职务，没有空闲的话，我还很愿意挺身而出，和你一样拿起笔来，证明这一个论点哩。老实说，我会用许许多多与你不同的理由，因为各人有各人的思维方式；我会采取些预防反驳的方法，都是你所不曾采取的。

因此，我不会像你那样，把我们民族、我们世纪单独地和所有其他民族、其他世纪的总和对立起来；这样的做法，据我看是站不住脚的。我会拿每个民族、每个时代一一加以审查；我把它们高于我们的，以及我们超过它们的都仔细加以衡量之后，如果我还不能万无一失地证明优势是在我们这一边，那我就算完全弄错了。比方罢，我谈到奥古斯都世纪的时候，我会先坦白地承认，我们没有足与维吉尔和西色罗相比的咏史诗人和演说家。我会承认我们最能干的史家一站到李维和萨卢斯特①那一流史家的面前，却显得很渺小。在讽刺诗和悲歌方面我也认输，虽然我们有芮尼的讽刺诗大堪称赏，有瓦居尔、萨拉森和徐茨伯爵夫人②的悲歌也兴味无穷。但是，同时，我也会使人看出，在悲剧方面，我们就比拉丁人高得多，他们所能拿出来和我们语言里所有这许许多多绝妙悲剧相比的，只有所谓塞内加作的那几篇繁褥有余而理性不足的浮腔滥调，以及瓦里乌斯的《蒂斯特》③和奥维德的《美狄亚》④当时所博

---

① 萨卢斯特（Salluste，前86—前35），罗马历史学家，文笔直逼希腊著名历史学家修昔底德（Thucydide）。
② 徐茨伯爵夫人（Comtesse de la Suze, 即 Hcuriette de Cligny, ? —1673），才女，以悲歌驰名一时。
③ 瓦里乌斯（Varius），是奥古斯都朝的平庸诗人。蒂斯特（Thieste）与阿特雷（Atrée）为兄弟，因兄弟相仇，阿特雷杀掉了蒂斯特的三个儿子，并且煮了给蒂斯特吃；最后蒂斯特的另一个儿子又杀了阿特雷。《蒂斯特》这篇悲剧就是演这个悲惨故事的。
④ 美狄亚（Médée），希腊神话中人物，是一个美丽的公主，精魔术，与英雄伊阿宋（Jason）私奔，以魔术助伊阿宋取得了神奇的"金羊毛"（Toison d'or），后被伊阿宋遗弃，尽杀伊阿宋诸子以泄忿。这篇悲剧在奥维德作品中属最下乘。

得的那一点虚名而已。我还会说明,他们不但在那一世纪没有优于我们喜剧家的喜剧诗人,而且没有一个喜剧诗人值得人们回忆起他的名字,因为普劳图特、切奇柳斯和特朗斯一流的喜剧诗人都在前一世纪就死去了。我还会说明,在颂歌方面,我们诚然没有作家能像贺拉斯那么完美,但贺拉斯是他们唯一的抒情诗人,而我们的抒情诗人则相当多,他们的语言细腻,表情真切也不在他之下,假使把他们的作品都集合在一起放在天平上,其品质的重量也许并不低于这位伟大诗人所流传下来的那五卷颂歌。我还会证明,有些诗体,不但他们不能超过我们,甚且他们根本就梦想不到:比方罢,我们称为"小说"的那些散文长诗,在我们这里就有些典型之作,其价值无法估计,只是道德性有问题,青年人读着很危险。我还会大胆地坚持着说,就是把奥古斯都世纪扩大到最广的限度,也就是说从西色罗起,直数到塔西佗①,我们在拉丁人中间也找不到一个哲学家在物理方面足与笛卡儿乃至伽桑狄②相提并论。我会证明,在博闻强识方面,他们的瓦罗③,他们的普林尼④,这都是他们的最渊博的作家,要是比起我们的比尼翁⑤,我们的斯卡利杰,我们的苏迈士⑥,我们的西尔蒙神父和白陀神父⑦这一流人物,就会显得是平庸的学者了。我也会和你一样,证明他们对于天

---

① 西色罗生于公元前一〇六年,卒于前四十三年,稍早于奥古斯都朝;塔西佗(Tacite),罗马的大历史学家,生于五十五年,卒于一二〇年,稍迟于奥古斯都朝。
② 伽桑狄(Gassendi,1592—1655),法国数学家兼哲学家,唯物论者,以攻击亚里士多德的唯心主义哲学著称,莫里哀曾为伽桑狄的弟子。
③ 瓦罗(Varron,前116—前27),罗马的大博学家兼诗人,著述内容包罗万象,现仍有《农业经济学》传世。
④ 普林尼(Pline,23—79),罗马的博物学家,著有《自然史》。
⑤ 比尼翁(Bignon,1490—1556),法国博学家,历任大理院总律师,御书房主任。
⑥ 苏迈士,见《讽刺诗第九》第64句注。
⑦ 西尔蒙神父(P. Sirmond,1559—1651),白陀神父(P. Petau,1583—1652),均耶稣会教士,以渊博驰名,前者为路易十四的忏悔师。

文、地理和航海的知识都不够广阔,我量他们举不出,除了一个维特鲁威①而外,——而且维特鲁威宁可说是建筑学者而不是一个卓越的建筑师,——我量他们举不出一个拉丁族的好建筑家来,一个拉丁族的好雕刻家、好画家来,因为当时在罗马,以这些艺术驰名的人,都是些欧洲和亚洲的希腊人,到拉丁人中间来搞拉丁人自己一窍不通的那些艺术;而在今天呢,全世界都充满了我们的普桑②、勒布朗③、吉拉尔东④和蛮沙⑤一流人物的声誉和作品。除了这种种,我还会加上许许多多其他的例证哩;但是,我相信,我所说的已经够使你了解我会把奥古斯都世纪怎样打发过去了。若是要从大作家、名艺术家的比较上再转到大英雄、名王巨公的比较上去,也许我会说得更有声有色。至少,我有十足的把握,会毫不困难地证明,拉丁人的奥古斯都绝不能胜过法兰西人的奥古斯都⑥。由于上述的一切,你可以看到,先生,对于我们民族和我们世纪所应有的评价,严格说来,我们是毫无意见分歧之处的,只是意见一致而说法不同而已。此所以,我在你的合论里所攻击的,绝不是你的感情而是你那位长老和你那位骑士谈论作家的那种高亢而鄙夷的态度,我认为对他们所谈的那些作家,纵然加以指摘,也还是应该表示出高度的评价和极大的崇敬与赞美的。因此,现在为了保证我们俩的意见一致,为了消灭我们俩之间一切论争的种籽,我们剩下还要做的,就是彼此各自悛改了,你要改掉你贬抑古代好作家

---

① 维特鲁威,公元前一世纪的罗马建筑家,著有《建筑学》,克罗德·贝洛曾译为法文。参阅《感言第五》。
② 普桑(Poussin,1594—1665),名画家,法国古典画派的开山人物。
③ 勒布朗(Le Brun,1619—1690),王庭首席画师,领导凡尔赛宫的绘画及画学研究院。为当时画界泰斗。
④ 吉拉尔东(Girardon,1628—1715),法国名雕刻家,凡尔赛宫内的雕像多出其手,为古典派代表。
⑤ 蛮沙,见《诗的艺术》第四章,第14句注。
⑥ 指当时的君王路易十四。

的那种微嫌过烈的倾向,我要改掉我诋毁当代坏作家乃至平庸作家的这种有些过猛的心情。我们俩所应该踏实去做的就在于此。但是,如果我们俩都做不到的话,我保证,在我这方面,将也绝不会有碍于我们的和好:只要你不强迫我去读《克洛维斯》和《处女吟》,我就让你去任意批评《伊利亚特》和《伊尼特》;我只满足于自己欣赏《伊利亚特》和《伊尼特》,绝不要求你对它们也抱有如你在某诗①中怨人家要求于你的那种趋于迷信的崇拜,这种崇拜,斯塔提乌斯对《伊尼特》似乎确曾有过,因为他曾对自己说:Nec tu divinam Aeneïda Tenta;Sed longè sequere,et vestigia semper adora.②

　　以上,先生,就是我所乐意让社会上知道的事;正是为着使社会上彻底知道这件事,所以我今天才荣幸地给你写这封信,我一定会把这封信载入正在准备中的我的全集大型和小型的新版本,在我的《读朗吉努斯感言》里,我信口说出了些揶揄的话,微嫌太过,我倒很愿意在这个新版本里能改得和缓些;但是我又觉得这样做会是徒劳无益的,因为在此以前已经出过两版了,人们免不了是要对证旧版的,而且在国外,人们还可能要出些伪版,并且很可能会把修正的地方又仔细地照原样恢复过来,这些伪版也是可以对证的。因此,我相信,要纠正这种小恶作剧的地方,最好的办法,还是如我方才所做的那样,把我对你的真实感觉在这里向你表白出来。我希望你将满意于我这种做法,并且,因为我把鼎鼎大名的阿尔诺先生关于我的第十首讽刺诗所写给你的那封信也自作主张地发表在这个新版里了,希望你对此也能无介于怀。

　　因为,这封信已经在这位伟人所出的两次全集里都公开过了,除此而外,我还请你想一想,先生,这封信是针对你那篇《妇女颂》

---

① 指《路易大帝的世纪》。
② 《台巴意得》第十二章第826句,意为:你不要触到神圣的《伊尼特》罢;要远远地追随着,经常拜倒在后尘。参阅《诗的艺术》第三章第251句注。

的序文而为我辩护的。你在那篇序文里,不但责我推理错误,文字不通,还骂我说了些秽亵之词,插进了些离经叛道的话,做了些含血喷人的勾当。我要请求你考虑一下,这种责难是有关人格的,若是避而不谈就等于默认所骂的都是事实了;此所以,为荣誉计,我不能不在这个新版本里或者我自己来一个辩解,或者就把这封信插进去,因为这封信为我辩解得太正正堂堂了。而且这封信,就是对它所驳正的人也还是写得十分有礼貌的。表示出十分尊重的,我认为,一个正人君子绝不会引以为侮;因此,我再说一遍,我敢私衷庆幸地认为,你将来看到这封信,心里是不会感到难过的;并且,我看见我在你的《对话录》里受到攻击,一气就说出了一些原该不说为妙的话,我已经坦白地认错了,我希望你也能忏悔:你看见你在我的第十首讽刺诗里受到攻击,便也感到不快,这种不快就使你在诗里误认出一些莫须有的诽谤和秽亵之词。此外,我请你相信,我是如我所应该的那样敬仰你的,我不仅把你看作一个多才之士,并且还把你看作法兰西的一个至公至正之人。

  顺致。等等。

"外国文艺理论丛书"书目

第 一 辑

书　名	作　者	译　者
柏拉图文艺对话集	〔古希腊〕柏拉图	朱光潜
诗学	〔古希腊〕亚理斯多德	罗念生
古代印度文艺理论文选	〔印度〕婆罗多牟尼 等	金克木
诗的艺术（增补本）	〔法〕布瓦洛	范希衡
艺术哲学	〔法〕丹纳	傅　雷
福楼拜文学书简	〔法〕福楼拜	丁世中　刘　方
波德莱尔美学论文选	〔法〕波德莱尔	郭宏安
驳圣伯夫	〔法〕普鲁斯特	沈志明
拉奥孔（插图本）	〔德〕莱辛	朱光潜
歌德谈话录（插图本）	〔德〕爱克曼	朱光潜
审美教育书简	〔德〕席勒	冯　至　范大灿
悲剧的诞生	〔德〕尼采	赵登荣
艺术与现实的审美关系	〔俄〕车尔尼雪夫斯基	周　扬
卢那察尔斯基论文学	〔苏联〕卢那察尔斯基	蒋　路
小说神髓	〔日〕坪内逍遥	刘振瀛